向最高处攀登

HEADING TOWARDS THE TOP

徐 璐 / 著

人民出版社

校自强之星十佳合影（全校第一名）

天津广播电台与太阳语联合举办的志愿者颁奖年会

病情确诊前一家人在北京留影，那时候满怀希望

2015 年度身影全国榜样人物

我、弟弟和我的学生在录制《大王小王》前拍的照片

我(左四)和大一的学生们在一起(和他们分享大学生活)

自强之星演讲现场

中和教育年会上作为优秀学员
代表发言

一个姐姐的生命登攀

说句实话,当一开始徐璐找到我,表示要写一本书的时候,我是婉拒的。

在指导四十位残疾勇士完成 40 本个人励志自传后,一方面,我觉得自己的精力体力有限,另一方面也会想:难道会有新的内容,不同于这四十位生命勇士的故事,或者是超越于他们的故事?对这一点,我是怀疑的。

后来,徐璐发给我一个链接,希望我能够看一下,这实际上是她参加的一档电视节目,在节目中,她希望用自己的故事鼓励同样患有肌无力的弟弟,鼓励他走出人生困境。

她告诉我,她写这本书的初衷,就是希望让弟弟看到自己的故事!

我第一次有了想去了解这个女孩故事的愿望。

我来到天津,在她的学校门口给她打电话,我们用了同样的时间,我从校门口走到她的寝室,而她刚刚从寝室走出来,换句话说,肌无力的她,行走已经非常艰难了。

这之后,我们在校园里边走边聊,我发现,当面对几厘米高的一个小台阶时,她都需要花几分钟"上或者下",她告诉我,有时候上课时,来到长长的楼梯前,学生们从她身边快速走过,她从最下面台阶非常缓慢地往上挪,扭动着身体……很多人都在很惊讶地看着她,她继续低着头一步一步往上挪……很多人停下来,回头看她,她继续一步一步地往上挪……

来见她之前,我也会想:她为什么要来上这个大学? 上大学可以改变命运,但是她即便上了大学,又在哪里去找一份适合自己的工作呢?

但现在,我突然想到:她走的每一步,实际上都有一个人在看着她,那就是她的弟弟,她克服的每一个痛苦,实际上都是在为她的弟弟克服;她能克服多少困难,她的弟弟就会相信"自己也能";她能拼出多少人生可能性,她的弟弟就能相信"自己也能"!

她的每一个步伐都掷地有声,她的弟弟,能够听到。

一个人,所有的力量来自于"一定要成为榜样",而成为榜样,又来自于一个姐姐的朴素亲情,甚至于,在潜意识里,甚至希望自己遇到的痛苦越多越好。因为,这些痛苦,将来弟弟都要承受,而我,最好率先承受、率先征服……

如此,回到大学那个楼梯,那个楼梯真的不再是大学校园的楼梯,而是成为姐弟两人的人生阶梯。在这里,她能走到第三步,她的弟弟就能走到第三步;她能上到第十级台阶,她的弟弟就能上到第十级台阶;她能上到最顶层的那级台阶,她的弟弟就能冲顶! 就像小的时候,作为姐姐的她耐心牵着弟弟的小手,在路上走着,给他安慰与呵护。而现在,她用整个生命的力量来成为另一个生命的——生命姐姐。

天津归来,我决定收下这个学生,指导她完成她的个人自传。

我相信:她虽然只是一个英语系的学生,没有任何文学基础,但是,一个能够跨越大学里几十级台阶去上课的女孩,也能够克服创作过程中的一切阻碍,并且更重要的是,她生命层面的这本"书稿"已经写完,我只是领着她,重走这个过程,做一些最朴实的、最简单的"人生抄录"。

事实上,徐璐没有让我失望!在这本书里,我们能感觉到:强大的生命力量、强大的亲情力量,这两种力量彼此激荡、互为生长;字里行间,贯穿流淌。

张大诺

(全国十佳生命关怀志愿者　本书指导老师)

目录

第一章

饿着也想念书

我真没力气，不是装的

6月底，正是孩子们放暑假的时候，此时临近中午，太阳把柏油路蒸烤得冒出了阵阵热气。手里拿着廉价冰棍儿、光着脚丫的调皮孩子也顾不得在路上多停留一刻了，他以最快的速度飞奔回家。

大别山山脚下坐落着十几户人家的小山村里，一辆拉着学生的小型巴士缓缓行驶了进来，山上的知了声和汽车的轰鸣声为这个安静的村庄增添了些许活力。

"快下车！怎么这么磨叽！"司机一声大吼打破了这一宁静。

静秋缓缓地移动着自己的步伐，小心翼翼地踩着脚踏板。

"啊！"只见静秋双膝跪倒在滚烫的柏油路上，她涨红了脸，却怎么也站不起来。

"这么大了，慢不说，还这么粗心，以后能干啥！"司机甩了一句话，伴随着乘客的讥笑声，开着车从静秋身边扬长而去。

此时静秋额头上豆大的汗水与委屈的泪水已经融在了一起，流向嘴角，滴落到地上。地面的滚烫让受伤的膝盖钻心地疼，肩上的书包压着她更是一动都不能动，她的双膝快跪不住了。

"大嫂，你家静秋摔倒了！她在马路边跪着呢！"村子里的人看到这一幕，赶紧去喊静秋的妈妈。

"在哪儿呢？在哪儿呢？"妈妈一边问着，一边奔向马路。

静秋听到妈妈的声音，终于忍不住哇哇大哭起来。

"你这孩子，怎么回事啊！回家就摔一跤，看到我还不停地哭，我这是上辈子造了什么孽啊！"妈妈一边吃力地抱起静秋，一边抱怨了起来。

静秋已经差不多一个月没有回家了，在此之前她的腿部做了跟腱延长手术，医生说大约三个月就能恢复正常，可是如今已经过去五个月了，不仅没有好转，走路姿势也由以前的踮脚变成现在幅度很大的一跛一跛了。妈妈牵着静秋，愁眉紧锁，嘴里也不停地骂着静秋。

回到熟悉的家中，静秋的屁股还没有挨上板凳，就再次号啕大哭起来。此时她脑海里浮现了一幕幕令人心酸的场景：因为走得慢，每天都要比普通的同学早起一个小时；经常无缘无故地摔倒在地，腿还迈不上楼梯；因为课余时间有限，经常不能下楼吃饭就饿着肚子。她越想越觉得委屈。

"啪"，妈妈狠狠地给了静秋一个耳光，"你说你对得起我吗！给你先后做了两次手术，你都不认真锻炼，现在把腿弄成这个样子！回到家就哭，就知道哭哭哭！我早晚会被你哭死！让你好好走路你不走，让你练习爬楼梯你不爬！医生都和我说了，你现在这样都是自己不锻炼的结果！"妈妈显得异常愤怒。

"妈妈，我真的没有力气，我没有办法！我想那样，可是我做不了！"任凭静秋如何解释，妈妈还是显得恨铁不成钢的样子。

静秋也不顾桌子上妈妈早已准备好的丰盛午餐，就把自己关进了卧室，她含着泪拿出了自己刚刚得的期中考试全班第一的获奖证书。

此时的她虽然不知道自己的身体到底怎么了，但是她已经强烈地感觉到：如果自己再一个人待在学校的话，她的身体会被拖垮,学习也会跟不上的,她是多么爱课堂啊!因为她感觉只有在课堂上,她才可以找到属于自己的舞台。

向爸爸妈妈提出陪读的请求吗?哦,不不不,自己曾经是多么鄙视读书需要家长照顾的孩子啊!我不可以堕落成那样!家里又是普通的农村家庭,为自己求医已经让家里经济很困难了,我怎么可以这样!再说了,爸爸妈妈根本不理解我现在的身体状况,他们都以为我偷懒。静秋心里多么难受啊!她根本没有办法向别人诉说她的苦衷。

如果不选择母亲陪读的话,那我还不如就此放弃学业。我在学校都快饿死了,怎么学习啊!静秋的思想在做着激烈的斗争。

终于,静秋从书包里拿出一页信纸,准备给爸爸写一封信。

爸爸，妈妈可以陪读吗

静秋扶着床，吃力地站了起来，慢慢地走到书桌旁，摊开信纸，认认真真地开始写了起来。

亲爱的爸爸：

您好！这是您的女儿18年以来第一次写信给您，您一定会感到很惊讶吧！是的，有些心里话我没有办法用言语亲自向您表达，只有通过这种方式了。

您还记得18年前我出生的场景吗？虽然那时候我不记事，但是每当翻看您和妈妈为我写的亲子日记，我都能想象出来那是你们人生中多么喜悦的时刻啊！"1991年7月18日，我们爱情的结晶终于诞生在我们面前，她是那么的小、那么的可爱。我多么希望宝宝长大后，能够成为叱咤风云的女强人或者温文尔雅的教师，或者……"妈妈的字里行间，都对我的未来充满着期许和希冀，她是多么盼望我快快长大啊！

"1992年8月，宝宝在她妈妈上班、我做饭的过程中，钻进三楼栅栏，从楼上摔了下来，当时我感觉整个天都要塌下来了，我失去理智地奔向医院，宝宝差点失去生命。我这个做爸爸的太不称职了，感谢上苍留住了我们的宝宝，未来我一定要尽自己最大的能力保护好她们娘俩！"

时光荏苒，18年过去了。我们从一家三口变成了如今的四口人，但是这18年并不是你和妈妈预想得那么顺利。生活的疲惫让你们已经无力再去为我写日记了。但是你们为我付出的一切我都历历在目。

7岁的时候，我就开始踮脚尖走路了，最后越来越严重，你和妈妈培养我和弟弟读书的同时，带着我四处求医。12岁，你们就给我做了第一次跟腱延长手术。做完手术后，你和妈妈非常开心，因为你们知道不久的将来，你们的女儿又可以活蹦乱跳了。可是天公不作美，第一次手术非但没有治疗好，反而加剧了病情。

于是你和妈妈又在半年前为我做了第二次手术，我也非常积极地配合医生的治疗，可是现在发展的结果并不像医生说的那样。爸爸，我的身体已经很严重了，你也好久没有看到我上台阶了，现在我上台阶需要撑住双腿一步一步地爬了。我在学校经常因为吃饭时间不够、楼层高饿着肚子，爸爸，你可能真的想象不到我有多饿，这学期以来我基本每天都没有吃早饭和晚饭，每天上午老师在讲课的时候，我的肚子总是不争气地咕咕叫，头也昏昏沉沉的。为了让自己更加清醒一点，不影响听课，我买了很多风油精擦在自己的太阳穴上，我知道那明明不是犯困了，而是大脑供氧不足。中午课余时间长一点，我真的很想飞奔去食堂，可是我的步伐依旧拖住了我。我依然是走得最慢的女孩，等我到食堂了，人也走得差不多了，虽然好一点的饭菜也所剩无几了，只能打一些豆腐蔬菜，可是这基本是我一天中除却弄懂一个题目之外的最幸福的时光了。我尽量吃最多的量，恨不得一个中午就把一天的饭给吃回来。一般中午吃的可以支撑到下晚自习,夜里我时常被饿醒,胃里翻来覆去地揪着、翻腾着,特别难受,每个夜晚我是多么想念你和妈妈,多么想面前哪怕有一碗没有菜的白米饭啊,我想那时候吃起来也一定是香喷喷的。现在我也越来越爱摔跤了,今天回家我又摔了一跤,医生给妈妈的解释是我没有努力锻炼。但是爸爸,我真的没有偷懒,我在努力。可是不论我怎么使力气都迈不动腿。

爸爸,现在高中阶段学业非常紧张,身体和学习根本没有办法同时兼顾,但是我很想读书,我爱读书,我想考上大学。女儿今天给您写信,就是有个不情之请,我希望爸爸能够和妈妈商量,让妈妈陪我读书。

我知道我这个请求是非常无理和不懂事的,因为我深知家里的状况,为了给我治病已经花光了家里所有的积蓄,您苦心经营的私立中学也恰逢此时倒闭了。我知道您的压力很大,但是爸爸,我真的不想放弃读书,希望爸爸和妈妈好好商量一下。

永远爱您的女儿

静秋

写完的信静静地"躺"在了书桌上,静秋用手轻轻地将它捋了一遍又一遍。此时的她是纠结的:一方面,她觉得自己很自私,为了自己求学的梦想,让家里不顾一切地去供她。另外一方面,她觉得自己是理智的,如果妈妈选择给自己陪读,她一定会付出加倍的努力来珍惜这来之不易的学习机会,报答父母。

静秋长长地舒了一口气,将自己写的信夹在获奖证书里,并偷偷地放进了爸爸的公文包。

吃过晚饭,夜幕开始将小村庄笼罩了起来,家家户户基本都关上门,村民们拢在村子里的公用稻场上乘凉,好一番热闹景象:女人们聚在一起家长里短,孩子们嬉戏着,老人们抑或抱着小一点的孩子用蒲扇给他们打蚊子,抑或躺在藤椅上抽着烟袋。村子里的男人们大部分都出门打工了。

　　只有静秋的家里灯是亮着的,母亲早早地进了卧室安静地织着毛衣,自从孩子生病不见好,她再也不愿意出去凑热闹了。

　　中午和母亲置了气,静秋吃完晚饭也不愿多说什么,就进了自己的房间等爸爸回来。

　　书桌上的闹钟已经显示八点整了,可是爸爸却迟迟不见回来,这让静秋焦急不已,此时在她的心中爸爸或许就是能够帮助她求学的救命稻草,她多么希望爸爸立刻出现到自己的眼前啊!但是她又担心爸爸回来,担心爸爸看到自己的那封信。

　　慢慢地,静秋趴在书桌上睡着了。

　　"噔、噔、噔",匆忙的脚步声把静秋惊着了,她一个激灵立马清醒了。

　　"是爸爸回来了。"静秋开始兴奋了起来,这是再熟悉不过的脚步声了。

　　随着脚步声越来越近,静秋的心也跟着"扑通""扑通"的跳着:一会儿爸爸就可能看到我给他写的信了,他会不会责怪我呢? 他会不会觉得我不懂事呢? 他会同意让妈妈陪我去读书吗?

　　门"吱呀"一声开了,听到挪动椅子的声音,静秋用耳朵捕捉客厅内每一个细小的声音。

　　她忐忑着:爸爸是不是已经坐到椅子上了? 爸爸是不是打开公文包了? 爸爸有没有看到我的信呢?

她在房间里不断猜疑着,终于忍不住,她决定偷偷地看看爸爸在干吗。

静秋扶着墙蹑手蹑脚地走出了房间,躲在客厅外的角落里看着爸爸的动静。

看样子,爸爸已经很疲惫了,他平躺在沙发上,眼睛微眯着,一副不想动弹的样子。夏日的暴晒让整天在外面奔波的他,皮肤晒得黝黑黝黑的,这和一年前还为人师表的他完全是两个样子。静秋开始心疼起爸爸来,她有一种冲动,如果她会魔法,她想收回自己写的信。

突然爸爸一下坐起身,拿起茶几上的公文包,好像在翻找着什么。获奖证书掉了出来,静秋的信也随即从获奖证书里滑落了下来,爸爸急忙弯下腰把信拿了起来。

静秋涨红了脸,她屏住呼吸,她希望爸爸继续翻找自己的东西,她觉得此时给爸爸看这封信是无理的。

可是爸爸拿起信,坐在沙发上认真地看了起来,眼神是那样专注。看了一会儿,爸爸用手擦了擦眼睛,静秋极力借助客厅的灯光捕捉爸爸的眼睛,那眼睛里闪耀着晶莹的液体。

爸爸哭了! 静秋大惊,她更加自责了。

爸爸站起了身,朝着静秋房间的方向走去,静秋一时慌了神儿,她的腿好像一下子好了很多,几乎是蹦回卧室的。她赶紧躺在床上,假装睡着了,眯着双眼,心却狂跳不止。

爸爸轻轻地走进了房间。

"静秋,你睡了吗?"爸爸坐在床边拍了一下静秋。

"爸爸!"静秋睁开了眼睛。

"孩子,你写的信爸爸都看了。"爸爸停顿了一下,扭过头背对着静秋。

"都是爸爸不好，没有能力给你看好病，还让你在学校受那么多苦，唉！"爸爸深深地叹了一口气。

"爸爸，您别这么说，是静秋不懂事，是静秋的错，静秋不该提出让妈妈陪读的无理要求！"静秋说着说着就哽咽了起来。

"不，孩子，你很懂事了，你的梦想爸爸一定支持你，砸锅卖铁我也供你读书。让你妈妈陪你去读书吧！这个家我顶着！"爸爸转过头来，眼神笃定地望着静秋。

"好了，孩子，不早了，你早点休息，这个事儿就这么定了，你不要再胡思乱想了。"爸爸说完就起身走了。

静秋躺在床上，许久都睡不着。她原以为爸爸会责怪自己，原以为这个要求是非分之请，原以为爸爸或许也像妈妈那样误解自己。结果，爸爸居然毫不犹豫地答应了这个请求，她感动得不能自己，她觉得此时自己是世界上最幸福的孩子。

夜深了，窗外的知了叫得也越发厉害了，可是此时在静秋看来都是悦耳的催眠曲，窗外袭来一阵阵清风，拂过她的面庞，伴她进入甜甜的梦乡。

妈妈气哭了

"铃、铃、铃",下课铃声响了,同学们飞一般地冲向外边。静秋像往常一样,在教室里等待着妈妈来接她。

十分钟、二十分钟、四十分钟都过去了。还是迟迟不见妈妈的人影,有的吃饭速度快的同学都已经回教室来看书了。

她的心里烦躁到了极点:妈妈怎么还没有来呢? 难道她又在出租屋里为学生开的包伙生意忙得走不开吗? 每天都是这样,她难道不知道现在的学习时间对于我来说多么宝贵吗? 再省钱也不能选在这个节骨眼上吧!

她闷闷不乐,开始扶着桌子吃力地站起来。刚刚站起来,她就倒下了,她的腿已经冻僵了,她尝试了一次、两次、三次……站起来倒下,再站起来又倒下。终于在尝试第七次的时候,稳稳地站住了。

妈妈还是没有来,她委屈的泪水在眼眶里打着转儿。她迈着僵硬的双腿,一步一步地走出了教室。

南国的冬天被很多北方人憧憬着,可是刺骨的寒冷在没有暖气的南方小镇,让人不自觉地躲进屋子里。静秋的双腿已经被寒冷侵袭得没有了知觉,她只能试探着、机械地迈动着双腿。她用双手紧紧地抓住扶梯,一步一步地向下迈。

"咯噔",只听见脚下一粒小石子与鞋子摩擦的声音,继而静秋整个人都趴在了地上,下巴狠狠地磕在水泥地上。短暂的剧痛继而就被寒冷冻得麻木了。

此时的她非常无助，她多么希望妈妈赶紧出现在自己面前啊！

路过的同学赶紧跑过来，在几个男孩的帮助下，他们架起了静秋。

她都没有来得及说一声谢谢，男孩们就已经走远了。是啊，她怎么顾得上谢谢呢？她现在思绪很混乱，同学们已经吃过饭在教室学习了半个小时了，自己还辗转在回出租屋的路途中，她特别恨妈妈，为什么不来接她？

终于，快到家了。屋里传来同学们一阵一阵地欢笑声、嬉闹声，这欢乐的声音是如此的刺耳，静秋就快失去理智了。

刚刚还迈不动腿的静秋，突然快步径直走向厨房。

"静秋，你下巴怎么了？是不是摔着了？为什么不等妈妈去接你呢？这最后一个菜炒完了妈妈就去接你啊！"妈妈放下菜铲，心疼地准备看静秋的伤口。

静秋二话没说，拿起家里的一摞碗就往地下扔。

白花瓷的碗撞击地板的响脆声让妈妈呆滞了。刚刚还在外面嬉笑吃饭的同学们也一下子安静了下来。很多同学都跑到厨房看到了这一幕。

"你是来陪读的吗？你到底是来陪我读书的还是陪他们的？"静秋不顾所有人的情面，对着妈妈大喊大叫。

同学们也都吓得大气不敢出一声。

妈妈跑到卧室里哭了起来，同学们也纷纷放下碗筷，不好多说，就离去了。

静秋看到此时软弱无助的妈妈，心里居然开始痛快了起来，她现在感觉只要能够气着妈妈，自己的情绪就会被安抚，自己的

焦躁就会暂时得到缓解。

　　妈妈红肿着眼睛从卧室里出来。她什么都没有说,小心翼翼地收拾着地上的碎片。然后将热好的饭菜送到静秋手上。静秋又一次无情地打翻了饭菜。

　　"你说你到底想干什么？妈妈怎样做你才满意?"妈妈无助地跪在了地上。

　　"以后你不许开包伙,我看见那些同学就烦！而且你陪读不仅没有节省我的时间,反而影响了我的情绪!"静秋理直气壮地说。

　　于是,第二天,妈妈就关闭了自己的包伙生意,娘俩的生活来源以及家庭重担都落在了父亲的肩膀上。

装病逃课

生物钟的自然驱使,早上四点半,静秋就醒过来了。

简易出租屋的窗户被寒风刮得呼呼作响,静秋瑟缩着原本就冰凉的身体,头钻到被窝里把自己包得紧紧的,静秋动了动身子,看到平时为了送自己上学,起得很早的母亲还在沉睡当中,她决定还是躺回被窝里。

静秋躺在舒适的被窝里,虽然身体上是享受的,但是此时的心情是极为煎熬的:现在不叫醒妈妈,就意味着我会错过早读。我行动缓慢,再迟一些起来,绝对不是耽误一点点的时间。如果起来了,我必定是最后一个进教室,我将要当着全班同学的面,像鸭子一样走进教室里,老师和同学们又要看着我了。

静秋将眼睛努力地闭上,为自己偷懒自责,还有在意自己身体的各种想法,在她大脑里狂轰滥炸:为什么?为什么别的同学每天可以睡到六点半起床都可以不迟到,而我每天需要四五点就要起床?为什么我身体这么差,这么努力,高三考试考得还不够理想?为什么我的腿如此不便,我还不能歇着,每天还要忍受旁人异样的眼光,我好累!我想歇着!

静秋越想越觉得自己的坚持是一种没有结果的行为,她想逃避了,她想逃离这种地狱般的高考魔鬼训练。她特别害怕母亲在这个时候醒过来,因为她知道只要妈妈醒来了,就一定会拉着她去上学。

静秋偷偷地将床边的闹钟取消了,然后若无其事,心安理得地睡着了。

"静秋,静秋! 快起床! 咱们已经迟到了!"静秋被母亲惶恐的声音惊醒了。

她依然躺在被窝里,一动不动地,微眯着双眼,假装使劲咳嗽了几声:"妈,我头疼,好像感冒了。"

"孩子,怎么了? 不舒服了吗? 我来看看!"妈妈赶紧把手放在静秋的额头上试了试,"呀,这么烫啊! 不行,咱俩赶紧上医院!"

静秋听到妈妈这样说,心里窃喜了一下:妈妈才不知道我头这么热是在被子里捂得呢!

"妈,去医院好贵的,我忍忍就可以了,我们生物老师说刚开始的感冒发烧,多喝热水,然后注意保暖休息就可以了,一开始感冒就送去医院吃药或打点滴,会减弱我们的抵抗力。"静秋弱弱地说着,显得极其懂事,随即又咳嗽了几声。

"这样啊! 妈妈懂得比较少,那我给你们班主任打电话请个假,如果下午再不好,咱们就去医院!"

静秋点了点头,她心里觉得自己是聪明绝顶的人,但是这种"聪明"却没有任何底气。

时间一分一秒地过去了,静秋躺在床上望着天花板发呆。她的内心很纠结,很复杂,她真的很想哭:我怎么变成这个样子了? 我在自欺欺人吗? 我不想考大学了吗? 难道我要在高三这个节骨眼上放弃自己吗? 我这样做除了欺骗得了自己最亲近的妈妈,还能骗得了谁?

眼泪顺着静秋的脸颊滑落了下来,她感觉自己逃脱不了命运的安排,却又无能为力,她不知道自己得了什么病,但是她感

觉身体越来越不对劲了,真的不知道自己可以撑到哪一天,真的
不知道今天的逃课结束,自己还有什么借口去逃避繁重的学业
和要面对的生活。

妈妈照顾她的身影从房间里进进出出,那瘦弱的背影,焦急
的面庞,触动了静秋的心,她心里愧疚的那块石头开始慢慢地压
在她的胸口上,她都快窒息了,她心里非常清楚自己现在的行为
是错误的,是不理智的,但是她始终控制不了自己想逃避的想
法,更无法去约束这种行为。想到自己因为血液不循环,总是以
冻僵的身体在教室里学习,就会觉得特别委屈;想起每天由妈妈
送着上下学,都要被人指指点点,就会特别的不舒服;想到自己
不论多么努力的走路,还是没有办法加快自己的步伐,让很多时
间白白浪费在赶路上,就会觉得很烦躁;想起自己如果不能考上
好的大学,像这种状态一直持续下去的话,自己如何对得起这个
为自己倾尽一切的家!想到这些就会很看不起自己。

她真的好无助,谁能告诉她,她该怎么办?她存在的意义是
什么?她想大声呐喊:为什么我要是这个样子?为什么整个学
校乃至整个地区就只有我一个这样的女孩?我该何去何从?

窗外的寒风依旧无情地拍打着窗户,静秋的心也好像被击
碎了,没有人能够懂她,没有人能够从心理上真正地帮助她,她
能做的或许就是不计后果的自暴自弃吧!

天气开始慢慢地暖和起来了,校园里的柳枝也吐出了新芽,
春天到了,可是静秋的状态并没有因为春天的到来多了些活力。

静秋的心情起起伏伏,时好时坏,她每天都在与自己的浮躁
心理斗争着。

三月里的一个极其普通的日子,班主任突然递给静秋一封
信,静秋惊讶不已,这是她平生收到的第一封信,黄色信封上印

着"浙江大学"四个大字,落款周君森。

浙江大学? 周君森? 是我曾经租房子时住在隔壁的周君森吗? 去年高考考了 664 分,夺得县理科状元,被老师、同学、家长时常用来作为榜样的周君森? 可是租房两年以来各自学业忙,加上性别的问题,我们基本没有说过话呀! 只是每天起早贪黑地在路灯下早读时总能碰到他,他为什么会给我写信呢?

好奇心促使她迫不及待地打开了信封,里面夹着写满了字的密密麻麻的五页信纸,她开始认真看了起来:

可爱的静秋:

你好,早就想给你写信,但是害怕打扰正在复习备考的你,不知道最近你是否因为高考压力而感到心烦意乱? 不知道你是否对前途感到一片渺茫?

我来到大学将近半年的时间了,在第一个月里完全找不到自己存在的状态,自己老土的穿着和浅显的知识让我与杭州这座美丽的城市格格不入。现在终于生活步入正轨了。你知道吗? 考上浙江大学,作为一个毫无背景可言的农村孩子来说,我付出了比常人多数百倍的努力,当然,我也想对你说,如果我的高三没有遇见你,我不可能坚持到现在,不可能取得今天的成绩。

因为我眼睛有些斜视的缘故,很多同学都嘲笑我,都觉得我长得丑,我总是埋下头不敢多看别人一眼,我总是加快脚步从同学身边飞奔过去,很多时候我都觉得上天对我不公平。是的,我从小到大的学习成绩还算好,靠点小聪明吧! 但是我总是难以突破,因为内心深处我有一个结,我的自卑让我很浮躁,这使我没有办法全身心地投入到学习中去。自从你搬到我的出租屋隔壁，第一眼看到你的时候，我觉得你很坚强也很幸福，因为你虽然身体不好，但你的妈妈还陪伴在你身边照顾你。可是我没有想到，你妈妈开学给你报完名就走了，你一个人行动那么不便，在那么艰难的情况下，你也能把自己照顾得很好，我看到了你每天起早贪黑笨鸟先飞的时候，我的内心震撼了，我觉得我没有理由再去颓废了！我经常也会有考试不理想躲在被子里大哭的时候，但每当这个时候，我都会想起隔壁的你，想起你努力的身影，我就会立马振作起来，在我心中你是最美的女孩，你每次从我身旁经过时就像清风拂过我的面庞，温柔而清新。

有一个请求不知道你是否介意，以后我每个月都想给你写一封信，每周给你打一次电话。

期待你的联系

君森

2011年12月26日晚十一点半

静秋看完信，此时已经上课很长时间了，老师在讲台上激情澎湃地讲解着习题，可是她的耳朵仿佛听不到任何的声音，只感觉眼前有一个影子在讲台上晃动，她完全沉浸在这封信和自己的世界中了，她甚至都感受到了自己急促的呼吸声。

静秋把头转向窗外，操场上好像出现了男孩瘦弱的身影，她的眼眶湿润了：原来在同一个学校，有那么一位男生曾经有着和我一样自卑浮躁的心理；原来自己早起因为太黑而害怕，因为他的时常出现，克服了自己的胆怯心理，我一直以为是他鼓励了我，没有想到在他的心中是我激励了他；原来这个世界上不只我一个人是被上帝咬了一口的苹果，这么优秀的他也有自己的不

完美。

　　静秋想着想着就不自觉地笑了,此时她好像觉得自己是世界上最幸福的女孩,作为这样一个身体情况的女孩,居然能被县理科状元欣赏,这真的是一件无比自豪的事了。

　　自豪之余,她的脸也开始发烫了,火辣辣的,此时她好像也对他产生了一种爱慕之情,但是她不敢再往下想下去了,因为她很明白自己现在的处境:不行,我不能够喜欢上他! 他给我写信或许就是单纯地敬佩我。而且即使他也喜欢我的话,我们之间也是不可能的,他现在是大家眼中的骄子,是我们大别山里飞出去的金凤凰。而现在的我呢? 身体状况越来越差了,学习也不能专心,直线下滑,或许连个三本都考不上,我有什么资格谈论爱情呢?

　　静秋不停地在打击自己的这个念头,但是内心深处她是多么希望拥有一份属于自己的爱情啊! 抛去世俗,抛去名利,抛去学习,大胆地向自己喜欢的人表达心意。但是她毕竟做不到这样,现实中的她是那样一个身体孱弱的女孩,她能够听话懂事就算是对父母最大的安慰了。

　　尽管这样,她还是期待着放学,期待着把这个事情快点分享给妈妈,她期待着赶紧用妈妈的手机给他发一条短信。

不要再联系了吧

　　时间如流水般不紧不慢地淌过,临近五月,高三学子的每一根神经都紧绷着,伴随着春夏交接,浮躁也一起到来,而此时的静秋每天沉浸在自己的"幸福"和幻想中。

　　她所等待的是君森五月的信,君森真的如同信里承诺的那样,静秋在每个周六会接到君森的电话,每个月初会收到他的来信。在信里君森会和静秋描述五彩缤纷的大学生活,也会和静秋分享自己的喜怒哀乐;在电话里,静秋时而会听到君森那充满力量的年轻声音,时而又会听到那温柔的关切问候。这一切都扰得静秋无心再去关心周围的其他事务了,所谓的作业,所谓的高考,所谓的懂事,她顾及不了那么多,她不知道自己到底怎么了,提起笔她的脑子里都是他,睡觉的时候,她的梦里也是他,她完全变了。

　　她想她应该是开始对君森产生感情了,这种感情她无法克制,她也不想去克制。

　　4月29日,静秋放学回来正在吃着午饭。

　　"静秋,周君森哥哥给你打来的电话!"妈妈赶紧从厨房里出来,把手机递给静秋。

　　"喂"! 静秋的脸特别红。

　　"喂,是静秋吗? 我们大学五一放假了! 我准备专程回来看你一次,你马上也要高考了,给你加加油! 我已经买好了车票,明天上午就能到你那儿!"

听到这个消息,静秋的内心非常地欢喜,但是她也非常地纠结,电话这边一下子沉默了。

"静秋,你怎么不说话了?"

"噢,那太好了,那你明天注意安全,我先挂了啊! 我马上就要上课了,快迟到了!"

静秋匆忙地挂断了电话,她被君森这突如其来的消息震得一惊一惊的,从情感上来讲,她是多么渴望能见他一面啊! 不管对方对自己是出于敬佩还是其他的情感也好,但是静秋这方面是真真切切地发现自己付出了感情;从身体的角度来说,静秋不敢见他,因为将近大半年的时间他们没有见面了,静秋的身体已经大不如前了,此时的她坐下去再站起来的话,已经需要人抱了;此时的她,走路的摆动幅度比以前更大了;此时的她也变得更加消极了,学习也一落千丈。

或许每个女孩都想在自己喜欢的人面前展露最好的一面吧! 静秋真的没有勇气见他。

很快第二天到来了,约定并不会因为静秋的忐忑而消失,静秋还是要硬着头皮来面对。

随着他到达的时间越来越近,静秋的心也跳动地越来越厉害。

她和妈妈早早地站在了学校旁的马路边等着君森的到来。

上午十一点半,一个熟悉的身影出现在大巴车上,他也不时朝着马路边张望着,是的,那是周君森!

只见他穿着一件朴素整洁的白衬衫,一条干净半旧的蓝色牛仔裤,左手提着一摞书,右手拿着还是高中时期用的那个水杯,他变了,他变得更加绅士儒雅了,他也没变,他依然还是那样有朝气,他依然是那么朴素。

"阿姨!静秋!"君森大步走向静秋母女这边。

"孩子,这么大老远的,还亲自回来鼓励妹妹,真是辛苦了!咱们赶紧回去,饭已经做好了!"

静秋扶着妈妈一摇一晃慢慢地走着,她只是红着脸微笑着。其实静秋特别害怕被君森看到自己较先前更加难看的走路姿势。

在饭桌上,君森一直主动和静秋说话,询问着她的学习情况,关心着她的生活状态,静秋也只是简短地回答了他,更多的是妈妈在帮她回答。

难得的见面气氛被静秋搅得无比尴尬,其实在君森待在家里的几个小时里,静秋多么想去上一趟厕所啊!可是她自己站不起来,她也不愿意叫妈妈,她害怕,她真的害怕被君森看到自己更加恶化的身体。她也多么想和君森畅聊啊,可是她害怕,她害怕泄露出来自己的情感。

"静秋,我快走了,时间不早了,你能在我走之前陪我逛逛校园吗?"君森突然拉起了静秋的手。

"不,不,不!我肚子疼不方便!"静秋像触电一样地甩开了他的手,她显得很激动。但是谁又能理解她呢?她现在走路真的很困难了,她真的不想被他察觉。

看到静秋这样的反应,他也没有强求了,把买给静秋的书送给她后,就匆匆和母女告别走了。

他走的时候静秋都没有站起来送他,等他走远了,静秋迫不及待地让妈妈抱着她起来,她默默地看着他孤独一人远去的背影。

静秋的眼睛模糊了,她知道自己不配拥有这份感情,她不敢

再往下想了。

于是，她拿着妈妈的手机给他发了一条短信：君森哥哥，谢谢你一直以来对我的关心，但是我希望以后咱们还是不要联系了吧！这样我会分心。

那天晚上，静秋哭了，躲在被窝里哭了一夜。

高考落榜

静秋的高三就在这种浮躁与情窦初开的情绪中度过了，走出高考的考场那一刻，静秋意识不到卷子是难是易，但是有一件事她可以肯定，她一定连三本线都达不到，从内心来说，她无比镇定，因为她知道不努力一定不会有收获。

等分的日子对于静秋来说是一件毫无意义的事情，因为她知道她心中早已预知的结果一定会来，等待的最终目的只是给父母一个交代，一次伤心。

妈妈每天坐在电视机前关注着高考的一切讯息，忙碌的爸爸也一天几个电话频繁地嘱咐着静秋，要提前估分，为填志愿的事情做好准备，但是静秋懒洋洋地应着，她不敢对答案，她不想去证实自己的预想是正确的。

那是一个灰蒙蒙的夏日午后，天气闷得好像要从云朵里挤出几滴雨来，扰的大家心情都很烦躁，这种天气对于静秋来说更为煎熬，因为今天下午一点整就是查分的时间，她和妈妈正在家里等待爸爸的电话，等待爸爸告知电脑里查询出来的结果。

妈妈的脸上渗出了些许汗珠，但是她的眼睛里却闪出了一丝喜悦的光芒，静秋看到这样的母亲，心里更加愧疚，因为她心里很明白，妈妈以为接下来的结果一定是苦尽甘来，妈妈以为她受尽苦难的女儿马上要踏上人生新的台阶了。

"嘟、嘟、嘟"，手机铃声响了，母亲迫不及待地拿起一直握在

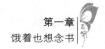

手里的手机。

"你爸的电话,分数一定出来了!"妈妈显得异常激动。

静秋此时面红耳赤的,她不知道怎么去面对,她想拔腿就跑,可是病重的身躯让她迈动步伐的力气都没有,她只有等待母亲的绝望,只有接受自己良知的谴责了。

"分数出来了吗? 孩子考得怎么样?"妈妈焦急地询问着。

"不会的! 你确定没有查错?"妈妈眼睛里面的光芒一下子暗淡了下来,她瘦弱的身子瘫软在椅子后背上。

静秋发慌了,她知道结果一定不好,她真的很想扇自己一耳光,看到这样无助的妈妈,她知道自己是这一切的罪魁祸首!

"嗯,不怪孩子,她比一般孩子压力大,她努力了,不怪孩子。"母亲这边的语气变得平和舒缓起来,她显得无比镇定。

挂完电话后,屋里一片沉默,静秋不敢抬头望一眼母亲。

许久,母亲终于开口了:"孩子,你考得不理想,487 分,没有达到三本分数线,不过妈妈知道你努力了,你的压力比一般孩子大,我和爸爸不怪你,如果你愿意,我们还会支持你继续复读。"

妈妈抚着静秋的头,温柔地安慰着她,静秋多么想趴在母亲怀里大哭一场,可是她欲哭无泪,母亲的镇定让她更加羞愧难当,她还有什么资格哭呢?

一声响雷,把屋里的猫都惊得乱蹦了起来,屋外下起了倾盆大雨。

母亲随后就进里屋休息去了,静秋听着淅淅沥沥的雨声发起了呆,她好似什么都在想,又好似什么也没有想。

静秋落榜的消息很快就传遍了整个村子,村子里就像炸开了锅一样,家里一心一意供孩子陪读上学,为孩子治病不顾一切,学习一向优秀的孩子居然连三本线都没有达到,这成了村民们茶余饭后的谈资。

晚饭后,村子里的大娘来家里串门。

"静秋她妈,你家孩子学习不是一直很好吗?你们又花费那么大精力去培养她,这孩子真够不懂事的!"她突然大着嗓门和妈妈说起了这事儿。

"大嫂,作为长辈,你说孩子这是好话,我很感激你!但是我家静秋并不是你们想的那样,她是一个很懂事的孩子,也很努力,平时在班级也能占到前三名,她是压力大才没有考好的!你们没有经历过高考不了解的,而且她身体不好,压力更大。"母亲一个劲儿地解释着。

"什么压力不压力啊!我是农村人,没有什么文化,这孩子平时学习好指不定是抄的呢!"

"大嫂,你怎么可以乱讲!孩子压力本来就够大的!"母亲像发了疯的狮子一样开始嘶吼了起来。

"唉!你就听不得实话!村子里谁不知道孩子没考上啊!你就护着孩子吧!"大娘说完话转身扬长而去。

静秋听到母亲和大娘的争吵声,真的想狠狠地给自己一个耳光,她也真希望大娘跑进来指着自己的鼻子大骂一顿。

母亲赶紧跑进屋把静秋搂了起来:"孩子,妈妈知道你压力大。村子里的人都瞎说,妈妈理解你,不要怕。"

静秋的眼泪顺着眼角流淌下来。

梦醒时分

夜深了,窗外槐树的影子依稀斑驳地映在卧室的墙上,村子不远处偶尔也传来几声狗吠的声音。

静秋在黑夜里睁着眼睛,丝毫没有睡意。

"徐妈妈,你们一定不要放弃静秋的学业,实际上她的基础很好的,只是我觉得她高三下学期好像一直心事重重的样子。但是徐妈妈,她以后绝对是有出息的孩子,您千万要给她复读的机会啊!"

"老师,即使您今天不来,我也不会放弃静秋的!我知道她思想压力大,更主要的是我们做家长的没有真正尽到义务,陪读也没有照顾好她!"

这是高考结束后老师亲自走访静秋家,希望静秋还有机会念书的情景。

白天母亲为了维护自己的尊严,为了保护自己和大娘争吵的情景也浮现在眼前,母亲这沉重无私的爱让静秋更加不能原谅自己。

她的眼眶湿润了,她明明知道自己高三的做法不对,却一直要叛逆。明明知道母亲的不易,却要狠狠地伤害她,如今导致这样的结果,却要这个一年来被自己伤害得遍体鳞伤的女人为自己收拾残局,而且这位傻母亲还坚信自己的女儿努力了,是老天没有长眼,对她苦命的女儿太残忍了。

静秋觉得自己的行为和母亲的爱对比起来，实在是太讽刺了！

"我怎样才能找回以前的自己？怎样找回自己的自尊？怎样才能摆脱我的浮躁心理？我的浮躁又来自于哪里？……"静秋不断地质问着自己。

整个高三我是怎么过的？早上，的确我四五点就起床了，我承认我起得比任何人都要早，这被老师、家长都看在眼里。我读书的声音也是最响亮的，这也被老师看在眼里。有很多时候模拟试卷我也考得不错，在班级也能排到前三名，这也都被老师、家长看在眼里。这些事情都曾让我感到无比自豪，也觉得自己应该能考出好成绩。静秋想着。

可是，这表面上看起来是好的。但是我的内心所有的出发点在哪里，源自哪里？好像整个高三都在寻求老师的认可，而不是真正地为了考大学而学习，只是机械地为了分数、为了名次去争取？难道这都不是虚荣吗？还有每次在自己的班级都取得了不错的名次，可是事实是什么呢？事实是自己本班级的排名是全年级倒数的，为什么自己还要做一个井底之蛙？为什么明明知道这个事实，还要满足自己狭隘的自尊心？静秋在努力地回想自己高三的心态，在慢慢探索着阻碍了自己的答案。

以前妈妈没有陪读的时候，自己虽然经常饿肚子，可是学习从来没有放松过。可是妈妈过来了为什么自己会出现这么多心理问题？为什么更加不安？为什么还要故意让妈妈伤心？

"还是你自己虚荣！你希望取得很好的成绩证明给妈妈看，可是你每次取得的成绩在全年级并没有多理想的排名，而且你不愿意去承认别人学习成绩比你好，你看到别人的进步，你会故意贬低别人，找各种理由来抬高自己！所以你就故意找一些理由和借口，把错误转移在无辜的妈妈身上！你难道不累吗？你这样怎么可能成功呢？你没有真正为自己而学，你都是为了学给别人看！"静秋自问自答着，她的答案越来越清晰！

"还有你没有恒心，你在逃避着自己的身体。天气冷一些，腿冻僵了，你就不想去教室了。你越来越害怕别人看你的眼光，你把很大一部分精力都放在了现在没有办法改变的身体条件上。所以你每天除了虚伪就是在逃避，你说你这样做对得起谁？"静秋内心的声音直指要害。

"还有，你为什么要在高三这个节骨眼上付出自己的感情，明明不可能却还痴痴地幻想，明明别人对你表达的是敬佩之意，兄妹之情，你非要就此沉沦，让自己都瞧不起自己！"静秋真的很后悔。

这些潜意识里的问题，实际上静秋一直都有很清晰的答案，一直不愿意被自己承认的答案，在这个无眠之夜被赤裸裸地暴露了出来。

她第一次清晰地认识了自己，认识这样一个虚伪、华而不实的自己。

我现在要做的就是俯下身子，以最谦卑的姿态去学习，我的身份就是学生，不要害怕犯错误。为了自己，为了妈妈我也要放下所有的包袱和尊严以及情感，再坚持一年。只有考上了好大学，自己才能够争取更好的医疗条件。

第一次这么透彻地审视自己，静秋觉得全身心都特别轻松：我一定会坚持下来，我一定要考上大学！一定不要再让母亲四处维护我了，一定要用实际行动做给他们看！

妈妈"六亲不认"

饭桌上没有一个人吭声,连平时调皮的弟弟也知趣地随便扒拉了几口饭就溜出去了。

"静秋,现在你也长大了,家里供你读书也尽力了,为你治病,家里现在债台高筑,这次你考上了三本,家里实在拿不出一年一万多的学费,其实专科也不错,只要专业学好了,哪个大学毕业并不重要!"爸爸无奈的声音打破了饭桌上的沉默。

"什么?你就这样逃避责任?你就这样当孩子爸爸的?你明明知道孩子是因为心理压力过大,发挥失误,你不但不安慰孩子还想把孩子送去读专科糊弄她?作为父母,咱们没有给她一个好的身体,她考上好大学唯一改变命运的出路难道都不能给她吗?"收拾碗筷的妈妈突然站在那里大喊了起来。

"我看你是疯了!我们现在的经济压力有多大,你不知道吗?家里还有一个孩子在念书,我们也要过自己的生活,我们已经尽力了,她自己没有用怪得了谁!"哐当一声,爸爸摔门而去。

只留下静秋坐在饭桌旁嘤嘤哭泣,母亲呆滞地站在那里,然后拿着碗筷机械地走进了厨房。

"嘟、嘟、嘟",电话铃声响了。

"喂,小妹,高考成绩出来了,听说静秋又没有考好,具体什么情况啊?"

"喂,四姐,嗯,不太理想啊,刚刚达到三本线。"

"这孩子怎么这么不懂事呢！你为她付出那么多，工作都不要了，专门陪读，已经复读一年了，怎么还考这个样子啊！小妹，姐劝你到此为止吧，我最近生意也忙，压的货也亏了不少，帮不了你们什么，孩子的事你看开点吧，已经这样了。"

"四姐，你不了解，孩子平时在班上都是前三名的，年级前十名的，我孩子什么样我自己最清楚了！她比别的孩子都要懂事，只是心理压力大，好了，就这样吧，知道你做生意不容易，我会自己慢慢挺过来的，孩子的事儿让你费心了！"

妈妈"啪"的一声把电话挂断了。

"你哭什么哭！有什么好哭的！你干吗不证明给大家看你是很棒的孩子！你身体不好，平时努力了也考不出来，有什么用呢！你对得起你自己吗！"妈妈对着在饭桌上小声抽泣的静秋大吼了起来。

面对眼前熟悉又陌生的妈妈，静秋慢慢停止了抽噎，大脑一片空白："难道妈妈也不理解我？难道妈妈也要放弃我？"

静秋左手用力撑着大腿，右手用力撑在桌面上，慢慢扭动着身体站了起来，然后晃动着身体挪向自己的卧室，只留下妈妈一个人呆坐在客厅的椅子上，把自己关在卧室里小声啜泣起来，泪水浸湿了枕头，静秋慢慢睡着了。

"静秋……"一只温柔的手抚摸着静秋的头发，静秋睁开朦胧的双眼，只见妈妈坐在床头。

"静秋，妈妈准备带你去一中复读，这一年你要放下一切思想负担，好好努力一年，妈妈也不给你压力，无论结果如何，妈妈都愿意帮助你完成梦想！"

"可是，家里弟弟和奶奶需要人照顾，你走了怎么办？家里经济也支持不下去了啊！妈妈，其实专科也挺好的，我愿意上专科。"静秋懂事地说。

"孩子，妈妈本来没有给你一个健康的身体，就已经很亏欠你了，如果这唯一的学习机会再不帮你争取过来，我就不配做你的母亲！你放心，你就安心读你的书吧，妈妈会想到办法的！"说完妈妈就起身离开了。

静秋望着母亲瘦弱而坚定的身影，更加坚定了自己的信念。

"喂，她二姑吗？静秋考试又失误了，你能不能和大姐轮流照顾一下咱妈，孩子的身体状况你们都知道的，我现在实在没有办法了，她平时学习成绩很好，只是思想压力过大，所以……"只听见妈妈在客厅里打起了电话，静秋慢慢挪了过去。

"我看你分明是想逃避照顾咱妈的责任！总是拿孩子读书为借口！她一年考不上、两年考不上，身体那个样子，不是我做姑的说话不好听！她就算考上了也没有什么用处，我们家事儿也多，没有办法照顾咱妈了！"

"嘟、嘟、嘟……"电话被无情地挂断了。

妈妈无助地埋下头，沉默了一会儿又开始拿起电话。

"喂，是她大姑吗？静秋考试没考好，我想还陪读一年，你和二妹能商量照顾咱妈吗？孩子身体太差，我真的不想放弃啊，她平时学习成绩很好的。"妈妈低声地恳求着。

"姐，我知道你和孩子不容易，可是二妹不照顾我一个人也分不开身啊！孩子的义务你也尽到了，让孩子上个专科就可以了，你看我和二妹没文化不也照样生活吗？"

"你们身体健康，没有文化可以靠体力，怎么也能混口饭吃，孩子起坐都不方便，如果再不上个好点的大学，以后怎么生活？现在我已经快五十岁了，还能动可以照顾她，十年后，二十年以后呢？"

"姐,我日子也紧巴,咱妈每天吃饭,也得花钱,如果一个月给我 500 块钱的话,我就替你照顾咱妈。"

电话这头的妈妈哽咽着半天没有说出一句话。

"姐,姐,你怎么不说话了啊,现在请一保姆都得一个月一千多呢,看在照顾咱妈的份上,这个要求不过分吧?"

"好吧,我答应你,你要把妈照顾好。"

接着妈妈就挂断电话了。

"妈妈,我不想再读书了,读书多累啊,专科我也不想念了,我实在撑不下去了,妈妈求你别逼着我读书了! 读书只是你的个人意愿而已!"在放弃读书和母亲为了自己读书被人羞辱的选择中,静秋狠心地和妈妈叫嚷了起来,她多么希望母亲能够歇息一会儿啊!

"啪",一个狠狠的耳光落在静秋的脸上,火辣辣地抽打着静秋的脸庞。

"现在最没有资格和我谈放弃的人就是你! 你也看到了,连你自己的姑姑都不理解我们,都要我们放弃你,帮忙照顾一下自己的母亲都要和我谈价钱,为了你,妈妈忍了。你却和我说要放弃读书? 你有什么资格! 从今天起,你必须努力,你必须告诉大家你是有用的! 不然妈妈再坚持也只是被人嘲笑的笑柄!"从来没有舍得打过静秋的妈妈,突然愤怒了。

最爱哭鼻子的静秋,睁大了眼睛,怔怔地呆在那里,看着母亲。

妈妈拿起手机走进房间。

"不好意思啊,我知道你家困难,但是现在实在没有闲钱借给你。"

"真不巧,如果你早几天打来就好了,钱刚刚存入死期了。"

"又是为那孩子吗,唉,我劝你还是多为自己考虑考虑吧!农村家庭,我帮不上你什么的。"

妈妈翻着通讯录,无数个电话打过去了,该问的该借的地方都问遍了,没有一个人愿意帮助妈妈凑一下学费,更别说要付给大姑照顾奶奶的费用了,妈妈绝望地倚在床边。

咚咚咚、咚咚咚……

"谁啊?"妈妈无力地起身开门。

"闺女,大妈找你有事儿。"

"大妈,快坐。"妈妈强打精神,给邻村奶奶一边拿着椅子一边沏茶。

"大妈听说娃儿没考好,你也急着凑学费,以前我孩子小的时候你经常帮助我们,现在我的娃儿都大了,各个也算出息,今儿大妈拿四千块钱给孩子先凑凑。"奶奶颤颤巍巍地从怀里掏出用蓝白手帕包着的严严实实的四千块钱。

"大妈,这钱说什么我也不能要,您和大爷留着买营养品吧,您这么大老远过来,心意孩子领了,但是您一定得拿回去!"妈妈连忙把钱退了回去。

"孩子,说什么你也得拿着,谁都有磕磕绊绊的时候,老祖宗的话讲得好啊,人有三起三落,马有三肥三瘦,娃儿读书要紧,娃儿以后的路长着呢,我不是把钱给你的,我是给娃儿念书的!当年如果不是孩子你,我们家几个孩子连出门打工的车费都没有,现在我们好起来了帮帮你不是应该的吗?"

"大妈!"妈妈抱住奶奶突然像孩子般无助地哭了起来。

"闺女,大妈知道你难过,但是都会挺过来的。"奶奶心疼地抚着妈妈的头发。

"静秋,你一定要好好努力,一定要记住你的学习机会是奶

奶给你的,以后一定要做一个善良的人。"妈妈望着静秋语重心长地说。

静秋默默地点了点头,奶奶慈祥的面庞从此深深地烙印在她的心里。

第二天,妈妈收拾好行李,带着静秋和弟弟,在许多不理解和摇头叹息的声音下,毅然赶往县城复读。

第二章

月亮照着求学路

和月亮有个约定

凌晨四点半,静秋准时地醒来,她揉了揉红肿的双眼,扶着床沿慢慢地坐了起来。

柔和的月光顺着窗帘的缝隙倾泻到屋子里,"呱、呱、呱""知了、知了",青蛙和蝉鸣的声音让静谧的清晨更显安静。

静秋轻轻地拉开了窗帘,明亮的月亮高高地挂在天空上,不知疲倦的星星陪伴着它一起点缀在天空上。静秋微笑了:今天又是美好的一天,又是一个值得我珍惜的日子。

她打开台灯,拿起日记本,画下了第 59 个月亮,她托着双颊望着天空的明月:时间过得真快啊! 已经到 8 月中旬了,我已经来到复读班一个月了,我画了 59 个月亮了,我已经坚持三十天了。

原来从静秋复读的第一天开始,为了给自己一个坚持的理由,静秋就暗暗和月亮有个约定,要在月亮没有消隐的时候起床,给自己在日记本上画个月亮作为记号;如果一天按照自己的计划充实地过了,晚上回家再画个月亮,以此来激励自己。

妈妈还在床上酣睡着,静秋满足地合上了日记本,然后扶着桌子艰难地站了起来,以尽可能小的动作去卫生间洗漱,大约过了 40 分钟,由于身体不便,动作笨拙的静秋终于整理好了自己。她走到床边,看着睡梦中的妈妈,睡得如此香甜,她真的不忍心去叫醒她,真的想让疲惫的母亲能够多休息一会儿,哪怕 10 分钟。可是自己一个人又没有办法独自穿过马路走到学校。

"妈",虽然心里不忍心,但我还是轻声叫了一声。

"啊,孩子,没有迟到吧?"妈妈猛地惊醒了,她习惯性地问了一句。

"没有呢! 妈,五点二十了,我们该上学了。"静秋轻轻地说。

"好的,孩子,咱现在就走!"妈妈从床上蹦了起来,赶紧穿上衣服,都来不及洗漱,拿个手电筒,就牵着静秋出门了。

此时天开始微亮,月亮仍在天空中悬挂着,但是周围还是模糊一片,妈妈左手拿着手电筒探着路,背上背着静秋沉甸甸的书包,右手牵着走路非常吃力的静秋,静秋此时走路已经不是普通意义上的一瘸一拐了,因为肌肉的紧固,导致她的跟腱收缩厉害,整个小腿肚子是肿胀的,为了保持平横,她的身体尽可能地往后倾,静秋紧紧地拽住妈妈的双手,丝毫不敢松懈,初秋早晨的凉意对这个女孩起不到任何作用,她"呼哧""呼哧"大声地喘着粗气,母女的影子,一长一短,一前一后,被月光拉扯在马路上。

穿过两条马路,走过一个街道,妈妈给静秋买好早点,穿过大约两百米的校园林荫小道,再爬到教学楼五楼,母女就完成了从出租房到教室的过程了。这正常人仅需要耗费 20 分钟的路程,母女却足足用了一个小时,到达教室的时候,月亮刚刚褪去,好像是为了保护母女一路安全到达,它才忍心离开一样。

此时,教学楼里依然静悄悄的,只有静秋一个人最早来到教室,跨过这翻山越岭般的路程,母女都深深地叹了一口气,彼此都笑了。

"妈妈,你回家吧!"静秋接过书包。

"好的,早饭快凉了,趁热吃! 还是要喝水,如果上厕所实在不方便,找同学帮一下忙,不要憋尿! 妈妈中午会准时送饭!"妈妈嘱咐完就离开了。

静秋看着妈妈远去的背影,她心里又有了一股莫名的力量:为了这个曾被我伤的遍体鳞伤的女人,我一定要坚持。

忙碌的一天在纸和笔的摩擦声中悄然过去了,下晚自习了,静秋还舍不得离开教室,一直在演算着没弄懂的那道习题。此时母亲已经准备好薄外套,走到静秋的桌子旁边接她来了。

还是那只手电筒,还是那条小路,还是那轮明月。

母女踩着月光,欢声笑语地谈论着一天的收获,虽然回家的路,对于这对特殊的母女来说依然是那么的长,但是,她们相信,只要有脚,再长的路一定会有尽头。

晚上十一点左右,母女俩终于走回了家,一到家,静秋就迫不及待地再次拿起自己的日记本,望着窗外的月亮,她满足且自豪地画下了第 60 个月亮。

然后拿起习题集,伴着月色,在台灯下认认真真地学习。

这样的日子,静秋整整坚持了一年,她的日记本里密密麻麻画满了大大小小的月亮,这些月亮聚集在一起为静秋撑起了大大的太阳。

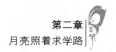

找到了最真实的自己

"同学们！第二次月考文综成绩出来了。"老师突如其来的声音打破了自习室的安静，埋头认真看书的同学们纷纷抬起了头。

"恩，这次大家总体考的还不错，平均成绩是196分，是复读和应届文科班第三名，值得鼓励。下面来发试卷。"

同学们的眼睛都齐刷刷地盯住了班主任手中的试卷，教室里开始小声地议论了起来，每个人都在关心着自己的成绩，有的同学脸涨得通红，紧张又迫切地等待着老师宣布自己的成绩，仿佛这次成绩就决定了他们的命运一样。

静秋也有一丝紧张，她的手心开始出汗了，因为她知道文综是自己的薄弱学科，在大家都发挥得不错的情况下，自己如果没有考好给班级拉了后腿，那将是一件多么丢脸的事啊！

"王雪，235分。"

"张伟，238分。"

"刘娇娇，240分。"

……

"以上十名同学的文综是达到二百二十分以上的，值得鼓励！希望同学们向他们学习！"老师一脸高兴与自豪。

被表扬的同学们纷纷走上讲台，拿起自己的试卷，神情非常骄傲，好像刚刚从领奖台上下来一样。静秋看到文综成绩如此优异的同学们,心里有一丝嫉妒与不屑,但是她内心不停地告诫着自己,你要知道你高三失败的原因,你就是不愿意承认别人比自己强,不愿意虚心地接纳自己的不足,虚荣心太强,这是你高考的绊脚石! 不能被这种情绪左右了,你要学会接受,别人优秀是别人努力的结果! 如果你也努力,你一定可以做到的!

静秋这样想着,心里的压力减小了不少,嫉妒的情绪也慢慢被压了下去。

"徐静秋,189 分!"静秋想着想着,老师的声音就像晴空霹雳,一下子打到静秋的头上,她仿佛被滚烫的辣椒油泼了一样,火辣辣的热流从脸上向全身传递开来。

"什么? 189 分? 比咱们班的平均分还要少 7 分? 我平时努力了很多,怎么考得这么差劲?"强烈的虚荣心再次被撩拨了起来,她感觉自己无地自容。

讲台上的老师把静秋的试卷轻轻地捧在手上,他面带微笑地望着静秋,停止了发卷子,静秋知道老师在等她上讲台拿试卷,看到老师温暖的微笑,她强烈的羞耻感开始慢慢淡化了,她把双手扶在桌面上,借助双手的力气扭动着屁股艰难地从椅子上站了起来,笨拙的身子从椅子里挪了出来,然后一步一步摇摇晃晃地向讲台走去,老师赶紧从讲台的台阶上下来迎着静秋,把试卷递给了她。

静秋走下讲台的时候,看到全班一百多双眼睛都在盯着她看,但是此时她没有像一只受伤的小鹿一样觉得羞愧难当,她昂起了头,面带着微笑对着每一位同学。

静秋回到座位后,已经忘记了自己是那个拉后腿的学生。她摊开了试卷,大致扫了一下,地理没有及格,历史和政治都是刚刚及格。

　　她开始认认真真地把错题集拿出来,翻开了文综的内容,将自己的错误一个一个地比对了起来。

　　拿到卷子的同学们交头接耳地在打探大家的成绩,此时错误在哪儿对于他们来说并不是最重要的,大家关注的是成绩,是加上语数外之后各自在班级的排名。静秋内心有种冲动在引导着自己,她似乎也想加入到那个人群里,为分数哭,为分数笑,为名次悲,为名次喜。但是高三的教训拉住了虚伪的自己,她深深地吸了一口气,告诉自己,每次高考前的所有测验都是为了给自己找错误的,我不可以被分数和名次束缚住,每一次考试都是对自己学习方法的检验,我要做的就是找出自己失败的原因,忍住一时的虚荣,虚心学习,不和任何人比较,每次进步一点点就可以了。

　　静秋此时的心情静如止水,她看到周围因为分数闷闷不乐,趴在桌子上的同学,还有因为分数好露出一副傲人气息的同学。她微微一笑,仿佛看到了曾经也在这个圈子里苦苦挣扎的自己。

　　中午放学的时候,楼下早已张贴好本次月考年级优秀排名同学的光荣榜,名单上没有静秋。

　　静秋从五楼的教学楼向下望去,她看到一个熟悉的瘦弱身影,提着饭菜在那里站着,仔细寻找着什么。

　　对,那是母亲。静秋的眼睛模糊了,她告诉自己,只要我一直保持平和心态,一直勇于纠正自己的错误,我相信高考后的光荣榜上一定会出现我的名字!

陷入了魔鬼训练

夜深了,大地上有生命的生物基本都停止了不安分的细胞,沉沉睡去。小区里偶尔有几只黑猫窜动了起来。陪着孩子们读书的家长租住的小区里所有的楼层都熄了灯,四楼的窗户却透出几许光亮来,依稀可以看到一个女孩在落地窗里面的课桌边坐着,在台灯下埋着头看书的身影。这孤独的光亮陪伴着小区里昏暗的路灯。

台灯下的闹钟已经指向凌晨 1 点钟了,静秋揉了揉红肿的双眼,在太阳穴上抹了点风油精,甩了甩有些许困意的头,左手抬起自己难以举高的右手,在酸痛的肩膀上尽自己最大的力量捶了几下,然后又埋下头看试卷了。

静秋看的是英文试卷,在她的心目中,英语对于她来说就是一个痛,她阅读理解和完形填空部分总是拿很高的分数,但是听力和作文都不能达到一个正常的水平,这样一来她的英语成绩总是停留在 100 到 110 分之间,很难有突破。很长一段时间,她都觉得很委屈,甚至产生了看到英语就厌烦的强烈情绪。她认为自己的学习成绩不应该是这样一个水平,而且作为一个文科生,如果英语和数学都不是强项的话,是很难考到一个较好的本科的。这已经是复读的第三个月了,自己每天也做了很多英语习题,为什么成绩依然没有突破呢? 问题出在了哪里?

静秋托着下巴仔细分析着自己的试卷,百思不得其解。

"啊！我知道了，我知道了！"她激动地恨不得叫出声了。

原来每天我做了那么多英文试卷，一直训练的都是自己的阅读理解和完形填空的题型啊！我很少关注过自己的单项选择和后面的作文，一张试卷被我对完阅读理解和完形填空的答案后，就甩到了一边，这样怎么会有利于自己提高英语的薄弱项呢？而且我的卷面很乱，这样也会影响到我的得分。

静秋感觉自己就像发现了新大陆一样高兴，她赶紧拿起了试卷，认真地审了作文题目，然后根据自己的理解，拿出一张草稿纸，一笔一画认认真真地开始写起了英文作文。写完作文以后，她认真比对了范文，她发现自己存在语法知识点的许多漏洞，她根本对很多语法知识是半懂不懂的状态。她开始找语法的知识点，开始抄经典的范文首尾句。

大脑的睡意开始一阵一阵地席卷过来，她昏昏沉沉的。

"静秋，都快两点了，你怎么还不睡？明天再写吧！"母亲翻了个身，带着睡意，半闭着眼睛，慵懒地说了一句。

"妈妈，再等一会儿，一会儿我就写完了！"

静秋此时真的很想躺到床上去，她的脚也冻僵了。

她刚有这个休息的念头，贴在书桌上的计划书便醒目地呈现在她的面前。

计划书：每天中午 12 点半到 2 点做一份数学试卷。2 点到 2 点半午休时间。每天傍晚 6 点到 6 点半做一套文综的选择题。订正数学试卷、文综试卷，复习文综知识点，并熟记文综规范答题模式。晚上回家，10 点半到 12 点做英语试卷，并认真分析错误。不论每天刮风下雨，不论放假与否，都与我无关，一张英语试卷，一张数学试卷，一套文综试卷必须完成，没有完成不许睡觉！

静秋看着这份计划书，头脑立马清醒了过来。

"对，我不能睡觉，我的英语试卷没有真正消化完，我还没有完成我的任务。"静秋自言自语道。

她撸了撸袖子，再次抄写着试卷答案上给出的经典范文，一笔一画写到了自己的心里。

遇到不懂的部分，她按照知识点的类别，翻起语法书一个一个地比对，复习。每对一个知识点有了新的领悟，她都无比的满足，她完全徜徉在知识的海洋里，贪婪地汲取着养分。

时针指向夜里两点半了，静秋的任务也完成了。她幸福地合上书本，双手扶着桌子，艰难地扭动着屁股站立了起来。

此时她的身体是极其疲倦的，是冰凉的。但是她的心是火热的，她用炽热的求学梦结束了这充实的一天，她又在期盼着充满希望和收获的明天。

躺在床上后，她用双手紧紧地拥抱着自己，心里想着：我真棒，我又坚持了一天，我完成了我的任务，然后就沉沉睡去了。

从未愈合的伤口

那是复读时一个普通的寒冬早晨，妈妈送静秋到一楼。

"妈，你回家吧！"静秋突然放开了紧拉着妈妈的手。

"怎么了？妈妈送你上楼。"妈妈不解地问。

"妈妈，我自己可以上楼，你陪着我不也是看着我上楼吗？我自己可以的！"

"我不放心……"妈妈满脸担忧。

"妈，没事，你回去还可以补个觉。我自己没有问题的！"静秋看着一脸疲惫的母亲，很是心疼。

"那好，你自己小心点，妈妈走了啊！"妈妈不放心地走走停停，不时地回头望着静秋，慢慢消失在月色中。

静秋独自一人在昏暗偌大的教学楼里爬着楼梯。只见她右手紧紧地抓住刺骨寒冷的铁楼梯把手，左手的大拇指和食指的关节处撑住左大腿，弓着身子，向上艰难地一步一步地蠕动着。每上一个台阶，她的头都要使劲地向上昂一下，这样她才能借助自己头部与颈部的力量，帮助自己直立身体。

南方寒冬的早晨异常寒冷，偌大空旷的教学楼里，更显寒风刺骨。当静秋的手抓住冰冷的楼梯扶手的那一刻，她多么希望自己也能够戴着一副暖和的手套啊！可是因为戴上手套会减少手抓握扶手的摩擦力，她不得不赤手抓住扶手，一步一步地攀爬。

"咯吱"一声,伴随着左手大拇指与食指间关节处骨头摩擦的清脆响声,鲜红的血液从食指和左大拇指裂开的肌肉里汩汩地流了出来,一阵剧痛从手指蔓延到全身的每一处神经。

她的面部被疼痛折磨得扭曲了起来,手指间撕裂的疼痛,让她不得不停下来,右手扶住楼梯扶手,左手大拇指和食指撑住左大腿吃力地站了起来,停止了爬楼梯。

她抬头看着眼前一级级的台阶,好像通往五楼教室的台阶没有了尽头。已经不知道是她多少次撕裂未曾愈合的伤口了,每爬一次楼梯,手指间的肌肉都被拉扯的血肉模糊,起初只是结了厚厚的茧,由于每天身体的大部分重量是靠这两个手指间关节的力量,久而久之就裂开了,露出鲜红的血肉。

静秋站在楼梯中央,慢慢转过身子,面对着扶手,然后将左手放在扶手上,借助着扶手的高度,她眼里噙着泪,将自己的左手大拇指和食指关节的伤口放在嘴边,将鲜血吮吸了出来。

鲜血的咸腥味混合着空荡的楼梯间里袭进的寒风,让静秋胃里开始翻腾了起来,她不自觉地将血水吐了出来。

她抚了抚伤口,然后对着手哈了一口气,吃力地挽起厚重的袖子,又准备攀爬楼梯了。依然是左手手指关节处撑着左大腿,右手抓握住冰冷的扶手,拉扯着头部和颈部的力向上蠕动着。她每用一次力,左手关节处的伤口就像撕裂了一样,生疼生疼的,鲜血毫不留情地渗了出来,开始流到大腿的裤子上,那温热的血液,随着楼层爬升的高度,不断地渗进静秋的外裤、毛裤,甚至秋裤里。静秋咬着牙,忍住疼痛,任由眼里的泪水、手指关节处的血水任意流淌。

楼梯间开始慢慢亮了起来,楼梯间的灯光熄灭了,天亮了。操场里放起了熟悉的《我要飞得更高》的歌声,静秋浑身充满了

力量。

总算到了，她"呼哧""呼哧"大声地喘着粗气，此时她已经站在五楼的顶层上，看着被自己踩在脚下的那重重叠叠的台阶，她心里有了一丝欣慰，手指间的疼痛好像也减轻了不少。

静秋脸上的泪珠已经被寒风吹干了，两颊也被吹得红红的，她感觉到左大腿处有一股寒气，冰冷刺骨。她低头一看，蓝色的牛仔裤已经被血水染成了深紫色，湿漉漉的一大块，像一块大大的补丁补在上面，一阵阵的寒风侵袭着大腿，静秋不停地打着哆嗦。

此时教室的门还没有打开，静秋站在教学楼顶层向下俯瞰着操场。操场上回荡着《怒放的生命》，这激昂的歌声再次唱到静秋的心里。她用右手温柔地握着自己的左手，心里暗暗告诉自己：这一切都是暂时的，欲戴皇冠，必承其重，总有一天我会感激现在努力的自己！

静秋高三时穿的裤子，左大腿颜色鲜艳而刺眼，是血染成的颜色。静秋的左手伤口从来没有愈合过，因为每当快要结痂的时候，每天两次的五楼爬行都让它再次撕裂。

可是那又怎么样呢？对于静秋来说，那仿佛就是提醒自己在高三懈怠时血的教训，她享受着自己还能有这种机会去体验为梦想而疼痛的感觉。

我和妈妈在雪地打滚

教室窗外，一位母亲将一条厚厚的红色围巾捂在怀里等待着学生下课。

"铃、铃、铃"，晚自修下课铃声响了，学生们一窝蜂地往外跑，母亲扒着窗户向教室里一个挣扎了半天没有站起来的女孩大喊："静秋！你不要着急，妈妈一会儿进来抱你起来！"

人都走得差不多的时候，妈妈走进教室，静秋还在座位上挣扎着，怎么也起不来。"妈妈，我腿冻麻了，动不了了。"静秋快要哭着说。

"静秋，坐好了，妈妈抱你起来。"一边说着，一边熟练地从腰部将静秋缓缓举了起来，站稳后，妈妈立即把在怀中捂得暖暖的红色围巾将静秋头和脖子裹得严严实实的。

静秋扶着妈妈和楼梯扶手慢慢移下了楼，只见教学楼外一片银装素裹，昏黄的路灯把雪地照得格外刺眼。教学楼前的几级台阶上的雪，已经被来往的同学们踩成了镜子般的油光冰。

"妈妈，这怎么走啊，我害怕。"原本就被冻得瑟瑟发抖的静秋，看到被冰覆盖的台阶，腿抖得越发厉害了，她把妈妈的胳膊拽得紧紧的。

"静秋，不要怕，妈妈扶着你，咱们慢慢走，你只管大步往下迈就可以了。"妈妈紧紧拉住静秋的手，鼓励静秋。

静秋尝试着伸出左腿，试探性地准备往下挪。妈妈右手紧紧握住静秋的手,左胳膊和整个身躯环住静秋的身体,像母鸡张开翅膀保护小鸡一样。

"妈妈,我不敢,我知道我一定会滑倒的。"静秋战战兢兢地说。

"静秋,你别怕,妈妈在呢,大胆地尝试一下,你如果滑倒了,妈妈立马可以在你身后接住你的。"妈妈不断地为静秋打着气。

静秋鼓足勇气,闭起眼睛,把伸出的左腿迈了下去,眼看左腿就要滑下去了,妈妈的腿立马抵住要往下滑的左腿,在妈妈的庇护下静秋稳稳当当地下了一级台阶,这次的成功给了静秋足够的勇气,静秋在妈妈的配合下终于下完所有的台阶,走到了铺满冰雪的平地上。因为刚刚成功地下完了台阶,静秋在平地上更加放心地迈开了步子。本来她是一个很喜欢下雪的女孩,自从自己病情恶化之后,她就非常害怕下雪天了,今天这么一个寒冷的夜晚,妈妈又给了她爱雪的自由,她不顾一切地尽力迈开自己吃力的步子,以自己的方式徜徉在雪地上。

"静秋,牵着妈妈的手,慢点啊。"妈妈努力地想抓住静秋的手,可是静秋甩开了妈妈的手,自己一摇一摆,自顾自地走着,心情畅快无比。对于女儿如此举动,妈妈非常不解,只有无奈地在身后紧跟着,生怕有一点点的闪失。

"啪",妈妈还没有反应过来,静秋已经下巴先着地趴倒在雪地上了,妈妈赶紧跑了过去,连忙弯下身,用双手托住静秋的下腋,然后慢慢把静秋向上抬起来,自己的身体也慢慢直立起来。

被摔得头晕的静秋较先前更没有力气了,下巴处火辣辣地疼。

"妈妈,我不行,我要跪下去了!"在妈妈即将举起静秋身体的时候,由于静秋腰部没有力气,地上冰雪又滑,静秋身体慢慢又往下滑，整个人都跪了下去。

"啊！妈妈，我支撑不下去了，妈妈我膝盖好疼，我的两个膝盖跪不住了。"静秋跪倒在雪地里，双膝不停地往外滑。妈妈将双手托在静秋的胳膊上，防止整个人倾倒，腾不出手来照顾到双膝了。此时全校宿舍楼的灯已经熄灭很久了，只剩下母女两个人在雪地里挣扎着。

"静秋，你再坚持一会儿，妈妈马上就会抱你起来了啊！"妈妈索性坐在静秋身后的雪地上，双手托住静秋的身体，然后把她身体往后拖，用自己的双腿慢慢抻直静秋的双腿。

"妈妈，好疼！我好冷！"静秋哇哇大哭了起来，抻直腿的剧痛伴着冷风侵袭而来。

此时妈妈已经累得筋疲力竭了，妈妈抱着静秋坐在雪地里，偌大的校园里，一片漆黑，只有昏黄的路灯陪伴着这对母女。

"静秋不哭，是妈妈不好，妈妈没有扶稳你。"妈妈歉疚地抱着女儿。

"妈妈，是我自己太逞能了。"静秋扑闪着沾着泪珠的大眼睛望着妈妈。

休息片刻后，妈妈立马站了起来。

"雪地虽然好坐，但是很凉哦。咱们准备起来回家喽。"妈妈的幽默突然为这冬夜增添了几分温暖。

"嘿嘿，我们要回家喽。"静秋张开双臂等待着扑进妈妈的怀抱。

妈妈弯着腰伸出双手，抱住静秋的腰部，然后将静秋慢慢往上举起来，自己也随着慢慢站起来。眼看快要站稳了，因为地面太滑，静秋的双腿不由自主地往外分开。妈妈紧紧扶住静秋的腰部，然后用自己的腿抵住静秋，阻止静秋的腿往外滑，可是静秋的双腿还是在妈妈两腿的缝隙之间向外滑了下去,整个人又坐到了雪地上。

"我就不信我今天弄不起来你了。"妈妈自言自语道。

妈妈继续用双手抱住静秋的腰部,静秋这次也是铆足了劲儿,努力控制住自己的双腿,妈妈用双腿紧紧夹住静秋的双腿,自己的双腿几乎不动,慢慢地非常吃力地举起静秋的身体,自己的身体也随之直立起来,静秋终于稳稳地站住了。此时,静秋看见路灯下的妈妈,额头上的青筋与皱纹扭曲在一起,耳边的银丝随冷风飘散开来,两只耳朵冻得像胡萝卜一样。

"怎么样?妈妈牛不牛?"妈妈一边喘着粗气一边笑着说。

"妈妈是最棒的!"静秋笑着回答道。

"宝贝,现在咱们终于可以回家喽,一会儿咱们好好泡个脚,要是饿的话,妈妈给你做夜宵。"

"不用了,妈妈,我不饿。"

妈妈搀扶着静秋,一步一步有说有笑地走向出租屋。

此时,夜已深,只有月光照着母女的求学路。

"静秋,一会儿回家有惊喜哦!"妈妈拉着静秋的手走在晚自习回家的路上。

"什么啊,妈妈快告诉我!"静秋睁大了眼睛,兴奋了起来。

"嘿嘿,你一会儿就知道了。"妈妈卖了个关子。

一天的疲劳在妈妈的玩笑下消失殆尽,静秋比平时更有力气了,搀着妈妈一会儿就到了家。

一进卧室,床上堆满了半成新的女孩和大人的衣服。

"哇,妈妈,好漂亮的衣服啊!"静秋按捺不住自己的心情,要知道她和妈妈已经两年没有添过一件衣服了,哪怕半成新的对她来讲也是奢侈。

静秋特别激动，拿起一件仿貂皮的大衣，心里美美地想着许久未曾打扮的妈妈穿上该有多美，多么有气质，这么多年妈妈操劳得早已忘记了自己，但是静秋心里从未忘记过妈妈年轻时的样子。

　　"宝贝，你看看这件羊毛衫怎么样?"妈妈笑眯眯地拿起一件粉红色的羊毛衫，向静秋走过来。

　　"妈妈，你先试试那件貂皮大衣好吗，我想看看妈妈穿上是什么样子。"静秋挡过妈妈的羊毛衫，希望妈妈早点把大衣试上。

　　可是妈妈已经把羊毛衫套在了静秋的头上，帮静秋穿上了。长期在教室学习，因为身体不便，很少运动的静秋，此时已经发胖了不少，带有弹性的羊毛衫被静秋的小肚子撑得像个气球，有些后仰变形的身体使腹部更加凸出，像怀孕一般。

　　"妈妈，我穿上好看吗?"完全没有意识到这些的静秋高兴地问妈妈。

　　"真漂亮，我女儿变得像童话里的小公主一样，可爱漂亮极了。"看到女儿幸福高兴的样子，经济窘迫的母亲又没有能力为女儿添一件合身的衣服，就这样鼓励起了女儿。

　　"来，来，来，这儿还有一条牛仔裤，别看它旧，但现在很多人还穿这种版型，很流行呢!"妈妈一边说着，一边抱起静秋，为她套着牛仔裤，可是套到臀部就再也提不上去了。

　　"妈妈，我是不是长胖了，都穿不下。"静秋噘着个小嘴，皱起了眉头。

　　"哪有，这条裤子是最小号的啊! 才25号呢，你现在长大了，个子长高了，所以这种小号的裤子就穿不下了。"妈妈一边解释着，一边用手遮掩起裤子后面30号最大码的标牌，生怕被静秋看到。

"宝贝,你不是要看妈妈穿那件大衣吗?妈妈现在试给你看看!"妈妈尽量转移静秋的注意力,扯开了话题,不希望静秋为自己发胖了的身体而沮丧。

"好啊,好啊!"静秋特别高兴,她最幸福的时刻莫过于看到妈妈打扮自己的时候了。

妈妈穿起了那件仿制的却不落俗套的大衣。修身的曲线美在妈妈身上尽显出来,虽然久经磨难,妈妈身上那种与众不同的气质还是无法遮掩。

"哇,妈妈,你真漂亮!"静秋惊讶地睁着大大的眼睛,无比自豪地说。

"唉,宝贝,不要骗妈妈了,妈妈已经老了。"妈妈脱下了衣服叹了一口气。

"妈妈,谁说的?怎么会呢?我估计那件衣服的真正主人都没有妈妈穿的好看呢!"静秋一脸自信地说道。

"这些衣服是我的一个从小玩到大的姐妹给我的,以前小的时候我们总在一起,那时候你姥姥家境比较好,她很羡慕我,总是捡我的衣服穿,她出门串亲戚也都是借我的衣服。唉,三十年河东,三十年河西啊!没想到如今我们娘俩捡他们的衣服,还当个宝似的。"妈妈一边折着衣服,一边摇摇头说。

懂事的静秋很理解此时母亲的心情,一时找不到什么方式劝慰妈妈。

"很多人都说我现在老得都不成样子了,现在我都不敢上街了,熟人一碰到我都感叹找不到我以前的样子了,看起来像五十多岁的人。"妈妈头埋得更低了。

静秋仔细端详了一下妈妈,眼角的鱼尾纹深深地烙在了妈妈的脸上,耳边又增添了几许白发,眼睛也开始有一些浑浊。

"是啊，妈妈老了，这就是我一直和同学们炫耀的，我有一个特别漂亮的，能歌善舞的妈妈。时间请你慢一些，苦难请你都冲着我来吧，别折磨我的妈妈。"静秋心里抽搐了一下。

"妈妈，你知道昨天爸爸接我的时候，我和爸爸聊了些什么吗？"静秋突然打破了沉默的氛围。

"嗯？你们爷俩能说啥啊！讨论太深奥的学习问题我又不懂。"

"嘿嘿，昨天我们遇到了你的一个好朋友。就是很漂亮的，平时化着浓妆那个郑阿姨。"静秋吐着舌头调皮地说。

"嗯，然后呢？"

"我问爸爸，妈妈和郑阿姨谁漂亮？爸爸说当然是你妈妈漂亮了，郑阿姨脸上抹了那么厚的粉，跟推墙灰似的，吓死人了。你妈妈如果打扮起来比她年轻漂亮多了！当初喜欢你妈妈就是因为她漂亮、自然。你妈妈即使化妆也是化大方自然的淡妆，给人感觉可好了。"静秋笑嘻嘻地告诉妈妈。

"嘿嘿，你们爷俩真够无聊的！你编的吧！你爸爸会讲出这种话？他一天到晚烦我还来不及呢！"妈妈脸上露出了不好意思的笑容。

"千真万确！不信明天爸爸从老家回来你问他！爸爸还说你年轻的时候比俊子表姐（俊子表姐在所有表兄弟姐妹和一般人群中，长相比较出众）还要漂亮。"静秋吐了吐舌头。

"小鬼头。"妈妈刮了刮静秋的鼻子，满足地笑着。

"妈妈，刚才那件大衣很漂亮，你穿上非常有气质，你不是有一双一直舍不得穿的皮靴吗？配上打底裤，一定棒极了！"

"妈妈这岁数，还能那么穿？"

"当然啊，你一定要穿，明天就穿上。穿成那样送我去上学,我会非常神气的! 妈妈,你相信我,真的很漂亮!"静秋肯定地说。

妈妈就从柜子里的鞋盒里拿出皮靴,按照静秋说的穿上,在镜子前照来照去,好像又回到了少女时代爱打扮的年龄。

"妈妈,真的特别好看! 我不会骗你的! 明天爸爸看到你一定会惊讶的!"静秋非常激动。

"那我就听我闺女的了。"妈妈笑着说。

"现在妈妈给你挑挑合适的,你看看这件怎样?"

"这件呢?"

"妈妈,我是不是长得很漂亮啊?"

"当然喽!"

"前几天我们班一个男孩说:'静秋,你长得真像卖菜的大妈,又黑又胖,走路像鸭子',妈妈你知道我怎么回答他的吗? 我说:'你说的都不是事实,我妈妈不会这样认为,我妈妈说我长得很漂亮,一般女孩都没有我漂亮。'"

"哈哈,这样回答就对了,那个男孩因为你成绩好嫉妒你才会那样打击你的,你本来就很漂亮的。"

"嘿嘿,嘿嘿……"

昏黄的出租屋里母女的欢笑声,温暖了整个寒冬。

妈妈疯了似的保护她

水岸春天小区门口坐了一群老人,穿着棉衣棉鞋悠闲地晒着冬日下午的暖阳,谈笑着拉着家常。一位瘦弱的中年妇女牵着一个十七八岁的微胖女孩从小区门口往外走,女孩脚后跟几乎不着地,身体向后倾80度左右的样子,每走一步女孩身体就大幅度后倾,一摇一摆地迈着鸭步,女孩每迈一步就好像非常吃力的样子,眉头紧锁,面部扭曲着。

"唉,这孩子怎么了,走路怎么这样呢?"一位老太太努了努嘴,推了推身边的一个老大爷。

"谁知道呢,真的是可怜啊!听物业的说,这孩子是高考落榜,她妈妈租咱们小区的房子陪这孩子读书呢!听说这孩子已经高考两次了,还是落榜了。唉!"大爷小声地说道。

"这孩子以后考上了能出来干啥啊?"

"是啊,难为她父母了,孩子不是脑瘫吧,智力没有问题吧?"一群老人看着这对母女有了新的话题,小声议论着。

瘦弱的母亲察觉到了自己和女儿已经成为老人们的谈资,她怕女儿被老人们的眼光刺激到了,她拉紧静秋的手,步伐放得更慢了一些,回头对老人们笑了笑,打了声招呼:"大爷大妈晒太阳呢!今天阳光真好啊!"

"是啊,你送孩子上学去呢!"一位大妈不好意思地回答,一群老人你望望我,我望望你,顿时静了下来。

"是啊，孩子两点的课，不能迟到啊！"妈妈爽朗地回答道。她牵着步履蹒跚的孩子走出小区，慢慢消失在老人们原本就模糊的视线里。

"静秋，你看爷爷奶奶那么大年龄了，还这么热爱生活，在有阳光的冬天还出来晒太阳，你高考和生病就比如这严寒的冬日，你上大学的梦想就相当于冬日里的阳光，所以我们要一直坚持下去，好吗？"为了转移刚才老人们的目光投向静秋的注意力，妈妈以这种方式鼓励静秋。

"嗯！妈妈，我一定好好努力，所有的苦难都是暂时的！"静秋一边吃力地迈着步伐，一边极力舒展着紧皱的眉头，露出了微笑。

通往学校的马路上，要经过一个超市和几个大的餐厅，这属于小区外的繁华地带。静秋妈妈牵着静秋摇摇晃晃地走着，一对打扮入时、烫染着黄色头发、化着浓妆的年轻女孩，挎着包儿迎面而来，那种不可一世的样子，恶意地盯着她们母女。静秋一时慌乱了起来，她低着头看了看自己穿了好几年的，还是表姐穿旧了送给自己的衣服，再想想自己毫无任何发型可言的马尾杂乱地翘在脑后，还有自己无法平衡的身体。她把头埋得低低的，同龄人的冷眼和比较让静秋非常敏感。妈妈看到这一情景，本能地保护着女儿，她用眼神狠狠地盯着这对女孩，这对女孩毫无躲避之意，她们故意站在原地不走了，看着慢慢往前走的母女。

"静秋，你站在原地等妈妈一下。"静秋愣了愣。

"姑娘们，请问你们有什么事情吗？怎么一直看着我们呢？我孩子生病了，走路不方便，你这样瞅着我们，是什么意思呢？"母亲径直走到姑娘们面前，没好气地问道。

"阿姨，你真有意思，你哪只眼睛看到我们在看你们了啊！"

姑娘们头一甩，扬长而去。

"妈妈，你可不可以不要这样去质问别人呢！如果换作我，有我这样身体的人走到大街上，我也会多看几眼的，你能不能不要这样时刻提醒我大家都在看我呢！还嫌我不够烦不够乱吗！"静秋突然爆发了，她一改往日的脾气，突然对妈妈大吼起来。她吼妈妈的同时心里也在滴血，明明知道妈妈在保护自己，明明知道妈妈自己承受了那么大的痛苦，自己还那么不懂事地吼妈妈。

面对女儿的突然失控，妈妈呆在原地一动不动，眼角的泪水在阳光的照耀下晶莹透亮。知道做错了事的静秋还是执拗地生着闷气，她迈着鸭步，前后倾仰着往前走，不顾身后的妈妈。

"妈妈，你别送了，我一个人走去上学吧！"静秋头也不回地说。

妈妈一声不吭地跟在后面。看着路人不解地望着静秋，她还是一如既往地瞪着眼睛回击过去，直到别人不好意思地移走目光。

"随风奔跑自由是方向，……"一个男孩骑着自行车闯入了人行道，戴着耳机唱着歌，闭着眼睛陶醉在自己的世界中，还时不时地晃动车把炫着车技耍着酷。

生着闷气的静秋还在自顾自吃力地往前迈着步子，东倒西歪的。

"啊！"只听扑通一声，静秋全身趴倒在母亲身上，母亲的头重重地摔在了马路上。

原来行走幅度非常大的静秋快要与小伙子的自行车亲密接触的时候，母亲迅速跑过去，抱住静秋往后倒，这才避免了一场悲剧的发生。

此时的母亲，躺在马路上，微闭着红肿憔悴的双眼，胸脯有节奏地上下起伏,喘着粗气。静秋趴在母亲身上,望着疲惫不堪,瘦弱娇小的母亲,多么想自己快快长大,病快点好,为母亲分担点什么啊! 这么多年,她太不容易了。静秋把手撑在地面上,想试着挪动身子,给妈妈身体减轻重量,可是不论静秋怎么努力,自己的身体还是纹丝不动地趴在妈妈身上。静秋涨红了脸,快要哭出来了。

"静秋,你还好吗? 没有伤到哪里吧?"妈妈慢慢睁开了双眼,皲裂的嘴角挤出了温柔的微笑。

"妈妈,您的头怎么样了,摔伤了吗? 我一点都没有受伤,妈妈,您还好吗? 刚才您怎么闭着眼睛啊?"静秋一下子哭了出来。

"傻孩子,妈妈结实着呢,小脑袋瓜子竟乱想。妈妈刚才觉得马路睡起来感觉不错,就偷了偷懒。"妈妈吐着舌头故作幽默地说道。连忙抱着静秋慢慢坐起来,然后把静秋放稳在地面上,自己蹲下来用瘦弱的双臂从腰部将静秋慢慢举起来,自己也随着静秋的站立慢慢直立起来。

"妈妈,我错了,都是我乱向您发脾气,您原谅我好吗?"

"傻孩子,妈妈怎么会怪你呢? 是妈妈错了,你是妈妈心中最漂亮的女孩,妈妈不允许任何人伤害你。"妈妈抱着静秋说道。

"妈妈,静秋错了,呜呜呜……"

"傻孩子,咱们赶紧赶路啊,快迟到了呢! 咱家静秋学习是最棒的。"

母亲搀扶女儿的画面在水岸春天走向金寨一中的路途中每天上演着。

数学考了 145 分

　　夏季的自习室弥漫着各种味道,每个人的书桌上都摞着小山一般的各种参考书。同学们都在埋头苦干,每个人的神经每时每刻都在紧绷着。

　　此时静秋正在为刚刚发下来的数学试卷做错题集,这次模拟考她的数学考了 145 分,这是数学一直偏弱的她不敢想象的,甚至曾经她都一直抱着数学能够及格、不拉后腿就好的心态。尽管她这次取得了不错的成绩,但是她拿到试卷并没有过多的窃喜或者兴奋,因为她自己知道试卷里有十分的选择题是她根据排除法选对的,她根本找不到常规的思路去解决它们。

　　"如果这两道选择题在高考是以解答题的形式出现在我的面前怎么办? 它们有几种解答方式? 它们是属于何种类型的题目? 出题者考这题的意图是想考书中的哪个知识点?"静秋一边抄写错题,一边在思考这几个问题。

　　她在草稿纸上不停地演算着,一遍一遍地画图,寻找思路去解决这些错题,可是不论她怎么努力,都找不到头绪。

　　"铃、铃、铃",放学铃声响了,疲惫的学生们纷纷跑往路边小摊去买吃的。静秋吃力地扶住桌面,拿着错题集,扶着墙和教室的窗户,迈着半麻的双腿,一瘸一拐地走向办公室。办公室里的那个瘦高的背影,还是那样熟悉,对,是刘老师! 每天放学这个时间,他都会留在办公室。

"刘老师好！我可以进来吗?"静秋一边敲着门,一边小心地询问着。

只见刘老师缓缓抬起头,看到静秋,他立马笑得眼睛眯成了一条缝:"孩子,是不是又有不会的题目啊？慢慢进来吧！不着急啊！"

还没等静秋走到身旁,老师就开始夸她了:"静秋同学,你这次考得真不错,只错了5分!"

静秋不好意思地埋下头,用颤抖的双手将错题集递给老师:"其实,其实……老师,有两道选择题是我通过排除法选对的,我至今都找不出正面解决的方法！所以应该是135分的！老师,希望您能给我讲解一下。"

老师接过错题集,扶了扶眼镜儿:"其实,排除法运用好了,在考场上是可以起到很大的作用的！这也是应试的技巧和能力。当然,你这种做法很好,在平时的模拟和练习的过程中,我们要弄懂每一个不会的题,这样我们就可以积累更多的解题方法了！"

"嗯,静秋,这题的思路是这样的……"老师一边耐心地讲解着,一边在稿纸上画着草图。

两个人在办公室温暖的桔黄色灯光下忘我地讨论着,已经忘记了时间。

静秋不小心往办公室外瞥了一眼,只见妈妈正站在办公室外欣慰地看着他们,她手里正拿着一桶饭菜。

在老师的耐心讲解下,静秋终于明白了这类问题的解答方式,此时她无比满足,她恨不得蹦着跳着地跑到妈妈的跟前。

老师扶着静秋,和静秋一起出门。

"刘老师,我的孩子真的让您费心了,您天天晚上都给她辅导。"妈妈有些惊慌失措,她不知道如何表达自己的感激之情。

"你家孩子是值得帮助的孩子,我愿意每天在办公室多留一会儿等她。"刘老师一边说着,一边用钥匙锁办公室的门。

刘老师锁完门后,拍了拍妈妈的肩膀说:"您是一位伟大的母亲,比起您,我做的远远不够。我先走了,一会儿还得赶回来给孩子们上晚自习呢!"

"刘老师!您慢走!"

"嗯,再见!"

母女俩目送着这个瘦高的背影远去。

"孩子,下午又憋坏了吧!"妈妈扶着女儿准备去楼下上厕所。

"妈妈,没有,下午口渴的时候,我就抿了一小口水,不是特别想上厕所。妈妈,今天我又弄懂了……"

母女俩有说有笑的下楼,吃完饭回来的同学在楼道里已经习惯了这对艰难上下楼,却满脸欢笑的母女,他们都会亲切地对妈妈叫上一声阿姨。

再次爬上五楼的高考考场

静秋在每天高强度又充实的生活中再次迎来了高考,班里的老师和同学们都在为这场没有硝烟的战争忙碌着。

6月7号一大早,静秋在妈妈的陪伴下来到了考场,考场前人头攒动,家长和孩子们都在学校门口焦急地等候着。静秋作为一名特殊的考生,她的考场又被分到教学楼的最高层五楼,于是在警察和一名监考老师的陪同之下,静秋提前进入了考场。静秋在众目睽睽之下,艰难地迈动着自己沉重的步伐,一步一步地挪向教学楼,她感觉此时她好像被警察押解着奔赴刑场一样,她胆怯地回头望了一眼母亲,母亲微笑地对她点了点头,但紧闭的嘴唇出卖了母亲无尽的担忧和不安。

大约走了近一刻钟,静秋终于来到了教学楼,她撸起了袖子,弯下腰扶着扶手,开始熟练地爬起了楼梯,在两个陌生的叔叔面前,她显得有一丝羞怯,但是她内心的声音不停地鼓励着自己:没事,叔叔们一定不会笑我的,他们是来给我保驾护航的!

静秋一边想着一边使出最大的力气来支撑这次浩大的爬梯工程,两个叔叔也放慢自己的步伐,和静秋步调一致。大约花了二十多分钟,静秋终于爬到五楼,此时汗水已经浸湿了她的后背,整个脸涨得通红。

"你真坚强,祝你好运!"警察叔叔向静秋竖起了大拇指。监考老师也对着静秋礼貌地点了点头。

静秋觉得自己好像已经战胜了高考一样，身体极度疲倦，内心却无比地轻松。

第一场考试的时间到了，当静秋拿到语文试卷的那一刻，考试之前的那种轻松的氛围一下子全都消失了，教室里极度的安静，同学们写字沙沙的声音，闷热潮湿的气氛，让静秋找不到自己了，她的手微微颤抖着，甚至嘴唇也在发抖。她拿着试卷大脑一片空白，她不断地在问着自己，我又来到考场了吗？我是在做梦吗？现在我大脑一片空白，难道我又要失败了吗？

静秋快要窒息了，周围同学都在淡定地做题，这让她更加紧张手心里的汗水让她连笔都快握不住了。这样的状态持续了将近5分钟的时间，静秋意识到了自己这样下去不行，她做出了一个大胆的决定，她放弃了前面所有需要耗费脑筋的题目，从写古诗词和作文开始。慢慢地静秋的情绪开始缓和了起来，她也进入了答题状态。语文考试有惊无险地结束了。

接下来的几门考试，静秋的心态更加平和了，有了语文考试的经验，她也知道如何调整自己的情绪了，所以考试的过程总体来说比较顺利。

考上了大学

6月24日中午12点,对于静秋一家来说是一个不同寻常的时刻,就是安徽高考成绩出来的时间,为此父亲还专程提前几天赶回来和静秋对对答案估算高考分数,那一天,父亲早上七点钟就骑着自行车带着静秋在网吧里占了个电脑。

到中午11点59分的时候,父亲迫不及待地将准考证号和身份证号输进查分网站,她看到父亲敲击键盘的手有些不自然,在有空调的网吧里额头还是沁出了细密的汗珠,静秋看到眼前这个熟悉的男人,好像在急切地等待着什么,他深邃的眼神里透着一种迫切的期望。

"孩子,分数快出来了",父亲喉咙里发出了低沉的声音。

"嗯!"静秋轻轻地应了一声,她的心怦怦直跳,她从父亲的眼神里看到了家人对她的期待,她真的害怕有什么闪失,她紧紧地闭上了眼睛,等待着老天的安排。

终于到了12点整,父亲快速地按了发送键。

"575分!孩子你考了575分!"父亲激动地恨不得从椅子上跳起来,静秋睁开了眼睛,嘴巴呈O型,她惊呆了。

父亲的举动让网吧里的人将目光都聚集在这对父女身上,父亲显得有些不好意思,但是依旧藏不住他内心的欢喜。

静秋愣住了,我?文科考了575分,真的吗?她激动地说不出话来,她第一次感到像天堂一般的大学离自己这么近,一个腿不好的女孩,一个被无数人劝说让母亲放弃的孩子居然真的考了这么高的分数,这一切看似多么地顺其自然,但是又是那么来之不易,如果今天的结果不是这样,静秋又没有考上的话,或许光是这个打击就会让这个原本就苦命的女孩绝望了,看来老天是真的长眼了,老天看见她的努力了!

静秋从考试的成绩中更加坚定了一分耕耘,一分收获的道理,她是用自己实实在在的汗水换来的这个成绩,虽然这只是人生的一个新的起点,但是使她对未来更加坚定了信心。

"我……我赶紧给你妈打个电话!"父亲有些语无伦次了,他拿起手机拨通了那个熟悉的号码。

"孩子她妈,咱家静秋考了575分,比去年进步了将近一百分!"爸爸极力压低自己的声音。

"你哭个啥,咱孩子这么争气,你应该高兴哩!"爸爸这边突然这样说,说着说着自己的眼里也闪出了晶莹的泪花。

"好了,我们一会儿回家说,你赶紧做好饭,我们马上回来了。"父亲挂断了电话。

"走,咱们回家!"父亲把静秋从椅子上抱了起来,站稳后,就拉着静秋往外走。

静秋被病魔束缚捆绑多年的身体突然变得轻盈了起来,爸爸拉着她的小手,她感觉自己迈步的时候好像奔跑了起来,她仿佛感受到了像风一般的自由。

回家的路上,静秋坐在父亲自行车的后座上,他一路都唱着《小芳》的歌,"村里有个姑娘叫小芳,长得美丽又善良……"

静秋好像也在跟着父亲的歌声,在感受着大学校园里的生活,她好像看到了身穿白色长裙,一头瀑布般的飘逸长发的女孩,拿着一本书优雅地走在校园里,那时候的她已经没有了一瘸

一拐的姿势,出落得亭亭玉立,就像爸爸歌声里的小芳。

静秋想着想着就幸福地笑了,我以后一定是那个样子的,她对自己说。

终于快到家了,静秋远远地就看见两个熟悉的人在小区门口等待着父女俩,没错,那是妈妈和弟弟。

妈妈高兴地不停向父女俩招着手,像迎接凯旋归来的英雄一样。

走近了,静秋清晰地看到了母亲红肿的双眼,母亲一把抱住静秋,拍着她的肩膀,我的好孩子,好孩子。然后抑制不住自己的情绪又抽泣了起来。

妈妈的哭声让静秋脑海里浮现一幅幅画面,自己和妈妈在雪地里打滚,妈妈为了保护自己被车撞,自己摔得晕倒在地,自己从未停止流血的左手,无数次摔的血肉迷糊的下巴……

静秋也哭了。

终于在 8 月 27 日,静秋以文科复读班第三名的成绩被天津商业大学录取,她考上了那个唱着《小芳》的著名歌手李春波的母校。

静秋考上大学的这件事情很快就传开了,一个重残的女孩以文科 575 分考到了天津,这个大家都向往的直辖市,在安徽省文科竞争力如此大的情况下,一个学校文科本科上线率都很少,静秋的成绩也算是令人满意的。

村子里的人对这个女孩持有不同的看法,有一部分人非常看好静秋,对母亲说,"你家孩子真是出息啊! 在身体条件这么差的情况下,考出这样一个好成绩,我家孩子如果有她一半优秀就好了!"还有一部分好事者,在一旁议论纷纷,"这样的身体考上大学了又有什么用呢? 一个东西掉到地上都捡不起来,以后能干个啥！现在好多身体好的优秀大学生都找不到工作哩！"

但是不论外界的压力如何，静秋一家每天都是非常欢喜的，按静秋妈妈的话讲，不管以后结果怎样，我家孩子能够考上大学，说明她不是没有用的残疾人，她是一个聪明的有价值的孩子。然而在一家人如此欢喜的背后，一个令人头疼的问题正在悄然走来。

暑假已经过了一大半，此时已经是八月中下旬了，离静秋去大学报道的日子还剩十多天。

然而，8 月 20 日的中午，静秋年迈的奶奶突然晕倒在地，经过一天一夜的抢救总算是保住了性命，却再也未能站起来，医生说奶奶瘫痪了。

这个突如其来的打击对全家人来说无疑是晴天霹雳，准备给静秋上学的学费大部分挪用来为奶奶治病了，这个或许还能想其他办法凑一凑，可是奶奶的这一瘫痪让家里陷入了两难的境地，如果妈妈跟着静秋继续陪读的话，父亲要挣钱，家里瘫痪的老人怎么办？如果不陪静秋读书的话，孩子走平路没人扶，走六步就会摔三跤，而且摔倒了根本没有办法自己站起来，一点点高的台阶都上不去，她一个人如何在大学里生存？

喜庆的家庭气氛一下子再次被阴霾紧紧地笼罩着，从来不抽烟的父亲，点了一支烟，坐在家门口皱着眉头望着公路，他试着抽了一口烟，立马就呛得眼泪流了出来，他于是仇恨似的把烟扔到了地上，然后对着它狠狠地跺了几脚。

母亲整天也愁着脸，默不作声地从奶奶房间走进走出，盛汤送饭，接屎接尿。时不时摇摇头，叹几口气。

傍晚吃饭的时候，全家人都聚集在餐桌上，父亲显得忧心忡忡，静秋和弟弟非常乖巧地不敢出声，屋子里静极了。

"静秋,马上到你开学报到的时间了。"父亲打破了餐桌上的平静,他又顿了一下。

静秋捧着碗看着父亲。

"本来,我和你妈决定,你上大学让妈妈继续陪你读书的,家里突然奶奶又瘫痪了,爸爸想了很久,只有委屈你,现在你只有选择自己一个人念大学了。"说完父亲低下了头。

"什么?孩子怎么可能一个人上学,她根本没有办法自理!她在大学自己一天都待不了!"母亲一下子吼了起来。

静秋也被爸爸的话惊呆了,她差点把碗给摔了,她的大脑一片空白,没有做好任何准备,她的耳边乱哄哄地直响,她的视线也开始模糊了,越在眼前的东西越不清晰。

"那你说该怎么办嘛!"爸爸对着妈妈大声吼叫了起来。

静秋又被这震耳的声音惊得清醒了。

"爸,我答应你!"静秋自己都没有完全意识到怎么有勇气喊出这么一声的,但是她还是说了,这应该是她内心最真实,最善解人意的声音。

"爸爸妈妈,我现在已经 20 岁了,迟早要独立,这也可以锻炼我,我同意。妈,你在家好好照顾奶奶。"静秋平静地说。

母亲用袖子擦了擦眼角的泪水,无奈地点了点头。

父亲叹了一口气说,"唉,爸对不住你!"

夜里,窗外吹进一阵阵凉风,静秋翻来覆去,怎么也睡不着。

她的脑子很乱,她也很害怕,她真的不知道如何一个人去面对接下来的大学生涯。

我真的要一个人独自念大学吗?我一个人怎么走路啊!走平路都会无征兆地随时瘫软在地,同学们会怎样看待我这样一个特殊的同学呢?妈妈在身边就像我的保护伞,只要她在身边,我做什么都不怕,什么也不用操心,可是大学里我一个人该怎么办呢?我弯不了腰该如何洗衣服啊?我怎么去食堂买饭呢?我上公交车谁会抱我呢?

一系列真实的问题在静秋的脑袋里狂轰滥炸,她快崩溃了,晚饭看似那样轻松的一句"我同意自己一个人上大学",而面对现实又是那样苍白无力,她真的很想反悔,收回那句话。

家里为我治病、求学已经欠了不少外债了,如果我反悔的话,奶奶怎么办?父亲一个人如何负担我们?苦难什么时候才是个头啊!如果我自己咬咬牙坚持下来,这个家会减轻许多负担。算了,不想了,车到山前必有路,一定会有办法的!

静秋虽然给自己打着气,可是心还是担心得扑通扑通地跳,她躲在被窝里轻轻抽泣着,哭着哭着,不知道什么时候睡着了。

第三章

被爸爸"扔在"大学

爸爸走了，头都不回

出租车在繁华的大都市里穿行着，只见刚下高架桥，静秋一眼就看到路边"天津商业大学"的校牌，她按捺不住内心的喜悦，农村孩子的羞涩让她极力抿着嘴唇掩饰笑意，她生怕被别人看到会笑话她。

司机很快就将车停到了马路边，父亲把静秋从车座上抱着站立了起来，自己就去拿行李箱和背包。这时候的校门口热闹极了，不时有进进出出的青春靓丽的面庞。还有一些家长带着孩子们来报名的，静秋顾不上自己极其肿胀的双腿，她还是显得很兴奋，她看着来来往往漂亮的女孩，也想象着不久的将来，自己一定也会变成那个样子。

"咱们进去吧！"拿好行李箱的父亲满头大汗地说道。

没想到静秋的双腿竟然迈不动了，她每挪一步，腿就像灌了铅一样，酸痛难忍，身体后仰的幅度极大，就像行动极其迟缓的鸭子在走路。爸爸右手推着行李箱，肩上背着大书包，左手还拿着一个大袋子。根本腾不出手来扶一把静秋。

临近傍晚的北方骄阳依旧烤人，这个穿着老土、身体肥胖的女孩头上渗出细密的汗珠。父亲在熙熙攘攘的人群里为女儿开辟道路，静秋拉着父亲衬衣后的一角，亦步亦趋地走进校门，周围来来往往的人不时地向这对特殊的父女窥视着。这些都开始刺痛着这颗少女原本愉悦的心。

"爸爸!"静秋叫了一声。

父亲扭头一看,静秋已经坐在了地上。

此时父亲的眉头皱的紧紧地,他无奈地摇了摇头,把行李放在地上,赶紧跑过去抱起了静秋,在被爸爸抱起来的那一刻,静秋看到父亲的眼睛里闪过了一丝绝望。

父女俩什么都没有说,静秋还像刚才那样拉着爸爸的衣襟。

他们走到外国语学院的新生报名处。

"叔叔,您好!请问您是家长吗?这个学妹是咱们外国语学院的吗?"看到这对特殊的父女,一个学长很热心地主动询问道。

"你好!我就是给我女儿来报名的,她被外国语学院英语专业录取了。"

"那好,你们请跟我来,我带你们去外国语学院找老师,叔叔,我帮您拿行李箱,你扶着小学妹吧!"学长很热心地接过了行李箱。

"谢谢!谢谢!"爸爸一边道着谢,一边牵着静秋。

校园真的好大,一个路口转过一个路口,爸爸扶着静秋慢慢地一步一步挪动,学长不清楚静秋的具体状况,他早已推着行李箱走了很远很远,等他回过头来再四处张望寻找父女俩的时候,只见父亲牵着身体摇摇晃晃的女儿,在太阳底下缓缓前行。

静秋突然又瘫软在地,学长赶紧跑了过去,父亲熟练地把静秋抱了起来,然后对着学长叹了一口气,眼神里闪过无尽的忧伤,学长也没好意思问静秋的情况,放慢了脚步,尽量和父女的步伐一致。

通往外国语学院的道路,此时在静秋看来,是一条没有尽头的路。

路途的遥远和身体的疲惫让这对父女没有办法像其他新生

一样,在校园的美景下四处留影。

　　大约走了 1 个半小时,静秋在路上瘫软了六次。终于到达外国语学院的大楼了,有一位年轻的女教师在等着这对父女,她看到静秋走路艰难的姿势,立马明白了什么。赶紧上前迎接他们。

　　"一路上辛苦了吧!"老师关切地问道,"孩子,你拉着老师的手,咱们一起坐电梯吧。"

　　老师的亲切打消了静秋的羞涩感和自卑感。

　　老师带着静秋和爸爸走到办公室,爸爸情绪突然激动了起来:"老师……老师,我孩子的身体很不好,我们做父母的很不放心她,她腿行动很不方便,做了两次手术至今都没有好,在火车上她摔了三跤,从校门口到学院的路上她又摔了六跤……唉!"父亲无奈地摇摇头,"家里还有一个特别小的孩子,还等着我回去照顾,真的不放心! 以前都是孩子她妈妈陪读,现在家里真的没有那个经济条件让孩子妈妈来这儿陪读了! 唉!"

　　静秋也显得特别不安:我该怎么办? 学校这么大,老师是不是会不接受我,让父亲把我带回家呢? 我好不容易考上的大学,难道就要被宣判死刑吗?

　　"孩子她爸,你放心吧! 孩子的事情我会好好安排的,我们也知道了她这样的情况,会安排她住下铺的,您放心地走吧!"老师温柔地安抚着父女的心情。

　　傍晚,老师就安排静秋入住了大四的宿舍　楼里,老师给了静秋一把钥匙,她一个人住一间房。父亲给静秋办理了各种手续,帮静秋打扫了房间,给静秋备了很多吃的和水果。

　　"孩子,爸要走了,明天早上 8 点的火车,这卡里有两千元钱,你要好好照顾自己!"爸爸把银行卡递给静秋。

此时静秋的心里有一种莫名的感觉,她心里闪过细微的愉悦感:因为这是她人生中第一次脱离了父母真正地自由起来了。但是强烈的焦虑立马取代了这种愉悦感:我会好好照顾自己吗?我真的可以吗? 爸爸走了我该怎么办?

"孩子,好好照顾自己!"说完父亲头也不回地走了。

静秋呆滞地站在宿舍门口,看着父亲微胖的背影:是的,爸爸走了,他就这么狠心地走了,他连头都没有回,他把这样一个自理能力相当于幼儿状态的我,扔进了校园。

天色渐晚,漆黑的夜幕降临了。

空荡荡的房间只剩下静秋自己,恐惧、害怕从四周席卷而来,惊得她把窗帘拉得紧紧的。她再也忍不住,趴到床上小声啜泣起来,她感到无助、委屈,甚至怨恨爸爸的狠心。

她开始拨妈妈的电话,可是刚拿起手机,她又放下了:她多么想把现在的委屈和爸爸的狠心打电话都告诉妈妈啊! 她多么希望妈妈能够像高中时一样陪伴在自己左右啊!

但是她内心的声音告诉自己:不,静秋,因为你爸爸爱你,所以才这么狠心的! 现在打电话给妈妈,除了徒增她的烦恼和担忧,还是无济于事的! 你现在是大学生了,你是大人了,你要学会为家里分担,你要学会自己独立,要学习正视困难。这是你的必修课,你不可以遇到事情就哭鼻子找妈妈,是时候该长大了!是时候为父母分担压力了! 你应该感激这来之不易的独立空间! 你应该为自己即将到来的大学生涯和独立生活感到高兴!

静秋就这样自我安慰着,伴随着灯光、疲惫和抽泣声,她渐渐进入梦乡。

"嘟、嘟、嘟""嘟、嘟、嘟",手机铃声响了。

"静秋,我是妈妈,你报名安排得怎样了? 爸爸走了你一个人行吗？妈妈很担心，你现在一个人在宿舍是不是很害怕啊？吃饭了没有？"电话那头传来妈妈关切担忧的声音。

"妈妈，爸爸向老师说明了我的情况，我现在可好了，你放心吧！我一个人也不害怕，爸爸走的时候已经带我吃饭了！现在好困了，不说了啊！"听到妈妈的声音，电话这头的静秋泪流满面，她在极力控制自己的情绪，可是不论怎样，她都快哭出声了，急匆匆地挂断了电话。

这就是成长，痛并快乐着。

"走，我们打球去！"青春活力的声音从窗外传进了宿舍。

"亲爱的，今天是十一放假的第一天，我们去食堂吃好吃的，然后去逛街买衣服唱歌！"

"好呀好呀，想想都好开心呀！十一放假给 32 个赞！"一群活泼的小姑娘也从窗外经过。

静秋慢慢拉开窗帘，阳光毫不吝啬地洒了进来，那么刺眼，刺得两周都没有出门沐浴阳光的静秋一时睁不开眼。她缓缓地抬起有几许惺忪红肿的眼睛，眺望窗外的风景。

"哇，好美啊！"静秋不自觉地赞叹起来。

优雅高贵的黑天鹅在湖面划起微微水波，水波向湖中心一圈一圈地荡漾开来，不一会儿，黑天鹅扑打着翅膀向湖中央飞去。几对情侣手牵着手漫步在湖边，蹒跚学步的孩子在湖边小树林的草地上兴奋地向伸出双手的妈妈摇摇晃晃地走了过来，忽然，湖边响起轻快的吉他声，循着声音望去，一对金发碧眼的青年男女坐在湖边的椅子上，弹着吉他。窗外的景色让静秋流连忘返，这是静秋开学以来第一次拉开窗帘发现如此美丽又令人向往的大学一角。

"咕咕，咕咕"，静秋的肚子开始叫了起来，"哇"的一声一股酸水从胃里涌了出来,好几天都没有吃饭的静秋知道自己快撑不下去了,慢慢地走向书桌旁,发现爸爸临走时给自己买的面包、泡面之类可以充饥的零食已经没有了。

怎么办?我该怎么办?刚刚还沉浸在优美画面中的静秋开始焦虑不安,难道我一辈子不出门,将自己锁在宿舍里吗?难道就因为宿舍和食堂前没有扶手的几级台阶我就永远不出门,永远不吃饭了吗?当初考大学的勇气在哪里?复读两年考上的大学难道就要这样被我荒废掉吗?我怎么可以这么没有用,连吃饭这样简单的小事都做不了!难道我要把自己活活饿死吗!我要想办法出门买饭!

当初你读书的时候都有妈妈陪在你身边,你当然可以衣食无忧了,你本来腿脚就不方便,不要难为你自己了,一个女孩做到你这样已经够不容易了,你应该待在宿舍里,你应该打电话给辅导员,让辅导员派同学过来照顾你,你身体不好不是你的错!一对小人像在静秋脑袋里打架一样,将原本饿的发晕的静秋脑袋震的嗡嗡的,她在挣扎,在进行着激烈的思想斗争。

不,静秋,你不是那么没有用的人,你不可能因为吃饭这样的小事而放弃自己的身体,放弃自己的学业,从小你就是坚强懂事的孩子,委屈地哀求别人的帮助,活在别人的施舍之下不是徐静秋,如果你就这么一点出息,你妈妈算是白养活你了,你也对不起为考取这来之不易的大学时付出比常人数倍的努力!你必须走出去,你不可以在宿舍里流连羡慕别人的风景!发自内心的声音猛然蹦了出来:是啊,我必须要走出去了,我要面对生活。

经过煎熬的内心挣扎,静秋终于鼓起了勇气,决定走出宿舍。她花了近 40 分钟,总算穿戴梳洗完毕,准备出门了,手里拿着妈妈给自己织的放钥匙和零花钱还有卡之类的手工艺袋,穿着家乡杂货摊上买的自认为很漂亮的白色衬衫和有些掉了色的黑色牛仔裤，还有一双穿了很久的里面垫着内增高的帆布鞋。

她站在隔壁大四学姐的门口，用颤抖的双手敲了敲学姐的门。

"你好，同学，请问你有什么事情吗？"一个说话很温和的学姐过来开了门。

"姐姐……我……我……"静秋涨红了脸，"我是刚来的大一小学妹。身体有些不方便，上台阶很困难，我想让你们带我去吃饭和洗澡，好吗？"静秋把头埋得低低的。

"当然没有问题啦！傻妹妹，你怎么不早说，以后有什么事情就叫我们，走，饿坏了吧！咱们去吃饭！"姐姐热心地拉起了静秋的手。

出门了，静秋第一次走出了宿舍，她有一种重生的感觉。

第一天独立生活

静秋准备和两个还不怎么熟络的学姐一起出门,他们站在静秋左右,主动牵起静秋的两只手。静秋还显得有些扭捏。

"小学妹,你叫什么名字呀?来自哪里呢?是哪个学院的?"姐姐们温柔地问道。

"我……我叫徐静秋,是安徽的,外国语学院的。"

静秋臊红了脸,她不敢多说话,只能静静地牵着她们。

一出宿舍静秋终于又沐浴在久违的阳光下了,尽管初秋的阳光还是那么炙热难耐,但是能够亲自用身体来感知着阳光,对于静秋来讲是多么的宝贵啊!

"姐姐,你们等等!"宿舍外的三级台阶,让静秋胆怯了,她把准备向下迈的右脚赶紧缩了回来。

"妹妹,你告诉我们,我们需要怎么帮你,你才更方便呢?"两个姐姐一脸茫然,不知所措。

"姐姐,你们紧紧地抓住我的双手,不要松开,我试试!"静秋试探性地又伸出右脚,只听到"蹬"的一声,静秋的右脚顺利地迈了下去,她的额头上沁出了汗珠,有一种有惊无险的感觉。

就这样他们顺利地下了三级台阶,静秋走在路上的步伐很慢很慢。

"妹妹,不着急哈!咱歇会儿也可以!"看到静秋满头大汗,一位姐姐开始安慰道。

"没事儿,姐姐,我就是走的慢,其实不累的,你们不嫌我慢就好!"静秋有些不好意思,满怀歉疚,她觉得因为自己的出现,耽误了姐姐们宝贵的时间。

两个人牵着走路前后倾仰的静秋,花了十几分钟,直行了100米左右。刚拐过弯儿,"天津商业大学第一食堂"的大楼赫然出现在静秋的眼前了,静秋的肚子显得更加饿了,她在宿舍是多么想吃饭啊,可是吃饭的路对于她来讲比登山还要难!

三个人站在第一食堂门口,五级高高的台阶,让静秋又犯了难。

"姐姐背你!"一米六七左右的一位姐姐,在静秋面前弯下了腰。

"姐姐! 不可以,以后这些都是我自己需要适应的!"静秋很倔强地拒绝了,她眉头紧锁,却鼓足了勇气。

"姐姐,你们只需要一个人扶我就可以了,我们试试好吗?"一位姐姐听到这话,赶紧把手伸了出来。

"姐姐,你站在我的右边,然后充当一个扶手的作用,这样的高度……"静秋在根据自己的能力调整高度。

静秋伸出自己的右手,把左脚先放置台阶上,左手用力地撑住自己的左大腿,扭动屁股吃力地把右腿抬起来,然后继续撑着左大腿,慢慢扭动屁股,站了起来。

"啊! 太棒了,静秋,你迈上去了!"在一旁的姐姐眼眶湿润了,她鼓起了掌。

静秋长长地舒了一口气,就这样,她一步一步地迈上了五级台阶。

静秋的眼睛还捕捉到,其实在大食堂最右边的那个台阶旁边有一堵墙,这样恰好能够帮助静秋上去,即使没有人扶,那堵墙也完全充当了扶手的作用。看到这么有力的辅助,她心里也多了一份安全感。

静秋被姐姐们牵着进了食堂,这是她第一次进大学的食堂,诱人的美食香气扑面而来。她不自主地加快了步伐,到徽菜的窗口要了一份家乡菜。她端起饭盘的过程中,觉得自己的手有些颤抖,身体也不是很平衡,她小心翼翼地稳住身体,走到最近的一个饭桌,姐姐们也端着饭陪着静秋一起吃。

一顿午饭在大家的欢声笑语中结束了,这是上大学以来第一顿饭,第一次主动找人求助、与人沟通。原来困难并没有她想得那么大。

晚上,静秋坐在书桌旁打开了日记本,她写道:

> 今天是我独立生活的第一天。宿舍通往食堂的地形地势已经勘探成功,宿舍楼前的三级台阶以后可以求助路人帮忙扶一下就可以。食堂门前的五级台阶可以绕到最左边的墙壁边,扶着墙去买饭。

> 还有今天在食堂端饭的时候,发现自己端饭有些吃力,去食堂坐着吃饭是不可取的,人太多也会不小心摔倒,应该买一个可以提的轻便饭盒,把饭带回来吃。

> 这样看来,我的吃饭问题解决了。以后的困难,我会慢慢克服的。加油!静秋!爸爸妈妈,我长大了!

> 今天认识的小姐姐们对我特别好,以后有什么事情,一定要懂得和她们分享!但是不要依赖姐姐们帮助带饭,这样你会懒惰的!要学会自立,今天她们已经带你熟悉了吃饭路线,所以明天你就要亲自去买饭了!

揉着有些困意的双眼，静秋合上了日记本，定好明早六点半
起床洗漱准备买早餐的闹钟后，她就准备睡了。

第一次独立买饭

早上六点半,静秋就被闹钟叫醒了,她的眼睛微闭着,带着一丝睡意,用手摸索着扶着床沿,慢慢地从床上站了起来。

她慵懒地拉开了窗帘,一缕阳光从外面照射进了屋子里,把整个宿舍照得亮堂了起来,一袭袭清风吹向她的面庞,抚摸着她的脸。她清醒了起来,不禁感叹了一声:今天又是多么美好的一天啊! 她也立马想起了今天也是自己决定不依靠别人,真正独立的第一天。

静秋开始以自己最快的速度洗漱整理好,大约花了40分钟,她整理完自己后,就拿起钥匙和饭卡,准备自己独自出门去吃早餐。

当她锁住自己宿舍门的那一刻,她的心里有一种无比轻松自由的感觉,她觉得此时此刻的自己没有想过依赖任何人,要去独立完成一件事情,或许买饭这件事对于其他人来说是生活中再普通不过的一件小事,但是对于自从高中就行动极其不便,由妈妈包办一切事情的静秋来说,那不亚于历史上人性的解放,静秋觉得这一刻是庄严的,是自豪的,是值得骄傲的!

她吃力地走到了宿舍楼前的几级台阶,周围没有扶手,也没有任何人的帮助,静秋自己一个人犯了难,她心里非常地紧张不安,但是她又倔强地迈出了有些胆怯的步子,刚一迈出去,她就吓得立马将自己的脚缩了回来,这样反反复复好几次,她终于咬咬牙,闭着眼睛,大胆地把右脚往下放,只听到"蹬"地一声,她的脚安全着陆了,可是她的心里好一阵后怕,生怕自己摔倒了,就这样静秋慢慢地,终于下了这三级台阶。

刚开始的成功给静秋增添了不少勇气,她走路时的力气好像更大了,她觉得自己的步伐快了一些。尽管她能够感受到自己的身体有些摇晃。去食堂的路上有很多学生,他们似乎并没有朝静秋这边多看一眼,静秋出门前还担心自己被人用异样的眼光灼伤呢!看来她的担心是多余的,这也给她无形中增添了不少信心。

静秋按照昨天勘察的路线,多走了一段相当于20米距离的路,就绕过了台阶,来到可以用左手扶着墙上食堂台阶的那头。静秋撸了撸袖子,兴奋地将左手扶住了墙,弯下身子准备爬台阶了,她的心情有些激动,只要台阶旁边有扶的东西,她就感觉自己像多出了一双腿一样,不需要依靠任何人,尽管很吃力,她也能上台阶,她为自己的机智感到自豪。

五级台阶终于用10分钟左右爬完了,这次爬台阶倒是引来了不少的目光,静秋擦了擦额头上渗出的汗珠,对惊讶的陌生同学们报以微笑,她不知道为什么自己此时表现得这么大方,或许正是真正攀爬完台阶的喜悦!

静秋顺利地进入食堂,买到了自己第一次在大学里独自买的早饭。因为走路不稳、人太多,自己在餐桌上很难站起来,所以静秋并不能够在食堂里就餐,但是她已经很满足了,她其实一点也不饿,她愉快地提着早饭,顺着来时的墙,来时的路,准备回宿舍。

一路上,她都兴奋着,甚至哼起了歌,她感觉回来的路比来时要短了许多,很快就到了宿舍。静秋此时还留恋着外面的阳光,她并不想这么早地就回到宿舍,她想出去逛一逛,找一个地方坐下来吃早餐。

静秋站在宿舍楼下犹豫了一会儿,她一时找不到一个好去处。

"对了,我宿舍楼旁边的湖!"静秋的眼睛开始放亮了,她立马迈动着自己吃力的步子,朝那个吸引她许久的湖走去。

湖边的风景美丽极了,此时还有许多学生在湖边的小树林里晨读,黑天鹅依然在湖面上优雅地游来游去。静秋在湖边找了一个长板凳坐了下来,她开始享受自己的早餐,她开始享受阳光散落在自己每一寸肌肤的感觉,她开始享受微风亲吻自己脸颊的感觉。她朝着自己的宿舍窗户望去,现在这一切享受都是昨天在窗子里的自己所向往的,然而,她迈出来了,她勇敢地迈出了自己独立的第一步,她已经不是那个在楼上看风景的人,她已经成为风景里绚烂的一抹颜色。

她知道自己的大学生活已经真正开始了,她无法预料未来还有多少困难在等待着她,但是她知道自己已经在路上了,她不会退缩。

这样的楼梯，怎么爬

北国深秋6点的清晨，寒风彻骨。此时的校园安静极了，只有偶尔一两个人打着呵欠奔向食堂。

静秋和往常一样右手提着早餐，左手拉着书包的肩带（因为走路身体不平衡，肩带经常往下滑）拖着沉重的步伐慢慢挪到圆厅4号教学楼。教学楼前的四级台阶挡住了她的去路，这几级台阶周围没有扶手，静秋没有办法自己上去，犹豫了一会儿以后，静秋开始鼓起勇气向路过的同学求助。

"同学，你好，能麻烦你一下吗，你能扶我上一下这几级台阶吗？我腿没有力气。"静秋面带微笑地向准备进教学楼的女孩求助。

"啊？怎么了，不小心摔伤了腿吗？"同学关切地问道。

"是的呢，真是麻烦你了，你能手稍微低一点，然后别动，尽量充当一个楼梯扶手的作用吗？"静秋一边微笑大方地表达着自己的需求，一边右手紧紧握住女同学的手，左手扶住自己的大腿，抬起臀部，扭动着身体，一步一步地迈上了四级台阶。

"谢谢你！"

"不客气！你自己小心点啊，再见！"

"再见！"一边喘着粗气一边微笑着和同学道别后，静秋慢慢地走进了教学楼，她很累，"再坚持一会儿就好了，我可以比其他同学早到教室。"不敢有丝毫停歇的静秋执拗着想。

刚刚门前的台阶只是冰山一角,现在真正要克服的就是自己慢慢地爬上四楼,如果是普通的爬楼也就是按照平时的方式,虽然慢些,也很吃力,但是勉强还是可以慢慢爬上去的。但是圆厅4号教学楼是静秋第一次来上课的教学楼,它的楼梯扶手在左边,右边是墙。而静秋只有扶着右边楼梯扶手的时候才稳当,才能够使上力气,如果想上楼的话,静秋只有右手扶着墙,左手扶着大腿上去了,可是这对于她来说是非常危险的动作,她稍微一个晃动或者手滑一下,就会从楼梯上摔下去。

这可怎么办呢?静秋一时犯了难,她在楼下徘徊,非常犹豫:我要不要扶墙爬楼呢?如果不爬的话,我该怎么去上课呢?不可能因为我不会上楼而旷课吧!不,那太可笑了,那简直侮辱了起得这么早的自己了!我应该打电话给老师,让老师派同学来背我上楼吗?不,让别人背一次可以,以后呢?以后谁背?即使别人愿意,我自己的自尊心承受得了吗?

静秋的脑海里不自觉地又想起了妈妈,那个高中阶段,不论在哪里,都会紧紧扶住自己的母亲,那个不论摔倒在哪里,都会用自己瘦弱的身子来保护自己的母亲。如果此时此刻妈妈在身边的话,静秋什么也不用想,妈妈的双手可以充当静秋安全的扶手,哪怕楼层再高,哪怕耗费的时间再多,她们终究都会安全到达教室的,可是如今呢?这个可怜的姑娘没有任何可以依靠的人,她不禁伤感了起来。

她独自一人扶墙爬楼的方式对于静秋来讲,简直就相当于拿自己的生命做赌注!

此时一楼的教学楼也断断续续地有几位同学经过,他们说说笑笑,没有一点忧愁,他们也没有顾及到站在一楼的这个普通女孩的窘迫感。

静秋看到他们,心里也越发得紧张了,她意识到自己如果再不行动一定就会迟到了!

　　她的表情非常不自然,她不知道自己要做什么,她的脑子乱哄哄的。

　　静秋做着强烈的思想斗争,天性倔强的她是不服输的,她不想因为这样一个困难给自己找借口,她决定了,她要想办法自己爬上这个不顺手的楼梯。

　　于是静秋重新整了整衣服,尽力扶正自己的书包,向一楼楼梯间走去,虽然她的内心还没有真正想好自己是否能够完成这项新的挑战,但是现实逼迫着她一定要向前,或许就是这样一股任性倔强的性格,让她在大学里也慢慢地生存下来了吧!

　　是的,对于大部分普通大学生来讲,大学就是一个可以尽情挥洒青春和享受青春带来无限活力的地方,但是对于静秋,能够在大学生存就是再适合不过了,她没有感受到肢体带给她青春的活力,但是她的内心是火热的,富有激情的,是有着远大梦想的,这样的精神之火让她冒着生命危险也敢于尝试!

不能认输

望着"珠穆朗玛峰般"的楼梯,静秋还是不自觉地打了一个寒战,"这又不是第一次爬楼了,有什么好怕的。"静秋在心里默默地为自己加油打气。挽起袖子,背好书包,将早饭钩在自己的大拇指上,整装待发。

然后用右手掌紧紧地贴着墙,左脚先缓缓抬上台阶,左手再扶住左大腿,抬起臀部,左手用力按住大腿,撑着墙的力量像蚯蚓一样扭动身体的同时,将右脚慢慢抬上台阶,然后又用力撑住左大腿慢慢扭动身体站起来。

好累啊,静秋缓了一口气,又开始以同样的姿势向上爬第一步、第二步、第三步。

书包肩带在静秋爬楼身体扭动的时候不断往下掉,静秋基本每爬一个台阶就要将书包肩带重新挂起。

"真是烦人!"静秋一边喘着粗气,一边生着闷气,"真是想把书包扔了!"

"今天又是八点的课,真是烦人,都睡不成懒觉了!"

"是啊,最讨厌周二了,安排早八点的课,现在又是深秋,天又冷!"几个女同学一边上着楼一边抱怨道。

听到有同学上楼,静秋就靠着墙习惯性地停了下来让同学们先走,让完这几个同学,后面紧接着来了一群男生。

"怎么办,这么多人,我得让到什么时候啊?"静秋开始发了慌,她意识到可能快上课了,人群很快就要涌过来了,这使原本就狭窄的楼梯间更显拥挤。

果不其然,一拨又一拨的人像波浪一样涌了过来,把静秋夹在楼层中,这使原本爬楼幅度大、稳定性不强的静秋进退两难。

"啊!"静秋大叫了一声,差点滚下楼,危急之时,她双手紧紧地抓住了推她的男生的衣服。

"喂,你这人怎么回事啊,大家都赶着去上课,你在楼梯上站着也不走,挡着大家! 还扯我的衣服干吗!"那个男生怒吼道。

然后狠狠地瞪了静秋一眼,用力甩开拽着他衣服的手,扬长而去。一瞬间楼梯上无数双眼睛齐刷刷地射向静秋,带着厌恶和气愤。

"我不是故意的,我真的不是故意的,我只是想给你们让出一条道儿,让你们先走。"静秋多么想把这句话喊出来。

她的嘴唇颤抖着,脸滚烫滚烫的,强忍住自己委屈的泪水,紧紧地靠在墙壁上,一瞬间时间仿佛凝固了,她就像那被钉在十字架上受刑的囚犯,任由一双双上满了膛的机关枪似的眼睛扫向自己。

楼道里的人终于少了一些,静秋左顾右盼,她在试图寻找有没有既可以保证自己的安全,又可以不因为人群而停下来的爬楼方式。于是她慢慢移到左边的楼梯扶手那里,双手紧紧握住楼梯扶手,左腿先迈上了台阶,然后将胸部紧紧地贴在扶手栏杆上,利用胸部和双手的力气,撅起屁股,缓缓抬起身体,然后慢慢地把右腿抬到台阶上,突兀的青筋很不合适地布满在这个年轻姑娘的额头上、脖子上,虽然双脚都站到了台阶上,静秋还是没有力气直立身体,整个上身软软地耷拉在楼梯扶手上,她双手力气殆尽,整个人快要瘫软下去,双脚不自觉地下了一个台阶。

"唉,估计不行,算了吧。"静秋准备放弃了。

"你这同学怎么回事啊,大家都赶着去上课,你站在中间也不走,挡着大家!"这时楼道里被误解的声音在静秋的耳边一遍一遍地回响着、震荡着、冲击着!

大家厌恶的眼神和侮辱性的责骂突然让静秋全身充满了力气,她迈上左脚,双手紧紧抓住楼梯扶手,胸部用力压在扶手上,胸腔和双手的力气让她抬起了身体,慢慢将右脚拖拽了上来,静秋继续凭借胸部挤压扶手的力气,咬紧牙关,慢慢扭动着身体站了起来,呼吸急促,满脸通红,大声喘着粗气。

"我不怂!"静秋的内心呐喊着,命运的魔爪对她望而却步。

在静秋以这样的姿势爬了几级台阶的功夫,楼梯间里又陆陆续续地来了同学。静秋双手依然紧紧地握着扶手,一步一步地向上蠕动着,爬完一级台阶,她都会抬起头往上看一下。

"近了,近了,马上就要到目的地了",她仿佛也看见成功的大门在向她招手。

同学们被静秋这种上楼方式和微笑昂头的态度惊呆了,他们开始自觉地让出一条空隙,以免碰到静秋,楼下准备向楼上冲的同学也被知情的同学们拦住了。

静秋抬头望了望,只见"Floor 4"字样映入眼帘,只剩三级台阶就要到四楼了。静秋停下来整了整书包肩带,用大拇指钩好早餐,自豪地向上蠕动着。终于成功了,满头大汗,疲劳不已的静秋,慢慢转过身用微笑回报那些为她让道的同学们,此时仿佛全世界的山峰都匍匐在静秋的脚下,而她,则像一个胜利的将军,拖着沉重而坚定的步伐慢慢走进教室。

桃李园练走路的女孩

放学了,年轻的大学生们有说有笑地走在 FIU 教学楼通往宿舍的路途上,只见一个面带微笑、走得很慢的女孩慢慢进入画面。她低着头,两只眼睛一直盯着地面铺的地砖形成的直线缝隙,左腿先沿着直线缝隙小心翼翼地向前移动一步,接着右腿又沿着同一条缝隙向前移动。

静秋此时已经没有那么引人注目了,除了走的比别的同学慢一些,左腿稍微有些外撇之外,基本上走路姿态和正常人已经没有什么太大的区别了。挺直纤细的腰身,修长的双腿,优雅大方的穿着,一直挂在脸上的微笑,让静秋独具魅力。和往常一样,静秋将放学后从教学楼走到宿舍半个多小时之久的距离,当成珍贵的练习走路的机会。沿着马路上地板直线缝隙锻炼纠正走姿。

"静秋,回宿舍吗? 我恰好去校医院那边买点感冒药,咱们同路,一起走吧。"一位男同学从身后跑了过来。

"好啊,只要你不嫌我慢。"静秋吐着舌头调皮道。

"你现在也不是很慢啊,你越来越漂亮了呢! 可能你自己都不知道,最近班里好多同学都说你的腿比大一刚来的时候好的多了呢! 我感觉也是,除了慢点和我们基本没有区别了! 嘿嘿,大一的时候,你天天可是挺着个将军肚子来上课哦! 瞧,现在身材多棒!"男生哈哈大笑起来。

"才不是呢,我身材一直都很好的!"静秋噘着小嘴不服气地说。

随着和男孩调侃的欢笑声中,静秋的思绪不自觉地追溯到了一年前的那一个夏天。

那时候,静秋的腰背还有些往后仰的趋势,她挺着因为身体变形而走路凸起的腹部,拖着穿着高跟鞋的步伐,亦步亦趋地向前移动。那是静秋自从生病以来第一次穿上显腰身的淑女裙,也是有生以来第一次穿上高跟鞋(因为生病,脚后跟肌腱挛缩,无法着地),她希望高跟鞋能够帮助缓解自己踮脚走路吃力的问题,她意识不到自己走路的姿势有多么怪异,她觉得此时的自己像公主一样美丽可爱。

"看啊,那个女孩怎么跟怀孕了一样呢? 走路一瘸一拐地,还穿着高跟鞋呢!"一个女孩指着静秋,唏嘘道。

"小心她听见了,宝贝!"女孩的男朋友搂着她提醒了一下。

"听不到的,我讲这么小声,她真是有勇气啊! 亲爱的,如果我也这个样子你还会要我吗?"女孩娇嗔道。

"宝贝不要乱说哦,你不可能变成她那个样子的。"他们一边说着,一边走远了。

天生听力灵敏的静秋捕捉到了这一对话的所有内容。

"什么,我走路像怀孕? 那个女孩长得那么普通就有资格嘲笑我、可怜我了?"静秋咬着牙,脑袋乱哄哄的,停下锻炼的步伐,呆滞地望着从自己身边来来往往打水的同学们。

"我不要像孕妇! 我是漂亮的女孩!"静秋的心在滴血。

她开始试着挺直腰身,尽量挺起胸部,收起腹部,站立的时候双腿努力并拢起来。收起的腹部将两根肋骨凸显了出来,双腿一并拢就自动往外撇,胸腔里憋着的一股气,让静秋呼吸极为不畅,腹部有起伏地大幅度收缩着。内心的急躁使得周围空气分子密集成了一个巨大的火炉,炙烤着静秋的意志力。

"扑通"一声,一阵剧痛从下巴传递到静秋全身的每根神经,头一片眩晕。只见静秋整个人趴倒在地,下巴狠狠地磕在水泥地上,鲜血顺着下巴流了一地,染红了雪白的连衣裙。原来静秋努力前倾的同时,身体失去重心,趴倒在地。

"怎么了?孩子!"看到这一情景,值班的楼长一阵小跑过来,她从静秋的腰部将静秋吃力地抱了起来,然后拖住静秋的身体,帮静秋翻坐到地面上。此时静秋的下巴血肉模糊,阿姨都不忍心看。

"孩子,咱别逞强了啊,赶紧回去包扎伤口,今天咱到此为止,阿姨看到你的努力了,你是个好孩子!"楼长含着泪抱着静秋说。

"不!阿姨,我走路不像孕妇!我可以走得好的!"静秋紧紧抱住楼长,大哭了起来,刚刚积压的情绪如同火山一样爆发出来。"阿姨,您赶紧帮忙抱我起来,我要练习走路,我是正常人!我不要别人把我当成残疾人!"

"乖孩子,好,阿姨抱你起来!"静秋双手挽在楼长的脖子上,楼长吃力地抱住静秋的腰部,将她慢慢地举了起来,慢慢站稳。

阿姨扶着静秋进了宿舍,将下巴的伤口清洗处理了一下,伤口在自来水的冲击下更加疼痛,身体上的疼痛将静秋体内那股强大的自尊心更加点燃了,她要爆发了。

静秋处理完伤口,没有回宿舍歇着,她又迈着自己沉重的步伐,来到宿舍外的小路练习走路。

静秋吸了吸酸酸的鼻子,擦干了眼泪。继续立正,脚并拢,挺起腰杆,用力吸气收腹。她开始小心翼翼地迈出第一步,开始双脚不听使唤地两边乱甩,左腿还往外撇的厉害。她还是兀自地走着,没走几步,她就得停下来深深地吸一口气,收腹实在是太闷了,让她几乎不能呼吸。她整个人属于前后摇摆,左右乱窜的状态,她控制不住自己的姿势,甚至都不如刚开始蹒跚学步的两岁小朋友。下巴的伤口还在一阵一阵地疼痛着,"亲爱的,假如我变成了她那个样子,你还会要我吗?"刺耳的讽刺声在静秋耳边一遍一遍回响着,一下一下敲打着静秋的自尊。静秋继续东倒西歪练习着走路,天生不服输的那股劲儿让她肌无力的身躯慢慢有了力气!

"我才不会比你们差!"静秋噘起小嘴,固执地一边练习,一边想办法。

小路上来来往往经过许多同学,有一对又一对的情侣、有结伴而行的哥们似的男同学,他们远远地就会朝静秋这边多望上一眼,然后又迅速地转移自己的视线,好像故意假装自己什么都没有看见一样。

起初静秋的自尊心受到了极大的伤害,但是此刻她的心更加坚强了,似乎那挖苦的讥笑又给自己穿上了一副盔甲。她暗自对自己说:现在的我,你们尽情看吧! 总有一天,我会变成我想要成为的那个样子的! 我一定会破茧成蝶的!

静秋这样地安慰着自己,尽管她自己也不知道这样做对于她来说有没有意义,但是不论怎样,她都想去尝试一下。

静秋的身体还是无法平衡下来,双脚不听使唤地分开,身子摇摇晃晃的,时刻要摔倒的样子,突然她发现小道旁边有一条恰好可以放下双脚的干涸沟渠,静秋不觉灵机一动,"如果我下到沟渠里走路的话,双脚不就没有办法四处乱走了吗? 那么狭小的空隙,刚好是我练习双腿并拢的好地方啊!"静秋心里一阵窃喜。

于是静秋拖着步子,一崴一崴,挺着凸起的腹部慢慢移向沟渠,鼓起勇气迈了下去。刚开始,沟渠实在太窄,静秋没有办法伸展自己的双脚,习惯了走路双脚开的很大幅度,这样让她感到很不舒服,有一种被捆绑住了的感觉。挺胸,收腹,立正,她迈开了步子,左腿试着向上抬(因为没有力气平时都是甩着腿走路,在如此狭小的空间里没有办法甩腿,只有尝试向上抬腿迈步了),左腿像绑着千斤重的沙袋一样,沉重无力,任凭静秋如何尝试向上抬腿,它自岿然不动。时间在一点点消耗着静秋的耐力,她站在原地一动不动,"怎么办?怎么办啊!"望着比沟渠高出十厘米的马路,已经在沟渠里的她没有办法上去了,唯一的办法就是留在沟渠里继续锻炼。

"没有办法向上迈腿,向前移腿总该是可以的吧!"静秋小心翼翼地朝前移了下左脚,依旧挺直腰杆,扶着沟渠旁边宿舍楼的墙站稳,接着又把右脚向前移,她发现移动脚步的过程中,自己身体摆动的幅度很小。接着,慢慢地移一步、两步……

"不要着急,这已经是很大的进步了,尽管无力的双腿暂时无法改变,但是移动双腿慢慢减少身体摆动幅度,也是很大的进步嘛!"不断积极暗示自己的静秋开始笑了,已经开始结痂的下巴,也有了些微痒的感觉。

夜色慢慢拉下帷幕,校园里昏黄的路灯将跛足女孩锻炼的身影拉得长长短短。从那天开始,不论阴晴雨雪,桃李园宿舍楼外都会出现一个锻炼的身影。

冬天的画面又渐渐进入静秋的脑海里,只见静秋穿着厚重的棉衣棉裤,在宿舍楼外铺满雪的沟渠里来回着步伐,艰难地锻炼着,她的脸冻得通红的,手扶着沟渠旁边的墙,她看起来小心翼翼的样子,两只眼睛不停地盯着地面,提心吊胆的,她生怕一个不小心就跌倒在沟渠里的雪地里。此时她的双腿已经冻僵了,她是真正意义上的一步一步地移动着步伐的,说实话,在北方这样零下七八度的天气里,每天在室外坚持练习走路,这是非常考验人意志力的,她真的很想像其他同学一样在宿舍的被窝里,哪怕就在有暖气的屋子里待着也行啊!但是她咬了咬牙还是决定坚持。

"啊!"静秋的脚下一滑,身子一倾,差点就摔倒了。她的心里猛烈地震颤了一下,被刚才的不小心吓得不轻,她拍了拍胸脯,鼓励自己继续往前迈步,可是她的脚迟迟不敢伸出去,她站在雪地里好像被冰封住了一般,一动不动,她进退两难。虽然她的表面在倔强,在逞强,可是内心深处还是一个胆小柔弱的女孩,她可以想象得出来如果在雪地里摔跤了,自己将是多么疼痛,多么无助!她记得自己和妈妈在高中时在雪地里打滚的场景,现在又是她孤单的一人,摔倒了更加不好办。

静秋牙齿摩擦出了非常清脆的声音,她闭着眼睛试着大胆地向前迈步,挺胸收腹,尽力提高步子,一步、两步,都没有摔跤,静秋都不敢想象出自己居然有这么大的进步!要知道,在雪地里独自走路,这对于一年前的她来说,想都别想,现在自己居然可以这样稳当地练习着。

就这样,北国的冬天虽然寒冷的不近人情,但是在静秋的点缀下渐显温情起来。

静秋想着想着,泪水就不自觉地要往外涌了,只有她自己知道锻炼的这么长时间,自己忍受了多少常人难以想象的痛苦,遭受了多少的冷眼,自己与自己的意志力斗争了多少天。

"喂,想什么呢!自恋的小丫头!"男生打断了回忆中的静秋。

"没有啊,嘿嘿,一想到马上可以吃午饭了就好开心!"静秋和男生有说有笑地走着。

春日的暖阳夹杂着微风,静秋觉得眼前的一切事物都是那么的美,而她也像向日葵一样含苞待放。

第四章

成为校园自强之星

想做家教

那是一个很平常的周一,上完课以后静秋就像往常一样,找了一间没有上课的教室上起了自习。她认认真真地在为下一节课做着预习。

"同学!"一个带着浓重南方口音的妇女的声音把静秋吓了一跳。

静秋抬起头,只见一位身材发福,个头不高,穿着保洁衣服的中年妇女,特别温和地对静秋笑着。

"同学! 我……"只见阿姨还有一些羞涩地说。

"阿姨,是不是我坐在这里影响到您工作了?"静秋意识到自己好像阻挡住了阿姨打扫卫生了,开始用手扶住桌子,准备站起来。

"不是,不是,孩子,我就是想问问你,你们有没有同学愿意做家教的? 我们物业经理的孩子需要家教,让我们帮忙问问!"阿姨开始打破了之前的窘迫感,继续用带着浓重的南方口音说明着来意。

静秋一听,心里有些激动,善于把握机会的她觉得这是一个极好的锻炼自己的机会,从内心来说她觉得自己完全能够胜任小学到高中阶段家教的全部课程,当她准备说出"阿姨,我想试试"的时候,她又将这句话咽到了肚子里。因为她知道,如果做家教一定要去别人家里教小孩,而且自己身体不好的情况下,人家经理会嫌弃我这样的学生吗？人家小孩正处于青春期，可能也不愿意接受这样一位老师吧！

"阿姨，我想……那……那我帮你问问我的同学吧！您把您的电话留给我，以方便我联系您!"静秋真的不敢去揽这份工作，因为她实在对自己没有信心。

"这样吧！我把我们经理的电话给你，他姓许，你找到了合适的同学，直接联系他就可以了！他的电话是……"阿姨一字一顿地报起了电话号码。

"那好的，谢谢你孩子！阿姨先忙去了啊!"阿姨拿着扫帚往门外走去。

静秋看着阿姨远去的背影，她的泪水开始慢慢模糊了视线。

没有人能够体会到此时此刻她的心情是多么的复杂，一个那么好的可以锻炼自己的机会摆在自己的面前，好像离她那么近又似乎那么远，她根本没有勇气去触碰它。对于这样一双没有力气的双腿，能够自己每天独立在学校生活，正常的上课已经算是一种幸运了，还做一份工作，还是一份要去别人家里的工作，这对于她来说简直不可能！

静秋整个下午都因为这样的一件事闷闷不乐，她是真的不想失去这个机会。

如果我打电话试一试将会是什么样的结果呢？难道真的会像我想的那样，被经理瞧不起，遭到他的耻笑，觉得我不自量力吗？但是如果我不试试的话，把这个摆在自己面前的机会白白流失了，那我连失败的机会都没有了！静秋在极力说服自己，她内心深处实际上是自信的，她觉得她是完全可以胜任的！

下午上完课以后，所有的同学都陆陆续续地走了，只有静秋留在教室里，她的心在颤抖着，是激动，是不安，是兴奋，到底是怎样的一种情绪在纠结着,她自己都已经不能够完全分清了。她拿起了手机,战战兢兢地拨通了许经理的电话,等待接通的那一分一秒都让静秋紧张不已,她能够感受到自己心都要跳出来了,她能够听到自己呼吸的急促声。

"喂,您好!请问您是?"电话那头传来一个非常温和的中年男人的声音。

"您好!请问您是许经理吗?我是天津商业大学的大一学生,是英语专业的,听说您的孩子需要家教,我想试一试!不知道是否可以?"静秋极力控制着自己的紧张情绪,故作镇定地说。

"嗯!是的,我家孩子需要语数外全面辅导的家教,如果你有这方面的意愿的话,请你下午六点到 FIU 楼 E203 办公室找我!"许经理依然轻声细语地说。

静秋听到这样的答复,心里既激动又忐忑,因为语数外对于静秋来说,应该是完全可以胜任的,但是她这样的身体会不会遭到许经理的冷眼相对,就很难说了!

不管怎么说,如今这通电话已经打出去了,也就代表静秋连放弃的余地都没有了,眼下只有硬着头皮往前冲了。

她曾经听学姐说,面试家教的时候需要穿正装,化上一个精致的淡妆,但是对于静秋来说,目前能有这样朴素干净的衣服也算是很满足的了,她整了整自己朴素干净的衣服,用力气不大的手撑着墙壁,理了理有些凌乱的头发,向 FIU 的大楼走去。

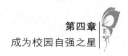

居然面试成功了

下午六点很快就到了。静秋站在办公室外朝里面望去,只见一个个子很高,西装革履,40 岁左右的男人背对着门,向办公室窗外看去。

静秋用颤抖的手敲了敲办公室的门,她咬了咬牙,闭着眼睛准备豁出去了。

只见男人回过头来,一张国字脸,看起来很有修养的样子,他微笑着上前一步:"同学! 你就是想做家教的那个女生吧! 快坐快坐!"

静秋点了点头,就慢慢地往里走。

许经理好像看出了静秋行动有些不便,他立刻把眼神从静秋的腿转移到别的地方去了,然后说:"你慢点,不着急! 你看看周围哪个地方你坐着方便一些!"他非常细心地照顾着静秋的自尊心。

静秋看到这样一位没有架子的经理,心里的石头总算落下了一大半,她找了一个高点的,旁边有桌子的椅子坐了下来,许经理也在不远处坐了下来。

"同学,你的高考分数是多少? 你擅长语数外吗? 我家的孩子今年念小学六年级,学习成绩在班里 20 多名,马上要小升初了,我们很担心!"许经理开门见山地说。

"叔叔,我的高考成绩是文科 575 分,语数外算是我的强项,虽然我没有做过家教,但是我是一个很有耐心的孩子,而且我觉得做家教可以锻炼我,所以我很想试一试。"静秋说着说着就低下了头。

"孩子,你学习成绩这么棒啊!叔叔相信你!我想你肯定在担心怎么去给我家孩子补课的问题!你告诉叔叔,你住在哪里,叔叔和学校商量一下,让孩子去找你补习,我家就在学校里住!"

静秋一听,心里特别激动,她感觉自己就像在做梦一番,她简直不敢相信自己就这么轻而易举地给自己找了一份工作。

"叔叔,我住在桃李园7号楼。我叫徐静秋,外国语学院英语专业学生。"静秋兴奋地一口气说了出来。

"好的,明天放学我就让孩子去找你,咱们开始一个小时40元,一周给孩子补习8个小时,如果一周以后孩子反馈很喜欢你的教学方式,就给你一个小时80元,你看怎么样?"

"不,不,不,叔叔你给的太多了!我一个小时20元就可以了,我主要是为了锻炼自己!"静秋急忙推搡着。

"孩子,你要记得,你的劳动成果是值得的!所以你就努力做好你的工作吧!"叔叔拍了拍静秋的头。

静秋流泪了,她拥有了第一份工作,她是班里第一个找到工作的人。

两个人谈完确定以后,静秋就背着书包准备回宿舍了。静秋走在这样熟悉的校园林荫小道上,步子迈得还是那样慢,但是她的心却是欢喜的,她没有想到自己作为身体条件如此差的一个女孩,居然成为班里第一个找到工作的人,她也没有想到自己曾经那么没有勇气为自己求职,居然因为试一试,就这样看似出乎意料、也在情理之中地成功了。

静秋真的不敢想象,大学这样一个平台居然让自己在半年内改变这么多,从走六步会摔三跤,到自己学会独立稳步行走。从藏在宿舍里不敢出来,到现在自己独立照顾自己。而今,她居然找到一份用脑力赚钱养活自己的工作。要知道,这些改变是自己包括家人,想都不敢想的,家里的人从来打电话都是嘱咐静秋要好好照顾自己,虽然静秋总是回答自己在学校很好,但是电话那头挂的时候总能够听到家人无可奈何的叹息声,他们恐怕从来没有想过让静秋在大学里打工吧!

微风拂过静秋清秀的面庞,她自豪地将头昂得更高了,她此时觉得自己不仅仅是一个健康的人了,她全身心地感觉到自己来自内心深处对正常生活、正常工作的渴求。她的渴求从盼望慢慢地变成了现实,她的健康从慢慢失去到现在再次拥有,虽然现在的身体依然不如真正的正常人那样的灵便,但是一天比一天好,还让她有什么不满足的呢? 而且这种失而复得的体会,并不是每个人都有机会去体会的。

这次面试的成功着实地给静秋增强了信心,为了这份来之不易的工作,她决定好好地搜集相关的教学模式和资料,她一定要把这份工作做得出色,让孩子的家长觉得自己是真的没有看错人。

回到宿舍后,静秋迫不及待地拿起了手机,准备将这个好消息分享给自己的妈妈——这个一直认为自己的女儿是公主的伟大母亲。静秋要大声地告诉她:妈妈,我有工作了! 您的女儿是班里第一个找到工作的人。您的女儿被人认可了!

拿到第一笔工资

第二天晚上七点左右,许经理带着孩子如约在静秋的宿舍楼下见面。

静秋一出宿舍门,就看到一个瘦高身材,扎着马尾辫,约莫15岁左右,看起来非常乖巧的女孩,从静秋出门一直到走到她的跟前,她的脸上就一直挂着非常羞涩的笑容。虽然静秋即将成为这个孩子的辅导老师了,但是只比她大几岁的她,也着实没有架子,一方面她因为自己的身体特别自卑,另一方面她也害怕自己教不好这个孩子。

"婷婷! 快叫徐老师! 这就是爸爸给你请的家教老师!"许叔叔打破了两个孩子的尴尬。

"婷婷你好! 以后就由我来给你辅导功课,你愿意吗?"静秋故作镇定地说,实际上她鼓起了极大的勇气才说出了这句话,因为她明白如果孩子看到自己走路不方便,对她进行排斥的话,将是她莫大的耻辱。

没有想到婷婷害羞地点了点头,然后走到了静秋的身边,拉起了静秋的手。

"好了,婷婷! 那你和徐老师一起进宿舍学习去吧! 晚上九点钟,爸爸过来接你! 徐老师,你辛苦了啊! 孩子交给你了!"许叔叔一脸信任地看着静秋。

"好的,许叔叔,您放心! 我会努力的! 叔叔,您就先走吧!"

静秋说着,就和许叔叔道别,带着婷婷向宿舍走去。

静秋把婷婷安顿到自己书桌旁的椅子上坐着,她并没有一开始就让婷婷拿出自己的课本之类的东西,对她进行辅导,而是坐在婷婷对面,准备和孩子好好地沟通一番。

"婷婷,听你爸爸说,你现在在班级里的名次并不是太过理想,你能告诉老师,是你自己不喜欢学习,还是学习的过程中,自己努力了却成绩提高不起来吗?"静秋用极其关切的声音,非常温柔地问着婷婷。

婷婷涨红了脸,紧张地不敢说话,她把头深深地埋了下来。

静秋立马意识到,这个孩子可能属于比较被动、内向的孩子,不善于与人沟通。

"那老师问你,如果你觉得老师说的对,你就点点头,如果不对你就摇摇头,好吗?"静秋只有通过这种方式来了解孩子的想法了。

婷婷点了点头。

"你说你是不是平时有弄不懂的题目,不敢去请教老师,害怕老师会因此而否定你呢?"婷婷点点头。

"婷婷,实际上你是一个爱学习的孩子,并经常为此而苦恼,不知道如何提高自己的学习成绩,对吗?"

此时婷婷的情绪显得有些激动,好像特别委屈的样子,她抬起了头望着静秋,轻轻地点点头。

"老师,老师,我最薄弱的学科就是英语和语文,我真的不知道怎么办? 爸爸妈妈天天骂我学习不努力不上进。"她终于开口了,眼睛里泛起了泪花。

"婷婷,老师知道你的情况了。从老师的角度来说,婷婷是一个好学生,只是暂时没有找到学习方法,而且你遇到了难题,肯定也不敢去找老师,所以才致使你的学习成绩下降的。所以现在主要问题是,我们要学会自信大胆地去问老师,知道自己作为一个学生,就是要不怕犯错误,要把平时的错误当成锻炼自己的机会。"静秋耐心地说。

婷婷的眼睛开始明亮起来,她非常认真地听着静秋说的每一句话,身子也往静秋这边前倾了一点儿。静秋感觉这个孩子好像对自己更加地信任了,她认为这是给孩子辅导的时机了。

"好的,孩子,你把你的课本拿出来,你把课本里掌握不熟练的章节告诉老师,还有你近期的错题。"

静秋不厌其烦地用自己的方式引导着孩子学习,孩子也表现得很积极,对自己头疼的章节也表现出来了一些兴趣,她也可以慢慢地向静秋提出一些不懂的问题。

"嗯,这个是这样的。"

"老师,这一题还没有明白,为什么是这样呢?"

"好的,我再给你讲解一遍。"

天色在两个孩子认真地学习中渐渐暗了下来,两个小时的辅导很快就结束了。孩子学得很认真,静秋在教学的过程中也慢慢地感受到了孩子的性格特点。

九点到了,静秋送孩子出宿舍,孩子的爸爸早已等在门外。

"爸爸!"婷婷高兴地跑到爸爸的身边。

"宝贝,今天和老师学习,感觉怎么样呢?能听懂吗?"许叔叔问。

"嗯!好多上课弄不懂的,今天都懂了!"孩子变得健谈起来,静秋感觉到很欣慰。

许叔叔走到静秋面前,递给静秋 80 元钱:"孩子,你的工资。你是好样的!"他对着静秋竖起了大拇指。

　　静秋突然迟疑呆滞在那里,久久没有回应,她看到眼前递给她 80 元钱的手,显得既激动又非常不好意思,那种心情她自己都无法用言语来形容。

　　"孩子,拿着啊!"许叔叔抓起静秋的手,把钱塞在了她的手里,静秋这才恍然大悟,她猛地回过神来,不好意思地接过了钱。

　　"孩子,你要记得,你自己的劳动成果,你就要光明正大地拿着,而且你一定要相信自己是一个有价值的人!"许叔叔说完,就拉着女儿和静秋道别,往回走了。

　　看到他们远去的背影,静秋兴奋地用双手捧起了这 80 元钱。这么一份小小的收入,让她看到了自己的希望,她用脑力劳动,她得的工资甚至比她认识的学长还要高,学长去肯德基打工一个小时才 10 元,自己动动嘴皮子,利用自己学的知识,一个小时就挣了 40 元,这就是一种优势,这就是一种资本。静秋第一次看到知识给自己带来的惊喜,她曾经被村里人的那句"身体这样,即使考上大学也没有用"的话深深地刺痛过,可是如今她用知识狠狠地反击了这样肤浅的见识。

大学生维权比赛的准备工作

下课了，学生们从教学楼里熙熙攘攘地涌了出来，寂静的校园一下子变得喧闹无比。

等到教学楼里的人慢慢散去之后，只见静秋慢慢地、一步一步地下着门前的几级台阶，她显得小心翼翼，但是看起来也非常地稳当，等到她走到地面的时候，发现不远处有一群同学围成一圈，在看着什么。

静秋也感到十分地好奇，走近一看，才发现大家看的是一个关于大学生维权的宣讲活动报名比赛的大型海报。

"大学生侵权的事件屡屡发生，可是这种现象不仅没有得到很好的制止，反而愈演愈烈，为了维护大学生的合法权益，大学生的维权之风正在迅速吹向各大高校，本院为了……"一个同学在激情澎湃地读着海报上的字，大家都表现得很有兴致。

静秋站在旁边，心里也开始作痒。因为作为一个天性活泼、喜欢沟通的女孩来说，她对于宣讲和演讲类的比赛不仅仅是兴趣可以形容了，说是激情也不为过。

但是静秋心里却不敢随意报名，因为她根本没有接触过社会，虽然自己是班里第一个找到工作的学生，但是始终没有脱离学校这个大家庭。这样一来的话，自己即使报名参加了这个活动，自己又对大学生侵权的事件了解多少呢？自己对大学生怎样保护自己的法律意识又了解多少呢？这样做出来的宣讲是没

有血肉的,还不如不参加这个比赛呢!

静秋一边想着,一边在为自己如何取得很好的宣讲效果开始担忧。

"咦?前几天不是在路上听到一些同学抱怨兼职吗?还偶尔听到一些在校园里上当受骗的事情。这都是很好的切入点啊!我可以走访宿舍,然后做口头问卷调查,最后把统计的数据做出精确的报告,就是一份很好的宣讲内容了!"静秋灵机一动,想出了一个很可行的主意。

于是静秋就抄下了宣讲会比赛的报名邮箱,回去网上报名后就着手走访各个宿舍去调查了。

她到一楼的第一个宿舍,有些胆怯地敲了敲门。开门的是一个睡眼惺忪的女孩:"干什么啊?我们都要休息呢!"

"你好,同学,我想为一个宣讲会做一个调查,请问你们有时间吗?"静秋恳求地说着。

"啪!"门一下子就关上了,把静秋留在门外。

第一次就给静秋吃了一个闭门羹,静秋的鼻子一酸,眼泪一下子涌了上来,她想退缩了,但是现在退缩的话已经来不及了!她已经报名了!

"唉,只有硬着头皮往前走了!"静秋一边嘟囔着,一边慢慢地走到了第二个宿舍门口。

她刚要伸出手,又将手迅速地缩了回去,因为她实在害怕,不知道接下来开门的同学将会以怎样的方式驱逐自己,这样来来回回犹豫了几次以后,她终于鼓起勇气敲门了。

这回开门的是一个很温柔的女生,她细声细语地问:"同学,请问你有什么事吗?"

看到这么亲切的一个同学,静秋就像抓住了救命稻草般,她上前挪动了脚步,慢慢地介绍了起来:"同学,你们好,我想给你们做一个简单的问卷调查可以吗？就说的是咱们大学生兼职的时候,遇到的一些侵权的状况,然后你们的反应,你们怎么解决的？"

"好的,同学,你快进来吧!"宿舍里的另外三个同学也热情地招呼着静秋。

"同学,你请坐!"静秋走进来的时候,大家似乎并没有察觉静秋的腿有什么问题,她们拿了一把椅子,请静秋坐下。

"好的! 谢谢你们! 现在我们就开始吧! 是这样的,我参加了大学生维权的宣讲活动,但是对于大学生侵权这些方面,我并不了解。我希望你们能够给我说说你是否有做兼职的经历,或者在社会上受到了哪些不公正的待遇吗？"她们认真地听着静秋的问题。

"我有一次特别气愤的经历! 上学期我想找一份兼职,就有一个中介机构说我先交给他们400元的中介费,就一定可以帮我找到一份收入可观的兼职,可是等我交完费再也联系不上他们了!"一个女孩特别气愤地说。

"还有还有! 我去给一家餐馆打工做服务员,他们拖欠我的工资! 至今还有800元没有要回来!"另一位女孩也抢着说。

静秋认真地在大脑里将这些重要信息储存了下来,大约10分钟以后,这个宿舍的调查就做完了,静秋答谢完她们后,准备起身离开。

可是静秋在椅子上半天没有站起来,她最后是扶着她们宿舍的床沿,慢慢地扭动着屁股站起来的。宿舍里的四个人这时才发觉静秋的身体好像有些不方便,她们睁大了眼睛,很惊讶的样子。

"这样吧！反正下午我们四个人也没有什么事情,要不然我们也加入你！帮你完成这个问卷调查怎样?"一个女孩对静秋说。

"好啊,好啊！带我们一个嘛!"另外三个女孩也立马赞同。

"那太好了!"静秋特别感激,她感到自己身上的负担减轻了不少。

说干就干,五个人兵分五路,一人负责一层宿舍楼,刚好可以把五层的宿舍楼给调查完。

"你好,我是给大学生维权宣讲会做一个调查问卷的！你们能不能……"整个下午,桃李园7号楼的每层都被这同样的声音充斥着。

到了晚上七点左右,五个人都在静秋的宿舍集合了,大家都围着静秋一个一个地把自己了解到的信息,尽可能地反馈给静秋。

"静秋,据我的调查,我们大学生经常会被无良商家还有黑心中介所骗。"

"我这边的结果是,有的不法分子利用大学生单纯,被骗到KTV或者酒吧提供不正当服务。"

大家在静秋的宿舍里激烈地讨论着,过了两个小时,终于整理好所有的信息,大家欢乐地告别了。

被评为"最佳宣讲员"

静秋将所有的调查结果都以文档的形式一一整理了出来，她从大学生兼职还有大学生法律意识淡薄，不良商家或者中介利用大学生的心理弱点作为切入点，一一进行举例分析。

第二天下午两点，宣讲会正式开始了，台下坐了将近两百名学生，还有五个评委老师，这让静秋显得有些紧张，抽签作为第一个上台宣讲的选手，让她更加地不知所措。

"尊敬的评委老师，亲爱的同学们：

欢迎大家来到我们的宣讲会比赛。下面有请我们的第一位选手徐静秋同学上场！"

静秋的心随着主持人的声音一点一点地悬了起来，她此时担心的并不是自己宣讲的效果，而是如何克服困难上讲台的问题，她接下来要当着两百多名同学和老师的面，撅着屁股爬上讲台啊！那将是一件多么需要勇气的事情啊！

主持人念完静秋的名字后，静秋从选手席上艰难地站了起来，她一步一步地，慢慢地朝讲台走去，本来还有些嘈杂声音的会场，一下子变得鸦雀无声，越是安静越是增加了静秋的紧张感，她还是硬着头皮走上演讲台，熟练地扶着讲台桌，然后撅着屁股爬上了讲台的台阶。

当她站上讲台的那一刻，她看到台下一双双期待、和善、鼓励的眼神都在肯定着她，她的紧张感也慢慢地消除了。

她拿起自己的宣讲书,开始有条不紊地进行自己的宣讲。

"尊敬的老师,亲爱的同学:

我是来自英语1204班的徐静秋同学。大家知道大学生侵权的事件在校园里屡屡发生,但是为什么不法分子却越发猖獗?为此我做了大量的问卷调查,现在从兼职被骗,大学生法律意识淡薄,无良商家的乘虚而入三个方面说起。

……

大家说,通过以上的例子,我们可以发现什么?为什么大学生侵权事件频发不断,愈演愈烈?我想不良的社会风气占一方面,更主要的方面应该是属于我们大学生自身法律维权意识淡薄,还有轻信他人的性格弱点,这才让不法分子有机可乘!"

静秋洪亮而有亲和力的声音,良好的精神状态以及真实可信的资料数据,让在座的老师、同学们惊讶不已,在演讲的过程中,时不时地响起一阵又一阵的掌声。

"好了,我的宣讲到此已经结束了!希望我调查的结果以及所得的结论能够给在座的同学们一定的警示作用!谢谢大家!"

静秋扶着讲桌给大家深深地鞠了一躬,然后自信满满地慢慢地走下了讲台。台下再次响起了雷鸣般的掌声。

比赛持续了接近四个多小时,每个选手都表现得非常出色,静秋在听大家宣讲的过程中也学到了不少新的维权知识。

接近尾声的时候,大众投票和评委老师打分在紧张地进行着,主持人和身边的礼仪也在忙碌地统计分数。

"今天的宣讲举办得非常成功,每个选手都很出色!下面由我来宣布,我们的最佳宣讲员是来自外国语学院的徐静秋同学!"

静秋一听到自己的名字,整个脸就开始发烫到耳朵根儿,所有人的目光都开始聚集在静秋的身上，那目光是欣赏，是赞许，是敬佩。静秋虽然显得很不好意思，但是她感受到了实实在在的尊严。

她慢慢舒展自己的笑容，对大家报以亲切的微笑，她心里想着：原来成功有的时候就是这么简单，其实也就在于有没有勇气迈出第一步。迈出了第一步以后，用心去做了，成功就很近了。

但是这样的结果对于静秋来说，是意料之中的事情，因为她坚信自己付出了努力的东西，就一定会得到回报。她马上就归于平静了，因为即使这次她什么奖都没有得到，她也不会生气，更不会难过，因为通过这次活动，她又增加了大学生维权方面非常全面的知识，虽然自己没有真正踏入社会，但是她通过这种方式获得了许多宝贵的社会经验，所以这对于她来说难道不是更加宝贵的东西吗？

Joe 居然抱我上了讲台

新学期的第一周周二的第一节课,同学们都早早就守候在教室门外,虽然静秋平时都要比大家早来十多分钟,但是今天却落在了后面。静秋慢慢地移动着步伐,向教室那边走去。

只见同学们都显得很兴奋,静秋感觉到有些疑惑。

"今天什么事情让大家这么高兴啊?"静秋不解地问身边的一个女生。

"静秋你不知道吗? 给我们上下节课的老师是一个澳大利亚的大帅哥,据说才二十出头,一米九几,特别帅!"女孩说着说着就陶醉在自己的世界里。

静秋一听,心里也有点激动,因为她从来没有和外国人接触过,更别说认识外国教师了,虽然平时在学校也遇到过许多外国留学生,但是强烈的自卑感,还是让她埋下头,连招呼都不敢打,更别说交往了。虽然静秋上大学半年自信了许多,但是身体的不便始终还是她的结,她还是无法完全地摆脱它。

现在开设了这门课程,不论静秋多么地害羞,多么地自卑,她还是要勇敢地面对一个外国的老师。

"铃、铃、铃",上课铃响了,所有的同学早就乖乖地坐在座位上,静秋为了出行方便,也为了更好地听课,她选择了第一排的位置。教室里特别安静,都能够听到彼此期待又紧张的呼吸声,所有人都想尽早地见识一下这个帅气的外教。

"Hello, everybody。"只见一个身材挺拔高大,约摸一米九几,有着深邃的蓝眼睛,高挺的鼻梁,二十几岁的外国大男孩面带着微笑和班里的同学们打着招呼。

所有的同学都惊呆了,女孩们睁大了眼睛,捂住了嘴巴。

由于静秋离讲台很近,看到这么帅气年轻的男老师,她感觉自己更加得不起眼了,她甚至不敢抬起头,她害怕老师注意到她,她更加害怕老师知道她是一个生着重病的女孩,她根本不敢和其他的女同学一样睁大眼睛,捂着嘴看着他,她现在想做的就是逃避,她后悔自己选择了这么靠前的位置。

"Hello,everybody. Thanks for your coming. My name is Joe. I will be together with you this semester."

老师一边说着,一边把自己的名字写在了黑板上。

随后转过身来,说:"I come from Australia. I hope we will have good time. Next, I need know everyone about yourself. Please introduce yourself to me ,are you ok ?"

"ok!"听到外教说需要大家来一个个的进行自我介绍,同学们都显得很兴奋,他们异口同声地附和着。

静秋此时却想逃离这个教室,此时她已经管不了谁给自己上课了,她的心几乎提到了嗓子眼儿。因为自我介绍肯定要从第一排开始,而且需要到讲台上当着外教的面表演式地介绍,这对于她来说真的是一件为难的事情,作为一个女孩子,她也想给外教留下美丽健康的印象,她不想让外教知道自己的身休情况。她紧张地手心和额头上都是汗。

"Hi,girl,please ."外教从讲台上直奔静秋,他微笑着邀请静秋第一个上台进行自我介绍。

担心的事情恰恰发生了,静秋坐在椅子上望着外教足足有

10 秒钟。

"Are you ok ?"外教开始催促了。

"yeah, ok !"静秋一边说着，一边用双手扶住板凳，可能也是因为极度紧张的原因，她努力了几次都没有站起来，班里所有的同学都在望着这一幕。

外教好像察觉到了什么，他说："Sorry ,sit down, sit down !"他示意静秋坐下，然后用双手把静秋连同椅子稳稳地抬了起来，直奔讲台。所有的人都被他的这一举动惊呆了，静秋自己都没有回过神儿来，她和自己的椅子已经降落在讲台上了。

Joe 的良苦用心

"Pretty girl, please introduce yourself！"外教微笑着示意静秋面对大家介绍自己,并对静秋报以亲切的微笑。

从来没有受过这种待遇的静秋此时显得不知所措,她呆滞地望着底下的同学,感觉十分羞愧。因为她基本上不接受任何人的帮助,甚至拒绝同学扶她走路。但是今天外教居然没有经过自己的同意,以这样的方式让自己上了讲台。

看到静秋在讲台上不自然的表情,外教也没有生气,他走上讲台,蹲了下来,用深邃有神的蓝眼睛平视着静秋,说:"Girl, in my eye,I find a brave and charming girl in China in my first class. I'm so anxious to know about you. Your name, your hometown and your stories. If you refuse me, it will be my great pity！"(姑娘,在我看来,在我的第一堂课里,我遇到了一个非常勇敢有魅力的中国女孩,我迫不及待地想知道你的名字,你的家乡还有关于你的故事,如果你拒绝了这个请求,那将是非常遗憾的一件事了!)

说完他抿了抿嘴唇,深情地望着静秋,并拍了拍她的肩膀。

班里的女生开始叽叽喳喳地说着什么,继而一阵热烈的掌声回荡在整个教室。

静秋此时感动地热泪盈眶,她缓缓地张开了嘴巴:"My name is Xu Jingqiu .I come from Anhui province and I'm so excited that I become Joe's student in fact , I'm very happy now, It is my honor to get Joe's help and I got a bad illness ,so I cannot walk normally. I hope you can know me. That is all. Thank you."（我的名字叫徐静秋,来自安徽,能够成为 Joe 的学生让我感到很兴奋,实际上今天我特别开心,也很荣幸得到外教的帮助,由于我生了严重的病,所以我没有办法正常行走,希望大家谅解,谢谢大家。）

　　静秋在说的过程中,外教听得非常认真,并时不时地对着静秋肯定地点了点头。随即就带头鼓起了掌。

　　看到台下同学们真诚的肯定,以及来自外教信任的目光。静秋心里那种难以放开的约束感开始慢慢烟消云散,她的眉头慢慢舒展开来,露出了幸福的微笑。

　　掌声渐渐停下来的时候,外教就走上讲台,弯下腰准备把静秋再次抬回座位。静秋也开始自然地尽量配合着老师帮助自己。

　　回到座位后,就是一个又一个的同学上台自我介绍了。静秋的心却早已飘到了别的地方,她根本听不见别的同学在讲什么,她感觉今天发生在自己身上的一切仿佛像做梦一般。她的眼睛跟随着外教的身体移动着,她所害怕的东西现在已经完全不存在了,这是在给未来的日子做铺垫,她心里美极了。

　　一节课在大家非常轻松愉快的氛围中很快就过去了,大家都舍不得离开这个课堂,静秋也是一样,她很期待下周的外教课早点到来,看这个澳大利亚的男孩能够给大家带来什么样的惊喜。

　　下课的铃声响了,静秋还是像往常一样等所有的同学离开,自己才起身走。她坐在课桌上整理着书包,正准备站起身的时候,她的肩膀被拍了一下,静秋往回一看原来是 Joe。这着实吓了静秋一跳。

"Hi, Xu jingqiu, I hope that you can teach me chinese. Because I'm interested in chinese culture. So I choose to come here. Can you accept this ask ?"（徐静秋,我希望你能教我中文,因为我喜欢中国的文化,所以我才选择来这儿,你能答应我这个请求吗?）Joe 非常认真地看着静秋。

静秋听到这个请求,心里感到非常的惊讶:我? 让我来教你中文? 我可以吗? 我如果教不好怎么办? 他为什么这么信任我?

"静秋,你就每天教我练唐诗就可以了,只要你的普通话标准,我每天和你英文对话。"正在静秋还在迟疑当中, Joe 用他不太流利的汉语说了起来,他不标准的汉语把静秋逗乐了。

静秋突然感觉到眼前这个外教不是老师,而是与自己同龄的大男孩,彼此之间的距离开始拉近了,她再也没有先前的拘束感。

"OK ! It's a deal !"静秋爽朗地答应了他。

Joe 听到静秋的回答后,显得特别高兴,他对着静秋做了一个鬼脸,并学着动物园里大猩猩的样子捶胸捣足,把静秋逗得前仰后合。

"那明天我下完课就在一楼见面吧!"静秋提议。

"好的,那么,静秋现在我们一起走吧!"Joe 一边说着,一边把椅子上的静秋抱了起来,稳稳站立后,再扶好她。

静秋很感动,她好像体会到外教请求她教汉语是为了鼓励她的良苦用心,她自己也要将这个善意的谎言继续圆下去。

两个人有说有笑地走出教室,一高一矮,一中一外,再加上静秋走路一瘸一拐,瞬间成为校园里一道惹人注目的风景线,但是静秋此时感到很自豪,她觉得看他们的人一定都很佩服自己,有什么魔力和我们帅气的外教成为好朋友。静秋也毕竟是一个女孩子,她小小的虚荣心也被满足了。

到食堂的时候,两人就挥手告别了,Joe 目送着静秋走了好远。静秋走在回宿舍的路上,感觉阳光是那么柔和,微风是那么凉爽,校园里的一花一木都格外的楚楚动人。

静秋一边欣赏着校园里的青葱美景,一边想象着明天和外教在一楼互相学习的情景,想着想着,就不自觉地笑了。

"生活真美!"她轻轻地感叹了一声。

第一次独自坐火车

校园里的路面像一面巨大的镜子,铺在了各个角落,很多同学推着拉杆箱,几乎以溜冰的姿势滑向校门口。今天是一月十一日,学校放寒假的日子,大家都难掩心中的欢喜,急匆匆地坐上公交车往火车站的方向赶去。

静秋背着个书包,在两位同学的搀扶下,也往学校门口出租车方向走去,静秋要赶往天津站去坐火车。静秋也显得比较激动,但是她的双眼却始终紧盯着地面,生怕一个不小心,会被脚底下的积冰滑倒。

"同学们! 要打车吗?"一辆出租车主动停靠在这三个孩子的身旁。

"嗯嗯! 我们去天津站!"一个同学一边应着,一边开门把静秋慢慢地扶上车。

出租车缓缓行驶在天津这座对于静秋而言既熟悉又陌生的城市里,静秋坐在后排的玻璃窗上向外望去,她和所有的同学一样,虽然人还在赶往车站的路上,但是心已经飞往了千里之外的家乡。然而此时她的眉眼里却夹杂着复杂的忧伤:一会儿同学们把我送到火车站,我一个人应当怎样上车呢? 我即使顺利上车了,自己一个人应该怎么在车上照顾自己呢? 14 个小时的车程,我怎么在动荡的车厢里上厕所呢?

现实的问题总是紧紧地缠绕在静秋的心间,真的,作为一个肌无力的女孩,自己首次尝试独行的行为,没有人能够告诉她她应该怎么做。

大约 40 分钟左右,出租车总算到达了天津站的广场,车只能停靠在外边,从广场到天津站入口就有 100 多米的距离,需要大家自己步行。肌无力疾病的死敌——饥寒正在肆无忌惮地袭向静秋,致使刚下车的她就不停地哆嗦,嘴唇开始发紫,腿也冻得麻木得不听使唤。

静秋左右手紧紧地抓住了两个同学的臂膀,大家小心翼翼地、一步一步地扶着静秋向入口走去。

天津站的入口人头攒动,熙熙攘攘地,挤得静秋东倒西歪,时刻要摔倒的样子。

"静秋,我先去检票,你和小雅在这里等着我!"一个男同学把静秋安置在一个稍微安全点的地方站好后,就急匆匆地赶往检票口。

静秋和同学在寒风里冻得直发抖,她很想早些能够进站等候,但是又害怕进站之后自己会不知所措。

"静秋,静秋!"只见男同学一阵小跑,很着急的样子:"那个检票人员不允许我们进站送你! 因为我们没有拿身份证!"

静秋听到这个消息后,大脑一片空白,看到检票口拥挤的人群感到异常害怕,她甚至有一种不想回家的冲动。

"我该怎么办?"表面冷静的她,内心开始翻滚。

"那应该怎么办呢?"小雅也开始担心起来。

"没事,没事,没事。"静秋的表情呆滞,嘴里一直小声地说着没事,其实只有她自己知道她在欺骗自己。

"同志们,请大家保持秩序!"这时,一个穿着警察制服的年轻男子在检票口维持着秩序,静秋此时眼前一亮,她的腿突然有了力气,推着她大步往前走。

"警察哥哥!警察哥哥!"她害怕自己走得慢,也用上了大嗓门。

静秋身边的同学还没有来得及反应发生了什么事情,警察已经朝他们这边走来。

"你好,小姑娘,请问你是在叫我吗?"他对着静秋问道。

"哥哥,我是一名肌无力患者,没有办法独自上车,而且此行是我一个人,我的朋友也都没有带身份证,您能帮助我上车吗?"静秋一五一十地说了自己的情况。

"没问题,现在我就打电话派人送你上车,你把你的票给我!你的朋友们也就不用送你了!"静秋听到这话,激动地流下了眼泪,因为她从来没有想到,乘车居然会有如此温情的一幕。

"那你们先回学校吧!我这边应该没有什么事情了,谢谢你们!"静秋一边说着,一边和帮助她的同学们道别。

两个同学很不放心,时不时地转过头来望着静秋。

9点45分的时候,就是静秋回家的那趟火车出发的时间,警察哥哥提前15分钟,带着静秋上了火车,这让静秋心里悬着的一块大石头总算落了下来。

找到静秋的床铺后,警察哥哥蹲了下来,对静秋说:"小姑娘,你是一个非常勇敢的女孩,哥哥只有送你到这里了,在车上你要注意安全,快下车的时候及时与家人联系,让他们提前进站来接你,祝你一路顺风!哥哥现在就走了!"

寒冷的冬日里,警察哥哥的话就像暖阳一样,可以融化所有的坚冰,静秋感到接下来的旅程并不可怕。

火车开动的时候,就已经差不多十点左右了。静秋也开始有了一丝倦意,她躺在床上不知什么时候沉沉地睡去了。

　　肚子的胀痛使得静秋从睡梦中迷迷糊糊的醒来,她下意识地准备用手找可以帮助自己翻身的栏杆,可是怎么摸也摸不到,这会儿她才完全清醒过来,此时她躺在火车窄小的床铺上,床边没有任何可以扶的东西。如果在学校的话,上下铺床边的栏杆还可以帮助她。

　　此时不论静秋如何在床上翻滚,她都没有办法翻过自己的身体。越是这个时候,不争气的肚子也越发的胀痛,而且也有了一丝尿意,静秋面对这虽然提前有过考虑的状况显得还是不知所措,她用双手揉了一会儿自己的肚子,尽可能地憋着尿。

　　揉了一会儿肚子后,小腹稍稍平复了一下,尿意也没有之前那样强烈了,她又开始想办法如何翻过身子。她把被子的一角垫在自己的屁股底下,另一角用双手紧紧地拽住,慢慢侧过身子,用尽腰部和腿的力气,借助手和被角拉紧的助力,慢慢地向外翻,眼看就快成功了,静秋的心里闪过一丝欣喜,可就在最后关头,重重的身子又弹了回去,静秋就像一只四脚朝天的乌龟一样,动弹不得。静秋无助地流下一颗颗滚烫的泪珠,情绪的激动让她的腹部又开始胀痛,她甚至都快尿床了。

　　她努力地憋着尿,咬紧牙关,双手紧紧撕拉着被角,一下子就翻过了身。翻过身后,她就扶着床前的小桌子,缓缓地坐起了身。此时接近凌晨三点钟了,车上的人都沉浸在梦乡中,此起彼伏的呼噜声扰的静秋心烦意乱,黑夜里她一个人坐在床前,她真的想奔跑到卫生间上个厕所。

　　动荡的车厢让她感到无能为力,她不敢前行,她不敢保证自己能不能从卫生间里站起来,更不敢想象如果自己摔倒在卫生间应该怎么办。肚子的胀痛感越来越剧烈了,她的小腹被撑得好像是一个要爆炸的气球一般,稍微一挤压她可能就会尿出来了。

"顾不了那么多了!"静秋对自己说,她扶着桌面,撅起屁股,慢慢地站了起来,然后扶着车厢里的床铺,一步一步地向卫生间走去。

"啊!"火车一个晃动差点将静秋摔倒在地,她紧紧抓住了床铺的把手。终于到达卫生间了,她顾不了那么多了,扶着卫生间门上的把手,慢慢地蹲了下去。那一刻,她感受到原来能够上厕所也是一件无比幸福的事情。上完卫生间后,她继续拉着门把手,撑着自己的大腿,顺利地站了起来。

安全回到自己的床铺以后,静秋累得又沉沉睡去了。

刺眼的阳光从窗外射了进来,将熟睡中的静秋从睡梦中拉了回来,静秋一看手机,此时已经是上午 10 点 30 了。看到这个时间她显得有些兴奋,因为到家乡站台的时间是 12 点 30 分,还有两个小时就到站了。

此时车厢里非常热闹,小孩的哭闹声、寒假回家的学生们的聊天声。"咕咕",静秋的肚子开始叫了起来,胃里也有一些疼痛,静秋饿了。她立马意识到,为了让自己在火车上少上厕所,自己从昨天中午一直到现在都忍着没让自己吃东西和喝水了。

床铺对面的阿姨正在大口大口地吃着泡面,这使得静秋肚子叫得越发的厉害了,甚至头都有一些晕的感觉,她用舌头舔了舔干裂的嘴唇,吞了几口口水然后转过头看着窗外,尽量转移自己的注意力。

慢慢地,静秋的肚子也感觉到麻木了,她已经没有那种特别饿的感觉了,随着时间一点点地流失,她回家看到亲人的心情也更加迫切了。

"乘客们请注意,下一站就是麻城站,请要下车的乘客准备好自己的行李,准备下车!"听到列车员告知这个消息,静秋既兴奋又紧张,她害怕爸爸不能上站台接她,她害怕自己没有办法一个人下车。

火车缓缓靠站了,静秋不断地向窗外张望着,寻找父亲的影子。一个熟悉的中年男人也焦急地朝各个车厢张望着,那是父亲!

"爸爸!爸爸!"静秋高兴地大叫了起来。

父亲看到静秋后,冲进车厢,一只手背着双腿已经发麻的静秋,一只手推着箱子。父女二人在大家诧异的眼光中,兴高采烈的下了车。

"孩子,你真棒!爸爸为你感到骄傲!"父亲把静秋从背上放下来后,立马拥抱着静秋,眼里含满了幸福的眼泪,静秋在感受到父亲体温的那一刻,也觉得自己拥有世界上最美好的亲情。

参加自强之星比赛

静秋趴在课桌上揉着惺忪的双眼，教室里的同学传送着一摞材料，大家翻看着，议论着。

"我没有资格，这个活动得多优秀的人才能参加啊!"一个同学说罢，把资料传给静秋。

"2012年度寻访中国大学生自强之星"几个显眼的字醒目地印在这摞资料的首页，静秋的血液不禁沸腾起来：多少个黎明，一个瘦弱的妈妈扶着她的女儿踩在晨光里，摇摇晃晃地去上学。多少个夜色，只有月光就着母爱，照着跛足女孩的求学路。多少次趴倒在地，下巴被摔得血肉模糊，双腿的膝盖印上了紫乌的痕迹。多少次想过放弃，老师的赞许，父母的支持，家里的荣誉证书又让自己重拾书本。

"对! 我就是自强之星，这个比赛不就是为寻找我举办的吗? 我觉得我有资格参加这个比赛，我想试一试!"此时的静秋，紧张又激动，她的心一直在扑通扑通地跳着。

静秋扶着桌子吃力地站了起来，她迈着软弱无力的双腿艰难地走到班级团支书身边。

"我……我想参加这个比赛。"静秋涨红了脸，显得很不好意思。

"你?"团支书睁大了双眼，"大一的没有一个人参加，你知道吗?"

"我……我不知道，但是我想试一试。"静秋看到团支书的表情，声音压得更低了。

"你确信？你没有看到参赛选手的要求吗？有一定的经历，并且不服从于命运的安排，敢于向命运发起挑战，并且非常优秀的!"团支书把"优秀"两个字眼说的非常重。

静秋感觉自己的自尊心瞬间被撕扯成了碎片，天性倔强的丫头本能地提高了嗓门："是的! 没错儿，我觉得我有这个资格，并且确信要参加!"

"好吧! 你有没有参赛资格，自己去办公室问老师吧! 而且参赛截止日期也只有几个小时了，选手还要准备 3000 字的个人材料，估计你也来不及了。"团支书苦笑了一下，显得比较无奈。

静秋什么也没有说，拿着这摞材料，一步一步地径直走到辅导员办公室，此时她有一种说不出来的酸楚:想退缩? 到底要不要参赛? 难道真的像同学那样认为的，我只是一个可怜虫，我没有资格参加自强之星?

带着一路质疑，她来到了辅导员办公室的门口，准备敲门的手伸了出去，又迅速缩了回来:我到底要不要问老师? 我要参赛吗? 我有资格吗? 还来得及吗?

静秋在门前迟疑着。

"静秋!"马老师柔和的声音从静秋身后传了出来。"静秋，有什么事情找老师吗? 赶紧进办公室啊? 在外面站着多累!"

马老师拉着静秋的手，领着她慢慢地走进了办公室。

"老师，我……我……我想参加自强之星的比赛。"静秋手里拿着资料，支支吾吾地，"你说我有资格参加吗?"

"太好了，老师一直觉得你有这个资格啊! 之前就和你们团支书说过，希望你参赛，她没有告诉你吗?"马老师很高兴，并且用无比信任的眼神看着静秋。

"真的吗？我真的有资格吗？"静秋被马老师深深地触动了，她的眼睛开始放出光芒。

"还要准备 3000 字的选手参赛资料发到全国各大高校的校媒采通上。"马老师突然皱起了眉头："啊？离参赛截止时间还有 3 个小时，3000 字的材料你能准备出来吗？你们团支书怎么刚刚通知你这个消息！"

"老师，可能团支书太忙，忘了这个事情。我觉得三个小时足够了，我可以在您办公室写材料吗？如果现在我赶回宿舍写，我走得慢，恐怕真的来不及了。"在老师的支持下，静秋说什么也不想放弃了。

老师有些惊讶地看着静秋："真的确定？"

静秋做了个胜利的手势。

静秋打开空白文档，从七岁生病到现在，这段时间里经历的酸甜苦辣，一幕幕地浮现在静秋的脑海中：曾几何时，自己爬楼梯的身影，大家由好奇到赞许。曾几何时，母亲像保护小鸡一样维护着静秋的自尊。曾几何时，母亲为了圆自己的大学梦，不顾亲人的反对，毅然带着自己一次又一次加入高考大军。曾几何时，自己和母亲在雪地里翻滚。曾几何时，当那烫金的大学录取通知书寄到家里时，母亲像孩童一般哭泣。曾几何时，自己学会了在大学独立生活，并开始打工做家教。

不到两个小时，静秋的 3000 字个人经历资料写完了。静秋完成所有的报名步骤，点击了发送键，深深地叹了一口气。

她想：不管怎样，我都想试一试，哪怕比赛没有名次，我也是自己的自强之星！

网络投票获得第一

三月的清晨,北风还是夹杂着一丝寒意,静秋裹着厚厚的棉服,背着小书包,在校园里缓缓地向教室走去。

"咦,那是徐静秋吗? 是外国语学院的徐静秋吗?"一个声音从身后传来,静秋非常敏感地回过头。

只见两个大男孩正在犹豫地朝着静秋这边说点儿什么,迟疑了一会儿,就轻声对着静秋叫了一声:"同学,请问你是外国语学院的徐静秋同学吗? 参加自强之星比赛的徐静秋!"

静秋还没有来得及回答,他们面带着笑意就大跨步地朝着她走来。

"是的,请问你们是? 你们认识我?"静秋显得有些惊讶。

"是啊! 我们在校园媒体上看到了你的事迹,被你的精神深深折服,所以从海选,进入初赛到现在,我们都在关注着你! 刚刚看到你们初赛现在进入网络投票阶段,正准备号召同学们为你投票,没有想到在校园里碰见了你,真的太高兴了!"一个男孩兴奋地说着,另一个男孩也微笑着不住地点头。

静秋听到这番话,显得非常激动,嘴里不断地吐出两个字:"谢谢,谢谢……"

"静秋同学,这是我们的联系方式,希望我们能成为朋友!"男孩从书包里掏出一支笔,在一个小纸条上写下了两人的名字和电话号码。

"那我们去上课了,回头见喽!"

望着男孩们远去的背影,静秋眼眶湿润了,早晨的偶遇驱散了一丝早春的寒意。

一个农村女孩,其实对网络投票环节是非常陌生的,仅仅只是懂简单的上网,对于此次初赛的网络投票环节显得不知所措,她不知道在遥远的家乡县政府,还有一个她不认识的外校同学为她这次网络投票做了许多事。

静秋刚走到教室,就看到自己手机上的 QQ 头像在不停地闪动着,趁着还没有上课,她好奇地打开了对话框。

"你好,请问你是徐静秋同学吗? 我是金寨一所中学的老师。"

"你好,请问你怎么知道我 QQ 号的呢? 找我有什么事情吗?"

"我是在县宣传部看到你的事迹的,然后通过微博搜到了你的联系方式。"

那个人一边说着,一边给静秋发了一个截图。

"徐静秋,安徽金寨人,现就读于天津商业大学外国语学院,身患肌无力却不向命运低头,其自强不息的精神值得我们每个人学习,让我们共同关注这个坚强的小老乡,为她评选自强之星投上宝贵的一票! 县宣传办宣。"

静秋被这个截图里的内容惊呆了,最后她才得知她的事迹被网友放在家乡金寨贴吧里,金寨县宣传部得知后决定发起这一倡议书。倡议书发出后,得到了非常积极的响应,她的票数一直稳居第一。

晚上静秋回宿舍的时候看到了一个男孩给自己的私信留言:你好,徐静秋同学,希望你能看到我的留言,我是某某学校的一名学生,是在我们学校的海报里看到你的照片和感人事迹的,我们学校的同学为你此次评选活动做了很多海报,放在学校各个显眼的地方为你拉票,真的很感谢那位同学,让我认识了这么坚强的你,希望你继续保持乐观,走出属于自己的人生辉煌!

看到这则留言后,静秋真的难以想象,那位同学可以为了一个素不相识的女孩,做海报,四处张贴海报而不求任何回报,甚至那个女孩都不知道这样事情的存在,她真的很想亲自去见见这位爱心同学,此时静秋的心中除了感激,任何一种心情都难以言表了。

十天的网络投票很快就结束了,静秋以三千五百票稳居第一,成为天津商业大学校园网络人气最高的自强之星。静秋成为二十一个进入总决赛的学生中的一个。

晚上在台灯下,她在日记里写道:

> 这仅仅是一次比赛的网络投票,但是带给我的东西却远远大于此,我每天被来自四面八方的爱意紧紧地包围着,原来精神的力量是那样真实地存在着,她像一道金色的光芒,可以照射苦难的人勇往直前,也可以温暖周边的人。没有人会否定成长,没有人会拒绝阳光,徐静秋,继续加油!你是最棒的!还有要记得时刻感恩!

合上日记本后,她对着镜子里的自己满足地微笑着,她在安静的夜里缓缓入睡。

4月3日是自强之星总决赛,要求进入决赛的每位选手准备五分钟演讲,还有个人PPT展示,地点安排在图书馆三楼的国际报告厅。

因为海选和初赛的顺利,静秋并没有先前那么紧张,安心地准备着自己的演讲稿《我依然是骄傲的公主》,她甚至有胜券在握的感觉。

静秋双手托着腮想:那将是一个多么美妙的时刻啊! 聚光灯将全都聚焦在我身上,自己就是整个会场的主角。多久了,没有这种感觉了,以前的自己最喜欢课堂,因为只有在课堂上,自己才会找到展示自己的舞台,如今自己刚刚上大一,就参加了这样大的比赛,而且一路顺利闯关,直冲决赛,感觉梦幻一般。

晚上六点就要比赛了,静秋精心地打扮了自己。折翼的翅膀一直想要飞翔,她和所有的女孩一样,都有一个公主的梦,她不像童话故事里灰姑娘变成了公主,丑小鸭变成了白天鹅,然而童话永远就是童话,现实会残忍地将童话粉碎,以前的她是那样一个被人羡慕的小公主,现在却成了灰头土脸的灰姑娘。"灰姑娘"虽然学会了将裙子藏在柜子里,虽然学会了不去参与提及所有关于美丽和王子的话题,但是她心里一直都藏着一个变回公主的梦,并为变回这个公主的梦学会了隐忍,学会了早熟,学会了坚强。而今晚就是她蜕变的开始。

静秋从柜子里拿出了一条自己从网上买的,一直藏着偷偷在宿舍穿给自己看的小短裙。不好意思地请了隔壁学姐为自己扎了高高的马尾,画上了淡妆。收拾完毕的静秋站在宿舍楼走廊里的穿衣镜前,仔细打量着自己:啊! 原来我也可以这么美,我会重新变回公主吗?

一切准备就绪,静秋很期待今晚的到来。

在礼仪小姐的迎接下,静秋来到了图书馆二楼国际报告厅的决赛现场。会场那么庄严而肃静,观众席上坐满了人,大约四百人左右,还有来自各个学院的领导担任评委。选手席上每一位选手都穿着整洁的正装和皮鞋，静秋立马意识到只有自己一个人穿的是可爱的小裙子，之前对自己穿着很满意的她，一下子臊红了脸，恨不得找个地洞钻进去。

静秋是 16 号上台演讲。她扶着扶手一步一步地爬上选手席，伴随着汪峰的《怒放的生命》音乐的响起，她不停地安抚自己因服装不当带来的紧张情绪。

比赛开始了，现场微博直播，场外和场内投票同步进行着。

可是一切远远不止着装这么简单。静秋在听其他选手演讲的过程中，发现几乎所有的选手都来自大三大四的学长学姐，所有的人都取得了各种奖学金，各种证书，参加了各种公益活动，而自己作为唯一一个大一的学生，我有什么可以展示给大家的呢？除了自己的一点点经历可以分享，难道自己是来打酱油的吗？

静秋的手心沁出了汗，急中生智，她立马拿起笔在演讲稿后添加了一句：我的大学生活刚刚开始，我的自强故事未完待续。

"下面有请 16 号选手，徐静秋上场。"主持人的话音落下。

静秋用双手扶着椅背扭动着屁股慢慢地站了起来，所有的人都看不到静秋的人影。

"有请徐静秋上场，请问徐静秋同学在哪里？"

"等一等，我在这儿！"只见身着红色小短裙，黑色衬衣，扎着高高马尾的一个圆脸小女孩，扶着台阶扶手一步一步地挪向演讲台，她请求主持人扶她艰难地上了台阶，此时会场安静极了，当静秋站上演讲台的时候，整个会场立马响起了雷鸣般的掌声。

当静秋稳稳地站在讲台上的时候，台下一下子变得极其安静，那一双双期待以及充满鼓励的眼神深情地望着台上的这个坚强阳光的女孩。

静秋之前紧绷的神经开始慢慢放松了起来,她深深地吸了一口气,面带微笑地面对着底下的同学和老师。

尊敬的评委老师,亲爱的同学们:

大家晚上好,我是来自外国语学院 1204 班的徐静秋同学,今天我给大家带来的演讲是《我依然是骄傲的公主》。

正如大家看到的这样,我除了和在座所有的同学们一样是一个普通的学生之外,还有一个我永远也改变不了的身份——肌无力患者。想必在座的理科生一定不陌生这样一种病吧!如果它降临在任何一个家庭,无疑是巨大的灾难。肌无力——一种世界不治之症(凡是得这种病的人,会眼睁睁地看着自己慢慢失去跑跳能力,行走能力,以至于十八岁之后瘫痪在床),而我七岁的时候就被慢慢发现有了肌无力症状的征兆。然而身患重病的我一直有一个"公主的梦",所以今年我十九岁了,我依然可以走路、可以站在这里和大家分享我的故事,我觉得自己依然是骄傲的公主!

话音刚落,场下再次响起热烈的掌声。

下面大家跟随着我的 PPT,与我一起走进我的求学生涯吧!

静秋打开了大屏幕 PPT 展示的第一幕:第一页出现了一个泛黄的日记本,上面用隽秀的字体写到:1991 年 7 月 18 日,我们爱情的结晶终于诞生在我的面前,看到她小小的可爱模样,我希望将来,她是一个温文尔雅的女教师或者是能够独当一面的女强人。

日记本照片下面又展示了一张非常温馨幸福的三口之家的

照片:年轻漂亮的妈妈幸福地微笑着,帅气英俊的年轻爸爸用手抱着一个两岁左右,圆圆的脸蛋,打扮得很洋气的十分可爱的小女孩。

7岁之前,我和大家一样,都是父母眼中的小公主,活泼可爱、活蹦乱跳,父母在我身上给予了各种期待,我拥有一个无比幸福的家庭。

然而紧接着,静秋就切换了一个画面:画面上是一个卡通的巨大魔爪从一个无忧无虑的女孩身后伸过来,女孩的父母不顾一切地保佑着她,可是也无法阻挡魔爪的侵蚀。

然而我7岁的时候就开始踮脚走路,起初父母以为是不良走姿,极力矫正。可是不仅没有改观,反而随着年龄的增长,我的脚越踮越高。

另一幅画面接踵而至:小女孩躺倒在病床上,双脚打着厚重的石膏,并被吊了起来,女孩举着书本在认真地学习。画面里,还有各种获奖证书。脸上有些皱纹的父母显得很艰辛,但是他们露出的微笑显得异常骄傲。虽然静秋的双脚束缚了她的行动力,但是知识给她提供了通向另一个神奇世界的通道,她变得酷爱学习,成绩名列前茅。

　　静秋接着说:从此我的生活变成了,学习期间在学校读书,一到寒暑假辗转于全国各大医院求医治病。虽然不能和小伙伴们一起玩耍,但是由于疾病的折磨,父母的关爱,过早懂事的我,内心早就埋下了一颗种子:我一定要考上大学,我要用知识来改变自己的命运,我要考到大城市,为自己争取到更多的医疗条件!

　　学业上的一帆风顺,给了父母些许安慰,然而我的高考之路却一走走了整整两年。

PPT 上出现了一个这样的场景：一个青春期的女儿用愤怒的眼睛敌视着柔弱委屈的母亲，地上摔了一地碗的碎片。

说到这里，静秋的眼眶湿润了，高三的时候，由于病情的恶化，自己无法真正专心学习，每天用各种理由来伤害为了陪伴自己读书把工作都辞了的母亲。

静秋展示的这一页 PPT 里：有一张 475 分的高考落榜的成绩单，还有母亲抱着痛哭的女儿，还有旁人劝母亲放弃女儿的声音。母亲背起行囊，牵着蹒跚的女儿和年幼的儿子，再次陪女儿加入高考大军。

高三落榜，病情的急剧恶化，亲人们都劝母亲放弃我这个没有希望的孩子，母亲不顾任何人的反对，四处借钱，供我复读。

说的过程中，下一个画面接踵而至：只见雪地里，一个女孩躺在中年妇女的身上。晨光中，母亲牵着女儿上学的路上，一张文科 575 分的成绩单从天而降，母亲拿着大红的录取通知书喜极而泣。

静秋说着说着哽咽了：这个画面是下晚自习，我差点滑倒在雪地里，母亲用她的身体护住了我，自己躺在了雪地里。还有每天天还没有亮，母亲就着路灯送我去上学。终于我考上了大学。

长长短短的影子，只有月光照着我的求学路。

此时台下很多观众忍住啜泣声，不停地擦着眼泪。

静秋继续切换了画面：画中女孩一个人跪倒在校园里，爬向一个垃圾桶。

这是我一个人在校园里生活，摔倒的样子，我爬向垃圾桶，希望可以借助垃圾桶的助力慢慢地站起来。此时我的妈妈已经没有陪伴在我的身边,因为我想甩掉妈妈这个拐杖,独自去远航! 我终有一天要学会自己独立,我要告诉全世界,我依然是骄傲的公主!

谢谢大家!

静秋刚一说完,全场的观众包括评委老师集体起立,用热烈的掌声为静秋喝彩。

三个多小时的比赛终于接近尾声。现场评委老师和观众投票,加上与外界微博同步的人气。

主持人开始公布结果:外国语学院徐静秋获得场内外支持第一名! 获得校园自强之星分别为:外国语学院徐静秋、生食学院王甜、机械学院武艺辉。他们成为自强之星,并会获得"奔腾杯"奖学金。

比赛结束后,静秋作为优秀选手接受记者采访。作为本届自强之星第一名,请问是什么促使您成功的? 你有什么寄语给当代大学生吗?

静秋微笑着回答:每个人都有沐浴阳光的机会,我们应该善待生命,直面苦难。应该感谢困难为自己带来的财富!

第二天,徐静秋和其他自强之星的大幅海报都展示在学校最显眼的排球场旁边,很多人都认识了这个走路很慢的女孩。

第五章

为了弟弟，她愿意放弃一切

弟弟怎么踮脚走路

　　火车的速度越来越缓,绵延的大别山呈现在静秋眼前,是的,到家了。静秋慢慢地扶着小桌子站了起来。终于到站了,一起下车的乘客帮助静秋推着箱子走到了车门边,凛冽的寒风里,父亲站在月台上,不停地向车厢里张望。

　　"静秋,静秋!"父亲看到静秋赶紧跑了过去。

　　"爸爸!"静秋显得很兴奋,车厢门前有几级很窄很窄的台阶,静秋下不去。

　　父亲向乘客接过女儿的箱子,道谢后,就很自然地弯下腰,静秋趴在父亲的背上,慢慢地下了火车,周围很多人都诧异地看着这一对父女。

　　"一路上怎么样啊?你妈妈说我们亲自去天津接你回家,你不让,这一路上可让我们担心呢!"爸爸有些埋怨。

　　"我很棒的!你们过来接我很麻烦,刚好这也是给我一个锻炼的机会嘛!"静秋调皮地说。

　　见到女儿,父亲很开心,但是笑容里总是有一丝忧愁,眉宇之间刻着一道深深的皱纹。一路上静秋不断地向爸爸提及学校里的趣闻以及自己的表现。可是爸爸只顾开自己的车,有时"嗯嗯啊啊"地随便应付一下,静秋感到很纳闷,心中有一种不祥的预感。

　　马上就要到家了,老远就看见母亲站在街道旁等着。原本就瘦小的母亲，整个人好像又瘦了一圈，眼角的鱼尾纹也更加深刻了，皮肤干裂黑黄，再也找不到年轻时候的影子了。

"妈！"静秋心里酸酸的，差点没掉下泪来。

"静秋，你怎么瘦成这个样子了？在学校受苦了啊！"母亲一边扶着静秋下车，一边嘘寒问暖着，慢慢走进屋子。

一进屋，只见弟弟坐在沙发上，半年不见，弟弟已经长大了许多，高挺的鼻梁，大大的眼睛，很帅气，只是表现得很冷淡。

看到静秋，他的眼神怯生生地，也不叫姐姐，也不站起来。

"弟弟这是怎么了？怎么看到我一动不动啊！以前每次从学校回来的时候，弟弟就会和妈妈早早地迎在马路边，难道我哪里做得不好，惹弟弟生气了吗？哦，一定是上学前许诺给他一个滑板，他看到我手里空空的，什么也没有带。"静秋想着："这个小机灵鬼，啥也骗不过他。"

"弟弟，你没看到姐姐回来了吗？"静秋高兴地喊他。

"嗯。"弟弟用鼻腔里发出的声音随便应了一声。

"姐姐回来了你不理姐姐吗？怎么越来越不懂事了，你不是很想姐姐的吗？"妈妈一边扶着静秋坐了下来，一边把取暖器移向静秋，自己系上围裙去厨房做饭去了。

静秋以为自己摸透了弟弟的小心思，假装忘记了自己给弟弟承诺的事情，故意扯别的话题。

"弟弟，你最近学习怎么样啊？"静秋拉起了弟弟的手。

"你别管！"弟弟显得有点不耐烦。

"你怎么了？是不是觉得姐姐回来没有给你买什么不高兴啊！"静秋哄着他，"姐姐存了几百块钱呢！明天让爸爸带你去买滑板。"

"你烦不烦啊！"弟弟突然吼了一声，眼睛盯着电视屏幕。

"弟弟,半年不见你长得越来越帅了呢!鼻子怎么长得这么高挺啊,脸又小,眼睛又大,姐姐的小塌鼻子,羡慕死了。快站起来,给姐姐看看你多高了,你坐着就感觉有一米七的样子。"静秋继续逗着弟弟,以为弟弟真的因为自己没有给他买东西生气了。

弟弟把静秋的手一甩,静秋差点从椅子上摔了下去。

静秋委屈地差点哭了:自己半年没有回家,在学校受了那么多苦,回到家弟弟还这个样子,因为一个滑板至于吗?在学校买滑板不方便,自己不是已经告诉他我存了买滑板的钱了吗?

静秋也就没有再说话了,坐在弟弟旁边,气呼呼地想:爸爸妈妈把他宠得太不像话了,如果这样的脾气,早晚会毁了他的!

很快到吃晚饭的时候了,弟弟突然用手用力地撑着自己的双腿,有些吃力地站了起来。拿着碗踮着脚尖走向厨房。

"弟弟,你怎么踮着脚走路啊?"静秋见此情景,询问了起来。

"啪",碗碎了一地。

弟弟待在那里,爸爸和妈妈也沉默了,低下了头。

弟弟踮着脚走进房间。"哐当"一声,把自己反锁在卧室里。

"你们告诉我,到底怎么一回事?"静秋望着父母,大声质问着。

"你……你弟弟……你弟弟可能得了与你一样的病!"母亲吞吞吐吐,小心翼翼地回答道。

"奶奶也瘫痪了,卧床不起。"父亲长叹了一口气,无奈地抱住了自己的头。

"为什么我不知道?为什么不带弟弟去看病?"静秋一时情绪失控,用责备的语气向父母大声地吼叫了起来。

"害怕耽误你学习,所以一直瞒着你。而且之前为你治病,家里已经山穷水尽了,也没有检查出什么具体原因。弟弟今年读初三,学习也不能落下,所以,唉,都是我们做父母的没有尽到责任。"爸爸一直低着头解释着,不敢用目光直视静秋。

家里一时谁也没有作声,屋子里的寒气与沉默仿佛给静秋全身盖上了一层厚厚的冰霜,那样冷酷无情。

"你弟弟可能得了和你一样的病!"母亲的话犹如晴天霹雳一般,一遍一遍地在静秋的耳边回响。打的平时咬牙坚强的她,再也直挺不起来,她的腰杆要弯下了,她的身体如烂泥一般瘫软在沙发里。

"姐姐,小老虎牵着你走路,你要小心啊!小心地上的小石头不要绊倒了姐姐!""姐姐,小老虎什么时候才能长大啊!长大了是不是就有好多好多力气,姐姐走不动的时候就可以背着姐姐了!""哈哈,哈哈!我跑喽!爸爸妈妈来追我啊!"

静秋的脑海里一遍一遍地回放着弟弟小时候活泼可爱的画面,那会儿,他是那么的健康、活泼、天真。父母因为他的到来,也对静秋得病的心事宽慰了许多。

"老天,你为什么要这样?你为什么折磨我不够,还要选择我可爱的弟弟?你能不能让我把所有的病痛都承担下来,放过弟弟?"静秋在心里呐喊着,那样无助地嘶吼着。

真的,经受病痛折磨了十多年的静秋,再也经不住任何打击了,弟弟又突发此病,她再也扛不住了,不是身体受不了,而是精神上再也经受不了了。

"咳咳""咳咳""咳咳",死寂的沉静,被母亲的咳嗽声打破了。

静秋抬起了双眼,用含着泪水的眼睛仔细端详着眼前的父母。

一向瘦弱干练的母亲,圆润的脸颊凹下去不少,两鬓边又添了许多白发,身体越发地瘦弱了。

"妈妈已经49岁了。"静秋心里一颤,一晃妈妈居然49岁了。

再转眼看看父亲,他曾经炯炯有神的双眼也凹下去不少,发福的身体此时好像也没有那么壮实了,反而呈现出一副臃肿的模样。

这是我的父亲,我心目中无所不能,高大健壮的父亲?他才43岁啊! 就被我们的病折磨成这个样子了!

静秋看到曾经那对年轻的、带着自己四处求医的、有力的父母真的变了,面对现实他们已经不能给我们挡风遮雨了。这个风雨飘摇的家,已经失去精神支柱了!

难道我们家真的会垮?父母如果倒下了,这个家该怎么办?谁能告诉我!

"来,妈妈抱你站起来回屋。"妈妈突然站起身走到静秋旁边,弯下腰,熟练地将静秋从椅子上抱着站了起来。

母亲表现得很平静,没有静秋想象地那么悲伤。但是静秋心里知道,表面平静的她,每时每刻都无不为了这对儿女的病在滴血啊!

她在母亲的搀扶下,进了自己的房间,母亲帮助静秋躺了下来,给她盖好被子。

"孩子,坐了那么久的火车,一定累了,好好休息吧! 什么都不要想。"

静秋乖巧地点了点头,泪眼模糊地目送母亲走出自己的房间。

母亲提前用暖水袋捂好了被窝,被窝里温暖无比。静秋多么想就躺在这舒适温暖的被窝里睡一辈子,永远不要起来。她想暂时忘掉身上的疾病,忘掉一切的烦恼。

但是不论她如何用力的闭上双眼,她的内心始终在焦躁着,脑袋里装的都是弟弟怎么办? 爸爸妈妈如果扛不住了该怎么办? 作为一个姐姐,一个女儿,我该怎么办?

"我真的好害怕。"静秋把头藏进被窝里,"弟弟以后要走我的老路吗? 青春期的他,以后身体真的会慢慢地恶化,变成我现在这么不方便吗? 弟弟以后怎么去面对周围异样的眼光?"

静秋虽然不知道自己具体得了什么病,但是从七岁生病至今,她亲自感受到自己如何从一个健康的孩子,变成如今这么不方便的,这么多年,她一路走过来的艰辛,只有她自己明白,她真的不想弟弟将噩梦重演。

静秋像一个受了极度惊吓的小动物一样瑟瑟发抖,她想对着天空大喊一声:老天,你为什么那么不公平? 你为什么要这样? 可不可以把所有的病痛都给我,放过我的弟弟!

没有人能回答静秋的问题。

夜深了,只有猫在屋外凄惨地叫了几声,然后蹿开了。

弟弟变了

夜里九点多钟了，外面的天气很冷。静秋一个人在家冻得瑟瑟发抖，妈妈出门前在炉子里生了很大的一盆火。妈妈久久没有回来，炉子里的火早就熄灭了，静秋也没有办法生火取暖。

"对不起，您所拨打的电话已关机，请您稍后再拨。"静秋一遍又一遍地拨打着妈妈的电话，焦急不已。

"你怎么这么不听话？要我怎么做你才能听话点。"门外传来母亲的声音。

门开了，母亲眼睛红肿着，弟弟径直坐在沙发上，把书包摔在地上，沉默不语，面无表情。

"妈，怎么了？您怎么现在才回家啊？今天不是周五，弟弟怎么提前回家了？弟弟不是要住校的吗？"静秋见此情景询问道。

"唉，我真的不知道该怎么办了？"妈妈眼睛里闪着泪花，"今天你弟弟的老师又打电话给我，开我一个人的家长会。你弟弟是我从网吧里揪出来的。"

"啊？弟弟不是从来不去上网的吗？他怎么也去网吧了？"

弟弟扶着沙发站了起来，走进卧室，又狠狠地摔上了门。

妈妈摇了摇头："唉，自从生病以后，他就变了一个人。天天不听课，打游戏、逃学。这已经不知道是多少次把他从网吧里抓出来了。"

　　寒冬的夜里,静秋的腿已经冻得僵直了,弟弟反锁的房间里还传来一阵阵的打游戏的鼠标声。

　　"静秋,我实在管不住他了。他完全不是以前的那个孩子了,老师让我带他回来,面壁思过一个星期。"母亲紧紧地锁住眉头。

　　母亲的叹息声和弟弟打游戏的声音让静秋的心揪得紧紧的。

　　"都怪我们做父母的没有好好照看你们,都是我们经济条件不好,让你和你弟弟生这样害人的病,还检查不出来是什么原因。"妈妈一个劲儿地指责自己:"都是妈妈害了你们,你弟弟这样做就是老天在惩罚我。"

　　静秋感到好无助,面对无力的父母、生着重病叛逆的弟弟,觉得现在所有劝慰的语言都显得好虚假,为这个家带不来一丁点儿的帮助。

　　"行了,我去生炉子,你也冻了一晚上了。"妈妈说着,慢慢地站起身,走进厨房拿煤球。

　　望着母亲瘦弱的背影,静秋特别想接过母亲肩上的担子,为家里分担点什么。

　　如果我身体健康的话,这个年纪,家里所有的家务都应该是我承担的,至少如果我身体健康的话,父母不用像对幼儿一样为我担惊受怕了。这么多年,因为自己的病,这个家都是在勉强支撑着。现在弟弟得病的突然打击,不知这个原本就风雨飘摇的家庭还能挺多久? 爸、妈,你们还能挺多久?

　　十分钟过去了,妈妈却迟迟没有进屋,厨房也静悄悄的。

　　"妈妈! 妈妈! 你怎么还不来?"静秋感觉有些不对劲,就叫喊了起来。

屋子里还是弟弟房间里传来的打打杀杀的玩游戏声音,母亲一直没有回应静秋。

静秋非常着急,她原本就行动不便,现在已经冻得完全没有知觉了,努力了好几次,才扶着沙发的边缘慢慢地站了起来。厨房和客厅有一段距离,她扶着墙慢慢移到厨房。

眼前的场景让她惊呆了。只见母亲不省人事地躺倒在地,煤球滚落得到处都是。

"弟弟,弟弟,你快出来! 妈妈晕倒了!"静秋吓得大叫起来。

不论静秋怎样嘶喊,弟弟的房间里还是传来一阵阵打游戏的声音。

静秋一下子又瘫软在地,她托着妈妈的头,不论怎么呼喊着,妈妈还是不答应。

她非常无助,躺在地上的母亲只有微弱的呼吸,整个脸蜡黄得像一张黄表纸:妈妈不会离开我们吧! 如果妈妈走了,我们怎么办? 妈妈是因为自己和弟弟的病,操劳过度支撑不下去了吗? 如果母亲因为自己和弟弟的病操劳过度去世了的话,我就是一个不孝的罪人!

她试图站起来,却怎么也站不起来。静秋想给爸爸打电话,可是手机在客厅里,弟弟也不答应她。

静秋只有坐在地上一步一步地挪动着,"走"向客厅。

"爸爸,妈妈晕倒了! 您快回家啊!"静秋拿到手机赶紧拨通了爸爸的电话。

爸爸急忙挂了电话,从单位往家赶,并叫了一辆救护车。

很快,爸爸回家了,他跟着救护车一起把妈妈送往了医院,还好抢救的及时,医生说妈妈本身患有高血压,由于最近思想压力过大,导致了临时休克。

醒后的妈妈连夜还要赶回家，她不放心静秋和儿子。

夜已经很深了，爸爸扶着虚弱的妈妈回家了。

爸爸一脚踹开了弟弟房间反锁的门，拽住弟弟的衣领，弟弟恶狠狠地望着他，爸爸准备动手打弟弟。

"别打孩子，你千万别打孩子，都是我不好。"妈妈衣着单薄，用虚弱的声音阻止道。

看到虚弱无力的母亲，弟弟很不屑，没有一声对不起，也没有一声谢谢。

"妈妈晕倒了，姐姐摔倒了，你还在房间打游戏！你有没有良心啊！你……你要气死我们吗！"爸爸大声叫着。

静秋嘤嘤地哭了起来，看到现在性情大变、如此冷漠的弟弟，还有为自己和弟弟日夜奔走的父母，觉得好无助。

如今的这个家，再也找不到以前的样子了。那时候，自己在台灯下认真地写着作业，妈妈在旁边织着毛衣，弟弟调皮地和小伙伴们跑得不见人影儿，爸爸下班总要给我们几个糖果。

这样简简单单的幸福，只能留在回忆里了。

妈妈醉得不省人事

"爸啊！妈啊！老天爷啊！你们把我带走吧！"不省人事的妈妈歇斯底里地大声叫喊着。浓烈的酒气弥漫了整个房间，一卷凉席横铺在冰冷的水泥地板上，一个衣衫不整，满头散发的女人躺倒在凉席上面，手里紧紧攥着诊断说明书，不停地用自己的头撞击着水泥地，疯了似的大声叫嚷着。

"我上辈子到底造了什么孽啊！这辈子要我可爱的一双儿女来替我赎罪！我该死！"一向衣着整齐，温柔善良的妈妈突然变得很陌生。

"妈妈！妈妈！妈妈你到底怎么了啊！能不能不要吓我！"静秋一边哭着，一边苦苦哀求着妈妈。无法弯腰的身体，只能让她直直地站在地面上，头尽量往下低，时刻观察着妈妈的异常举动。

"不是说人死了就可以保佑后代平平安安的吗？都是骗人的！都是骗人的！爸爸妈妈，你们干吗不看看你们那一对可爱的外孙孩啊！他们那么聪明可爱，现在已经被病魔折磨成什么样子了啊！你们为什么不保佑保佑他们呢！"眼泪从母亲的眼角里流了出来，"嘭、嘭、嘭"，母亲用头撞击水泥板的声音牵动着静秋身上的每一处神经，紧张悚然，静秋无法自由支配自己的身体，不住地流着眼泪，她不知道该如何去阻止妈妈。

"妈妈，你不要这样好吗？我和弟弟很听话的，妈妈！"静秋的呼喊声无助绝望地在房间里回荡着。

"爸爸,你在哪里啊,爸爸,快回来救救妈妈啊!"静秋焦急地盼望着爸爸早点回来,可是此时爸爸的手机处于关机状态。

妈妈在凉席上胡乱翻滚着,席子旁边有一把椅子,眼看妈妈快把椅子碰倒砸到自己的身体上了。

"妈妈!"扑通一声,静秋准备弯腰扶住椅子的那一刻,整个身体倒在了妈妈和椅子之间的水泥地上,阻挡了椅子砸到妈妈的可能性。静秋整个人趴倒在地,没有办法移动自己的身体,她将双手手掌贴到地板上,使出全身的力气,拖着自己的身体向妈妈跟前挪动了一点点。妈妈全然没有意识到这些,还是不停地翻滚着,撕扯着自己的衣服领子,嘴里时不时打着酒嗝。

静秋趴在地板上尽力昂着头望着妈妈,曾经飘逸乌黑的长发,已经洒上了银霜;曾经清澈明亮的大眼睛,已经变得暗淡无光;曾经光洁的额头,已经印上了无情的岁月痕迹。是的,妈妈真的老了。

静秋费劲全力,希望自己的手能够带动身体再往前"走"一点,阻止妈妈用头撞地面的行为。移动了一点、一点、再一点,到快可以够到妈妈的头的时候,静秋的手再也支撑不住了,突然瘫软了下来,整个头部都趴倒在地。

"哇!"妈妈的头突然歪向静秋这边,吐了静秋一身,妈妈继续在呕吐中翻滚着,妈妈头发里、衣服上到处都沾满了呕吐的东西。静秋无法动弹的身体任由自己和妈妈躺在呕吐的脏水脏物里,她心里流着泪。

"都是我的出生让这个家,让妈妈变成了这样。"静秋脑海里又有了轻生的想法。

"老天,带我走吧! 如果人死可以保佑我的孩子们可以尽快康复,你现在就带我走。"嘴里流着脏物的妈妈孩子般地哭嚷着。

"我的孩子们比一般的孩子都要懂事聪明啊!你为什么要这样惩罚他们!他们是孩子,他们是无辜的啊!"妈妈的表情非常痛苦,头部还在撞击着地面,挣扎着,泪水和呕吐物混合在一起,空气中充满了掺和浓烈的酒味的臭气。

此时静秋眼里的母亲是那样一个柔弱的,需要人保护的女人,她是那样的无助,绝望。

"不行,我已经21岁了,我不能退缩了,我已经长大了,我要承担保护母亲,为弟弟治病的责任,我要成为家里的顶梁柱!"静秋在为自己默默打气。

"弟弟那么可爱,如果我先放弃了,家人怎么活?弟弟还怎么有勇气去面对这个事实?我怎么可以这么自私?"静秋更加真实地感觉到了自己肩上的担子,她认识到了自己现在活着不仅仅是为了自己,也是为这个家支起一个小小的希望。

静秋用力地动了一下自己快要麻木的双腿,决心也就在那一刻定格。

"怎么了?"爸爸看到眼前女儿和妻子倒在地板上的情景,急切地问道。

"爸爸,爸爸,你快来,妈妈喝醉了。"爸爸回来了,静秋终于盼来了救兵。

爸爸赶紧跑过去蹲下,他先把趴倒在地板上的静秋抱起来放在椅子上,然后皱着眉头看着嘴里不断说着胡话的妈妈。

他使劲掰开妈妈的手,打开妈妈手中紧紧攥着的那张纸,看着医生的诊断书,沉默了一会儿。

"你妈妈太累了,她需要好好休息一下。"他对静秋说了这句话后,就抱起身上满是脏物的妈妈。

妈妈嘴里还在喃喃自语，哭着说都是自己的错，不该结婚，不该带孩子来到这个世界上受苦。

"你受苦了，都是我的错，我不能让你和孩子幸福，但是你今天做得太傻了。"面对神志不清的妈妈，爸爸哽咽着道。

静秋从来没有看到过一向坚强的母亲如此脆弱，也从来没有看到一向沉默寡言的爸爸如此疼惜母亲。静秋第一次看到父亲抱母亲居然是在这样的场合。

静秋坐在椅子上，不住地流泪。

看到爸爸把妈妈抱上楼，母亲那么瘦弱的身体，枯黄憔悴的脸庞。静秋大脑一片空白：真的害怕母亲哪天支撑不住了，离开我们。曾经一直以为自己考上大学了，一切就会好起来，曾经一直以为在大学里多坚持一点儿就可以为父母减轻一些负担，就可以让父母更加快乐；曾经以为自己暑假回家的时候，父母会因为自己身体的好转，以及独立生活能力的提高感到欣慰，可是如今弟弟的一句："姐姐，你的身体越来越好，我却越来越差"，让自己心碎了一地；一直让自己和父母感到骄傲的弟弟，悲剧却又要在他幼小的身上重演；谁能告诉我，我该怎么办？选择放弃吗？选择破罐子破摔吗？选择自私地循着自己的轨迹过日子，对父母及家庭的变故不管不问吗？

"姐姐，你看，爸爸给我买的轮滑鞋，我现在会滑了呢！他是可以随着我的身高调鞋子的大小的呢！以后等我长到爸爸那么高的时候，就可以背着姐姐滑旱冰了！"弟弟可爱的面孔呈现在静秋的面前，他可爱银铃般的声音一下一下地抓着静秋的心。时隔一年，弟弟个头已经长得快有爸爸那么高了，可是他再也不能穿上轮滑鞋了，妈妈在楼下喝醉酒撕心裂肺的哭声都没能唤醒他的心，只是每天待在楼上望着马路上来来往往的童年伙伴。

窗台上的轮滑鞋已经落满了灰尘，弟弟的心也随着它尘封了许久。静秋不敢想象帅气可爱的弟弟脚后跟肌腱慢慢萎缩踮起脚尖走路的样子，更不敢想象弟弟如何面对同学及外人不理解异样的眼光和嘲笑，从小被病痛折磨惯了的静秋至今都很难从中走出来，弟弟未来的路那么长，他该如何面对？静秋不敢想象母亲未来带着弟弟重复着陪读的那条道路，陪完了重病的女儿考上大学，又要陪重病的儿子，而且未来对于这个风雨飘摇的家庭都是不敢预知的。

　　压力使静秋的头都快爆炸了，她快承受不了了，除了引领全家人向前，给全家人一个可以支撑的精神支柱，她毫无退路可走。

　　"蹬、蹬、蹬"，爸爸安顿好母亲走下楼来。

　　静秋赶紧擦了擦眼泪。

　　"静秋，医院的诊断说明你和妈妈已经看到了。你也长大了。"爸爸走到静秋面前蹲了下来，摸了一下静秋的头，"妈妈今天这个样子你也看到了，她又有高血压，不能承受很多东西。弟弟还小，现在又刚刚生病，所以家里唯一就剩咱俩大脑比较理智，要承担责任的人了。"

　　静秋点了点头。

　　"你现在也是大学生了，应该也看过不少发生奇迹的例子，爸爸就不用给你举了，很多病人都是被吓死的，世界上没有绝对的事情。诊断书上写的是你和弟弟的病目前没有特别好的治疗方法，医学暂时还没有攻破，并不代表咱们就没有希望了，你说对吗？"

　　"爸爸，可是……"静秋觉得爸爸在安慰自己。

　　"你在上大学期间离开我们一年的时间身体就好了很多，这不能不算一种奇迹。所以爸爸希望你能够不被诊断书吓到，给弟弟做个榜样，如果肌无力领域在我们一家人的坚持下发生了奇迹，你和弟弟的未来就不可估量，爸爸有信心，爸爸觉得目前医生对你们的病情也只是一个探索的过程。我们保持好的心态，适度锻炼，以后自己身体的恢复状态会让医生惊讶的!"爸爸突然笑了起来。

静秋也被爸爸逗乐了。

"所以现在你应该知道，在妈妈和弟弟面前你应该怎样做了吧! 你是大学生了，你长大了，你自己好好思考一下。"说完爸爸就走了。

看到困境中如此坚强乐观的爸爸，静秋不禁心疼了起来，眼泪还是止不住哗哗地掉。以后这个男人身上的担子该有多重啊! 还不能在家人面前表露出来。

"这次好好哭，哭完了就没有眼泪了，哭完了我就长大了，哭完了我就要为这个家撑起一片天了。"静秋坚定地告诉自己。

打了弟弟，我心碎了

阳台上放置的轮滑鞋已经落满了灰尘，弟弟双手捧起它，呆呆地望着。楼下传来孩子们欢乐嬉笑的声音，弟弟走到窗子旁边，看着马路上童年时的玩伴，他们各自穿好了轮滑鞋，准备比赛。

"哗啦"一声，弟弟突然拉上了家里的窗帘，将轮滑鞋重重地摔在了地上。一屁股坐到电脑旁边，又开始打游戏，弟弟眼睛看着屏幕，手疯狂地移动着鼠标。

静秋看到这样的弟弟，心里隐隐作痛，这不知道是静秋暑假回家看到弟弟多少次这样了。爸爸妈妈又出门为他们治病筹钱去了，不知道什么时候才能回家。

"弟弟。"静秋在弟弟卧室前小心翼翼地叫了一声。

弟弟还是不抬头，继续着自己的游戏，他讨厌看到静秋，平时和爸爸妈妈也有几句简短的话语，看到静秋却故意躲开。

自从7岁自己的身体慢慢发生了异常，静秋特别能够体会弟弟此时的心情：如今自己都21岁了，十几年都不能摆脱自己生病的阴影，怎么让一个14岁的男孩一下子接受这个残酷的事实呢？而且弟弟一直和自己生活在一起，深知自己的艰难。我应该怎样鼓励弟弟呢？

静秋想着想着，就走到弟弟电脑桌旁。

"弟弟，你知道吗？你真得好聪明。"静秋尽量控制自己的悲伤情绪。

"哼！"弟弟翻了个白眼。

"你看看，别人初三认真努力学习，分数都考不了多高。你初三因为生病影响了心情，没怎么学习还能考580分，被省重点学校录取。如果是姐姐，肯定两百分都考不了。"静秋继续耐心地说道。

"神经病！傻子，呵呵！一群傻子！"弟弟从牙缝里轻蔑地吐出这几个字。

"你什么意思，怎么这样讲话？我听不懂！"静秋很纳闷。

"徐航，你不要以为你生病就可以这样子颓废！不要以为所有人都欠你的！"静秋实在忍不住了，开始吼了起来。

徐航将拳头攥得紧紧的，头埋得低低的，眼泪一滴一滴地滚落了下来。

"你别管我！你烦不烦！"弟弟使劲地拍了一下电脑桌子。

"你信不信我把电脑摔了！"静秋气急了，"爸爸妈妈为了我们操碎了心，都在想着为我们治病，你现在这个样子对得起谁！"

"你摔，你摔呀！你滚出我的房间！马上！"徐航站了起来，指着静秋的鼻子说道。

"啪！"一个耳光落在了弟弟的脸上，虽然巴掌打在了弟弟身上，静秋的心却在滴血。

弟弟一下把本来就站立不太稳的静秋推倒在了地上。

"你能不能好好听话，能不能不要天天打游戏，你不要不出门，好不好！"静秋坐在地上，哭泣着求着弟弟。

弟弟的拳头越攥越紧，他也开始大声抽泣着。

随着弟弟的哭声，静秋心里越来越愧疚。

"弟弟，对不起，姐姐真的不是有意的，你能理解姐姐吗？"

房间里,静秋无力地坐在地上,弟弟打着赤脚踮着脚尖,一步一步地拖着瘸着的腿走出房间。

看到弟弟瘦弱的背影,日益恶化的身体,她心里很难过:这么多年,父母为了自己求学,为了给自己治病,已经将家里拖到这般地步。从小父母因为自己生病也将更多的爱和精力放在了自己身上,如今,可爱的弟弟生病了,父母已经无能为力,自己也做不出任何努力,弟弟今天这样说,我还有什么资格反驳他,斥责他呢?我今天有什么资格打他?他只是一个孩子而已。

"徐航,徐航!我们出去玩呀!你怎么天天不出来玩啊!"有孩子上楼来找徐航。

徐航一直不应声,孩子来到楼上。

"姐姐怎么了?你是不是站不起来了?我扶你起来。"孩子见到坐在地上哭着的静秋,连忙跑过去。

"徐航,徐航!我们一起赶紧把静秋姐姐抱起来!"孩子自己一个人不知道怎么扶静秋,就跑到客厅喊徐航。

只见徐航头埋得低低的,还在不停地抽泣着。

"徐航,你们怎么了!赶紧把你姐姐抱起来,我们一起下楼玩啊!"

"你给我走好嘛!烦不烦!我不会和你们一起玩的,赶紧走!"徐航对着他童年的玩伴大吼了起来。

邻居家的弟弟被徐航吓坏了,赶紧跑下了楼。

写给弟弟的一封信

九月的骄阳高高地悬挂在天空上,北国的开学季,大学校园的操场上,传来一阵阵志气昂扬的军训声音。

静秋路过的时候,不觉驻足在操场外。她看到那一张张稚气未脱的学弟学妹们,阳光健康的体魄,她垂下了眼帘,眼睛不觉湿润了。

此时此刻,弟弟刚刚升入重点高中,不能够参加军训的他,此时是什么样的心情呢? 谁又能体会他? 他将如何去面对接下来的高中生活? 作为姐姐,我应该为他做些什么?

静秋非常难过地想着,她不想再看到军训的场景了,越看越难过。她尽力加快原本沉重的步伐,"奔"向宿舍。

我需要给弟弟写一封信! 静秋一边走一边迫不及待地要做这个事。

大约过了十分钟,静秋回到了宿舍,立马放下书包,摊上一页信纸,开始给弟弟写信。

亲爱的弟弟:

你还好吗? 看到同学们都去军训准备迎来新的高中生活,你在家还在为腿的治疗问题发愁吧! 姐姐也天天为这个事情着急得睡不着觉,并对你深有愧疚。原谅姐姐在临走时打了你,当时的你额头青筋突兀,拳头紧攥,委屈的泪水在眼眶中不停地打转,我的巴掌落在你的脸上后,立即瘫软在地,你知道吗? 姐姐打你的时候,心情是多么地沉重啊!

或许是我们前世的某种因缘,相约这辈子诞生在同一个家庭去共度这苦难。也许在你幼小的心灵里,现在对自己的身体感到疑惑,为什么你好好的一个男孩子会突然踮起脚尖走路,为什么腿会越来越没有力气呢? 你的性格由开朗变得孤僻,整个暑假把自己锁在屋里,除了客厅、卫生间、卧室,哪里都不去,总是呆呆地望着窗外,看着马路上和自己同龄的童年玩伴们奔跑嬉戏的场景。这一切,姐姐看在眼里急在心里,姐姐作为你的病友是很能够理解你的。但是姐姐的心事你又了解多少呢? 现在你也长这么高了,也成为一个小男子汉了,姐姐来和你谈谈心吧!

姐姐是亲眼看到我们的家庭是如何走到如今山穷水尽的地步的! 在你出生之前,那时姐姐的腿和正常的孩子一样的,由于性格的原因,甚至比同龄孩子显得更加活泼好动。当时爸爸建立了一所私立中学,妈妈也是一名小学教师,我们的家庭无疑是令许多人羡慕的! 我们无论如何也不会想到,从你出生的那年起,一场噩梦来得像山洪一样毫无征兆! 姐姐的个子长得很快,脚后跟怎么也着不了地,而且越踮越高,当时爸爸妈妈很年轻,病急乱投医,分别在我12岁和16岁做过两次大手术,非但没治好,腿反而完全丧失了力气,行动异常困难,接下来我的生活就是除了在妈妈的陪同下努力读书之外,寒暑假就和爸爸妈妈奔波在各大医院,只要听说哪里有希望,爸爸妈妈都会带着我去试试,总是满怀希望去,带着失望归。记得那会儿你还很小,但是爸爸妈妈总是想着我的身体有病,对我的关爱比对你多很多,那时不懂事的你总是嘟囔着小嘴说爸爸妈妈偏心! 姐姐当时也自私的认为他们这样子对我都是应该的,没想到懂事的弟弟现在和我患上了同一种疾病,奶奶也突然中风瘫痪在床,爸爸之前因为我的病力不从心,学校资金也周转不过来,最终破产,妈妈为了让我受到良好的教育,辞掉了自己的工作陪着我读书,她还由于巨大的压力导致高血压,高压 220,低压 100,比那些老年的高压患者还严重,医生说她是在用生命极力保护着自己的孩子!

爸爸妈妈所有的精力和积蓄全都花在我身上了,现在家中又突发此变故,让他们该怎么办! 多次的求医未果,父母对我们的坚持,亲朋好友不仅不理解反而质疑疏远我们,他们觉得我和你已经没有希望了! 你看过妈妈哭吗? 今年暑假我们最后一趟去北京连路费都没有时,平时滴酒未沾的妈妈喝了整整一斤的白酒,之后她就不清醒完全失控了,像孩子一般无助地哭,然后跪在地上磕着头说,"老天爷啊!放过我的两个可爱的孩子吧,你把我的命拿走让他们好好的活啊!"她把爸爸当成医生了,说医生求求你,救救我的孩子,如果钱不够我还有肾呢! 谁需要谁拿去! 随后吐了好多,昏迷了一天一夜,爸爸守在她旁边,握着她的手说你是应该好好歇歇了,你太累了,然后狠狠地扇了自己一个耳光! 你能理解爸爸妈妈的苦吗? 当时姐姐已经有了打算,放弃治疗,只要你能好我就幸福了!

今年暑假,我们从安徽到北京去了五次,10 趟 11000公里的路程,买不到卧铺的票我们三个站着直到北京,下了火车妈妈一手拖着行李箱,一手扶着你,还要保护我,不仅要承受周围人异样的目光，还要时刻小心不被他人碰倒。医院附近最便宜的旅馆也300元一晚，由于旅途长，医生难预约，我们在北京一待就得6,7天，为了省下钱给我们治病，我们每餐就吃白馒头就榨菜，妈妈说只要病能治好怎么样都行。虽然现在病情没有完全确诊，最终的检查结果还没有出来，但是医生怀疑我们得的是世界难题——肌无力，没有办法医治的疾病，治疗也只是延缓病情，最严重可能会导致瘫痪，他又说你弟弟现在步态和姿势没发生什么变化，但是他现在完全靠脚趾在支撑整个身体，如果最后确诊为肌无力的话，他的跟腱延长手术刻不容缓了，否则后果很难设想！这些手术费用还不是很高，关键是你和你弟弟接下来改善功能的康复治疗才是巨额！你们要好好准备呀，单靠你家人的力量是远远不够的！听到医生这样的猜测，母亲像发疯似的质问和吼骂医生，妈妈说最后结果没有出来，医生不要妄下结论，她一定不会放弃我们的！

或许保护孩子的本能让母亲当时丧失了理智，在医生眼里她可能就是一个不讲理的疯子，但是只有姐姐能够理解母亲当时的心情，她没有办法无能为力地、眼睁睁地看着自己的可爱的孩子慢慢地丧失力气，直到瘫痪。

家里现在真的一贫如洗了。真的不知道该怎么办了，就算姐姐现在放弃治疗也不知该怎样去救你，如果真的有卖器官的，姐姐愿意卖器官来救你！虽然姐姐知道如果确诊为肌无力我们没有办法医治，但是姐姐愿意牺牲一切为你争取最好的延缓病情康复的机会！至少可以让你保持到你目前的状态！

弟弟，姐姐打你的原因就是为了打醒你，不能让你堕落下去,我们家的人都是坚强的,不能因为困难就逃避现实!你是一个帅气阳光的小伙子,成绩特别好又聪明,你是我们全家的骄傲,我们一定不会放弃你!姐姐希望你阳光起来,努力学习,考上一所名牌大学用知识来改变命运!

虽然生活中有许多的不公,但是我们要怀着感恩的心去回报社会,去帮助那些需要帮助的人,让阴暗的地方洒满温暖的阳光。我们要成为病患者中的自强者,姐姐有两个梦,一个小家梦,爸爸妈妈老了的时候,姐姐的肩膀虽然不够宽广,但是一定能挑起我们这个家的担子!还有一个中国梦,就是带着你创建助残志愿团队为更多的病患儿点亮生活的希望!

永远爱你的姐姐

此时,静秋再也压抑不住自己的情绪号啕大哭起来,写完的信上沾满了泪水。

"哭出来吧!哭出来以后再也就没有眼泪了,我和弟弟一定会好的,这是上天对我们的考验!"静秋哭着鼓励自己。

她拿出信封,小心翼翼地把信塞了进去。

"希望弟弟看了这封信以后,会坚强勇敢起来。"静秋擦了擦自己的眼泪,祈祷着。

想放弃治疗救弟弟

"呜呜，呜呜……"静秋在被窝里小声抽泣着，她写给弟弟的信寄出去已经有一周左右了，可是每次打电话回家，弟弟都不肯接自己的电话，也不知道弟弟到底怎么想的，不知道他是否理解自己做姐姐的良苦用心。

"虽然现在病情没有完全确诊，最终的检查结果还没有出来，但是你和你弟弟的病我怀疑是世界难题——肌无力，没有办法医治的疾病，治疗也只是延缓病情，最严重可能会致瘫痪，你弟弟现在步态和姿势没发生什么变化，但是他现在完全靠脚趾在支撑整个身体，如果最后确诊为肌无力的话，他的跟腱延长手术刻不容缓了，否则后果很难设想！这些手术费用还不是很高，关键是你和你弟弟接下来改善功能的康复治疗费用，你们要好好准备呀，单靠你家人的力量是远远不够的！"医生的话每天就像针扎一样刺痛着静秋。

"姐姐，姐姐！小老虎牵着你，你别怕！小老虎一会儿就长大了，长大了小老虎给姐姐治病，长大了姐姐走不动的时候小老虎就背着你、保护你！"静秋试图闭上眼，可是弟弟小时候活泼可爱的画面一直浮现在自己的眼前，泪水肆无忌惮地流了下来，浸湿了枕头。

"爸爸妈妈已经心有余而力不足了，该借的地方都借完了，最后一次妈妈带我们去北京的路费都没有，难道我要眼睁睁地看着我的弟弟慢慢地变成我现在这个样子吗？然后我们一起慢慢走向瘫痪！我该怎么办,谁能救救我的弟弟!"静秋内心极度煎熬着、挣扎着。

"咚、咚、咚",宿舍门外响起一阵敲门声。静秋赶紧擦了擦眼泪,扶着床沿慢慢支撑着起来开门。

"老师,您……您来了。"看到辅导员马老师,静秋赶紧低下头躲着她的目光,吞吞吐吐地说。

"静秋,你怎么了,眼睛怎么肿得这么厉害?"辅导员一眼就看出了不对劲,关切地问道。

"没,没什么,老师,眼睛这几天不是很舒服,肿了。"静秋的脸红极了。

"老师工作比较忙,好久都没有见着你了,挺想你的。今天刚刚有空路过这儿,就顺便过来了。这大白天的,你咋在宿舍里睡觉啊！情绪也好像不太对劲。是不是生活中遇到什么困难了？你千万别瞒着老师啊!"老师继续追问着。

"老师,我真的没什么。"静秋不敢看老师的眼睛,头埋得更低了。

"老师！哇哇哇!"静秋再也忍不住了,哭出了声。

"孩子,怎么了,你遇到什么困难了或者心里不舒服告诉老师,老师一定会帮你想办法,替你保密的!"马老师一把将静秋搂入怀里。

"老师,你们一定要救救我的弟弟啊!' 静秋哭得更厉害了,"放假回家,发现弟弟得了和我一样的病,可是父母已经拿不出一分钱为我们看病了。目前病情虽然没有确诊,但是北京协和的医生猜测我和弟弟是肌无力,我的现在就是弟弟未来的写照,而且我们的病情还在一步步恶化,我们可能都要走向瘫痪!"

"孩子,别急,慢慢说。"老师的眼圈有点红了。

"老师,您可不可以帮助我联系媒体,我放弃治疗,我已经习惯了,能够接受身体上的不便了。但是弟弟还小,他的路还很长!"说到这儿,静秋的心使劲儿抽搐了一下,"老师,如果有人需要器官,如果买卖器官是合法的,我愿意卖掉器官为弟弟治病!"

"孩子,你千万保重好自己的身体,你要记住你是最坚强的孩子! 一会儿老师还有事儿,先走了,但是这个事老师一定会替你想办法的!"老师眼睛里闪着泪水离开了静秋的宿舍。

听了老师的话,静秋的心里开始有了一丝暖意。此时,她就像死灰里复燃的一簇小火苗,她觉得马老师就是能够为她和她弟弟找到最后一线希望的贵人了。

"咚咚咚"她的心又开始不自觉地猛跳了起来,她还是极度地担忧:会不会老师说的话只是安慰我的呢? 或许这又是一句客套的话。

因病早已与父母看到世上所谓的亲戚、朋友在遇到困难的时候,那些敷衍的嘴脸,静秋真的害怕老师也是这样。抱着半信半疑的态度,静秋还是默默地等待老师的消息。

电视台记者来到学校

九月中旬的上午,阳光明媚,教室里的同学们精神抖擞地听着老师讲课。

静秋握着笔,在笔记本上摘录着黑板上老师讲的知识点。

"快看,快看,这些人是干什么的?"与静秋坐在一起的同学推了推静秋,示意她看门外。

只见一个哥哥抬着天津电视台的摄像机,与几位年轻的哥哥姐姐朝这个教室走来。

站在讲台上的老师立马停止讲课,走出门。

周围的同学们也开始窃窃私语:这是要拍电视?上面写着天津电视台呢?

大约过了两分钟左右,老师进来了,她微笑着朝着静秋走去,俯下身子对静秋说:"孩子,电视台的哥哥姐姐想采访你一下,一会儿的课你就不用上了,先出去一下。"

静秋听了老师的话,一头雾水:什么?采访我?为什么要采访我?难道马老师联系媒体了?

静秋的脸刷地一下红了,她有些不知所措,教室里也变得异常安静,大家都望着静秋,表现出一副很好奇的表情。

静秋在众目睽睽之下,艰难地从座位上爬起来,然后一步一步地走向门口,此时她心跳加速,大脑也由不得自己指挥了,她不知道如何应对接下来的场面。

"你好,徐静秋同学!"只见一位记者姐姐见到静秋,立马迎了上来,伸出手说:"我们是天津电视台的记者,听你们老师讲述了你的故事,我们深受感动,想采访你一下,向社会呼吁,为你们姐弟争取治疗机会!"

静秋一听来意,情绪开始激动起来,曾经寒假自己尝试了多少次,想去寻求媒体或者公益机构帮助他们,可是最后都石沉大海,杳无音讯,她根本不敢相信,如今站在自己面前的记者就是想来帮助自己的!

她眼含热泪,嘴里不住地说:谢谢,谢谢! 谢谢哥哥姐姐们!

静秋此时再也找不到别的词语来表达自己的感激之情了!

"静秋",正在这时马老师带着几位哥哥姐姐走过来了,"静秋,这几位是《天津日报》、《天津教育报》、北方网、《城市快报》的记者,他们听到你的故事以后,也想采访你一下,帮助你们姐弟俩!"马老师气喘吁吁地介绍道。

"好的,那我们找个地方先坐下采访吧!"马老师领着一群人,找了个会议室,大家坐好后,就开始采访静秋。

"徐静秋同学,请问你愿意将你可能得肌无力的事实公布于社会吗? 这样可能会给你今后的生活造成一定的压力。"一位记者问道。

"我愿意,只要能救弟弟,我什么都愿意!"静秋回答得很坚定,"如果买卖器官是合法的,我希望记者哥哥姐姐帮助我,在报纸上表达我愿意卖器官为弟弟治病的愿望!"

静秋此时只觉得弟弟的健康是最重要的,她觉得这次机会就是很重要的救命稻草了,虽然一直以来自己自尊心很强,不愿意接受别人的帮助与施舍,但是为了弟弟,她觉得什么都不重要了,她的心中只有一个念头:我要弟弟赶快好起来! 我要给弟弟争取最好的医疗条件!

在场做记录的哥哥姐姐不自觉地擦了擦眼泪。

"静秋,这次你爬楼梯的照片就要公布于众了,你真的不会感到有压力吗?"摄影的叔叔小心地问着静秋。

"叔叔,我觉得没有什么丢人的,为了给弟弟争取机会,我觉得这样真的不算啥。"静秋一边爬着楼,一边微笑着回答摄影叔叔。

"那一会儿,我们电视台也想带着你在校园里拍摄一段你自己在校求学的真实生活片段,你愿意吗?"

"我愿意!"静秋回答得很响亮。

和弟弟受到社会的广泛关注

几乎一天的拍摄和采访,静秋的身体感到极度疲乏,但是她的心情甚至已经无法用激动来形容了。

她和记者哥哥姐姐们在宿舍道完别后,迅速躺倒在床上,拿起手机,迫不及待地拨通了妈妈的电话:"妈妈,妈妈你知道吗?我和弟弟有救了! 今天天津电视台和天津几家有影响力的纸媒都对我进行了采访,他们说对于我求学的事情非常感动,要呼吁社会帮助我和弟弟治病!"

"真的吗?"电话那边的妈妈也显得异常激动,但是她的喉咙却开始哽咽了起来:"孩子,妈妈对不起你,妈妈没有能力,让你顶在前面向社会求助!"

说完后,妈妈再也忍不住,在电话里哭了起来。

静秋也被妈妈的情绪带动地眼睛开始酸涩了,不过她用力眨了眨眼睛,扬起嘴角,试图缓和这辛酸的气氛。

"妈,您和爸爸为我们付出的已经够多了,这个病仅靠我们家庭的力量医生都说远远不够,你不要再自责了,应该感到高兴才对!"静秋安慰着妈妈。

"孩子,你一定要代替妈妈向那些哥哥姐姐们表示感谢啊!如果能帮助你和弟弟把病看好,我们永远都不会忘记他们的恩情的!"妈妈声音颤抖着。

"嗯,妈妈我一定会的!"

　　第二天，静秋去食堂买饭的路上，看到许多同学手上都拿着一张报纸。"弟弟，为了你，姐啥都愿意放弃！这是我们学校的女生呢！她好坚强啊！"一位女孩和同学走到路上，大声地尖叫了起来。

　　静秋听到后，脸立马就红了，她感觉到报纸上说的女孩可能就是自己，她赶紧走到发报纸的同学那里，低着头，要了几份报纸。

　　只见《弟弟，为了你，姐啥都愿意放弃》《天津商业大学自强女孩为理想拼搏的故事》等报道她的标题，都在《天津日报》《城市快报》上占有大幅度的篇幅。

　　静秋回到宿舍后，搜天津卫视新闻频道报道的《爱使她坚强》也看到了自己求学的日常生活。她的眼泪又不自觉地流了出来，她第一次在照片里看到自己爬楼梯的模样，她也第一次以旁观者的角度看到自己在大学里艰难生活的场景，她不敢看，她觉得自己好像真的好可怜，她根本不想让父母看到。因为她强烈的自尊心迫使她不屑于求人、求社会，可是如今为了弟弟，她这也是无奈之举。或许别人看到的自己是自己身上散发出的强大精神，但是她自己看到的却是尊严被践踏的无奈。

　　"不，虽然我此刻向社会求助了，但是我一定不是社会的寄生虫，弟弟也不是，我要做一个更好的自己！"静秋将报纸和电视看了一遍又一遍，每看一遍她的心情都有不一样的感受，她发现：虽然自己上楼梯的照片是爬着的，但是她在自己脸上找到了不服输的自信，虽然自己上楼的确不方便，但是视频里自己走路的姿势并未发生什么大的异常，除了慢一些，都与正常人没有什么区别了。

　　接下来的几天，外国语学院的学工办办公室经常接到关注

177

姐弟的爱心人士的电话,大家纷纷自动发起了捐款,学院里的同学和老师也纷纷伸出了援助之手。

那段日子里,静秋的每天都被爱心包裹着,弟弟也由开始的封闭到愿意接静秋的电话了。绝望的父母也在电话里有了笑意,一家人抱着感恩的心情,准备重生。

爱心日记

晚上临睡前，静秋从枕头旁边掏出自己记录爱心捐款的本子，不由自主地翻开了这一个多月以来记录的点点滴滴，于是她停下来，开始回味那些感动的瞬间。

2014 年 9 月 23 日

今天我第一次见到了学院院长，他手捧着一个黄色的信封，里面装着学院所有老师的爱心，他还代表学校免了我大学四年的学费。想象中的领导应当是严厉的，他却用亲切的言语询问关心着我和弟弟的情况。这恩情，我一定不会忘，我要加油坚持把大学完整地念下来，不能被病魔打倒！

2014 年 9 月 24 日

走到校园里，一个约莫七十岁左右的奶奶，小跑到我的面前，用颤抖苍老的手递给我一百元钱，我身体站立的时候容易摔倒，所以执拗不过奶奶，然后递给我钱以后她就小跑着走了。那时，我多么想能够快步跑起来，追上奶奶，向她道声谢谢啊！奶奶，您的恩情我将铭记一生，以后我要以帮助更多的人来回馈您的爱心！

看到这里。静秋的眼眶湿润了，奶奶裹着小脚，单薄小跑的身影真的很难从她的脑海里抹去。

2014 年 9 月 25 日

妈妈打来电话，家乡县委书记派人去家里了解情况，民政局给我和弟弟 5000 元用于治疗，镇政府也过来看望瘫痪在床的奶奶，给了 400 元营养品钱，并给我们三个办了低保。感谢政府的关怀，但是我徐静秋今日承诺，我和弟弟以后绝对不会成为社会的负担，靠政府救济，我们会自食其力。

面对政府给她和弟弟还有奶奶办低保的事情，她心里虽然知道这是对我们家里的一种关怀，但是她是不能接受的，她暗自下定决心，一定带着弟弟自食其力，早日过上正常人的生活。

2014 年 10 月 5 日

今天老师带过来一个哥哥，他姓杨，从东北坐了几个小时的车赶到学校，和我见面了以后，晚上回去立马就给我账户上打了 10 万元。他只有一个要求，不需要媒体对他的行为进行宣传。这是第一次见到这么大的钱，而且实实在在地感受到了哥哥在极力照顾我们的自尊心，他不希望我们的病被人议论在社会的风口浪尖上。

杨大哥，谢谢您！您等着我，十年后，我会去找您，我一定会蜕变成一个比你想象中还要好的样子。

静秋翻着一页页由爱汇聚成的日记，她觉得自己拥有世界上最宝贵的财富，她用手小心地擦拭着原本就很干净的日记本，然后翻开崭新的一页。

10 月 10 日

截至今日，已经收到来自社会各界的爱心捐款 12 万 8

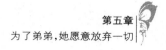

千元,接下来就准备确诊带着弟弟系统治疗了。

晚安,为了遇见明天更好的自己,加油!

静秋把合上的日记本抱在怀里,不知不觉地睡着了,她的脸上含着幸福的微笑。

第六章

这个家还有活路吗

给医生下跪

今天是静秋和最好的两个朋友一起去医院拿最终确诊报告的日子。他俩显得很高兴,他们认为拿到确诊报告的话,就意味着静秋和弟弟的病有救了,医生就可以给出具体的治疗方案了,不久静秋就可以和他们一起出去四处逛街、旅游了。

可是静秋一路上陪着他们笑的同时,却忧心忡忡,她想去拿报告,但是又不敢去拿报告,因为她害怕过早地被医生告知自己和弟弟患的是肌无力,她更害怕由自己亲自将这个残忍的消息告诉父母。

"静秋,你腿好了,你可要背着我上楼!"小雅高兴地说。

"当然啦,如果静秋腿好了,她得为我打半年的水,她都欠我多少壶水了!"松彬也开始逗静秋。

静秋微微笑了一下,并没有做太多的回应。

到医院了,两个朋友牵着静秋找到医生所在的办公室。敲了敲门,开门的是一个护士姐姐。

"请问您找谁?"护士姐姐温柔地笑着。

"您好,姐姐! 我找张医生,他是为我负责做活检报告的医生,我是他的病人徐静秋。"

话音刚落,只见一个戴着黑框眼镜的中年男人笑盈盈地迎了上来。

"静秋,你好! 我就是负责你的化验报告的医生,你是戴医

184

生的病人,他最近出国开研讨会了,你的化验报告已经出来了,现在由我来告诉你的病情。"

静秋看着张医生,多么希望这个初次见面的医生能够告诉自己,她和弟弟的病不是肌无力啊!

"医生",静秋把声音压得很低,用恳切的眼神望着他,"我和弟弟的病是不是还有救?"

"唉,其实你要知道,你现在能够保持这个状态已经很不错了,你先坐下,小姑娘。"医生扶着静秋慢慢坐了下来。

"静秋,对于你的病情,如果不方便的话,你的朋友可以回避。"医生望了一眼和静秋一起来的朋友。

"没事的,您直说。他们都是我最好的朋友。"静秋已经感觉到有一些不对劲了,噩梦的脚步好像一步一步地在向自己逼近。

"那好,本着医生的职责,我得告诉你实话。"医生顿了顿,接着说:"你和你弟弟的病情已经基本确诊了,你们患的是肢带型肌肉营养不良,也就是肌无力其中的一种。目前世界上还没有什么很好的药物能够医治。"

听到医生这样说,静秋的两个朋友睁大了眼睛望着医生和静秋。办公室里其他医生也都抬起头来看着静秋。

"那弟弟是刚刚开始得病的,应该可以控制不发展吧?"静秋还抱有一丝丝希望。

医生无奈地摇摇头。

"医生,你告诉我,最坏的结果是怎样,我们的病未来怎样发展,还有什么办法可以救弟弟?"静秋提高了音量,好像在审问着医生。

"准确地说,你的现在就是你弟弟未来的写照,而且你的病情现在靠自己的意志力控制的还算很好的呢。很多像你们这样的病人,过了十八岁就已经瘫痪在床了。我们现在能做的就是延缓病情,尽量将自己能站能走的时间延长点。"医生镇定地说。

"扑通"一声,静秋从椅子上一下子跪在医生的面前。

"医生,请您救救我的弟弟,他还小,他没有办法接受这个事实! 请您不要欺骗我,您一定是觉得我家穷,治不起对吗? 有很多爱心人士都在帮助我们,我现在手上有十多万。我可以放弃治疗,弟弟一个人先治着还不够吗?"静秋无力的双手支撑着腿部,她快跪不住了。

医生急忙蹲了下来,扶住静秋的腰部,企图将她抱起来,静秋使劲挣脱他的双手,继续坚持着。

静秋的两个朋友也连忙跑了过去,办公室里的医生们纷纷站了起来,无奈地看着跪在地上,瘦弱无助的女孩。

"孩子,这真的不是钱不钱的问题!"张医生一边拽着挣扎着的静秋,一边说:"我们北京协和医院的医疗水平在肌无力领域与世界持平,世界上任何一个国家都对这个病束手无策。孩子,我知道你心里难过,你快起来吧!"

"如果有条件的话,你们要采取一定的治疗控制和延缓病情的发展,而且你弟弟现在属于成长发育阶段,他的跟腱萎缩的非常厉害。建议做一个跟腱延长术缓解他现在走路的压力,但是这些都取决于你的家人。这些费用是巨额的,十多万也不能解决任何问题,而且唯一能做的,也只是延缓病情的进程而已。"

静秋看着蹲在她面前的医生,嘴角不停地抖动着。静秋根本没有办法接受这个现实,她多么希望医生能够给自己一个善意的谎言啊!

医生的话不仅仅击碎了曾经一直渴望考上靠近北京的大学的孩子的梦,更破灭了一个家庭所有的期待!

朋友和医生共同将呆滞的静秋抬了起来,放在躺椅上。

静秋觉得自己根本没有活下去的勇气了,虽然她心里早就预料到这一天会到来,可是真正到来的时候自己真的没有办法面对。

她不知道自己存在的意义是什么,她更不知道自己该怎样将这样残忍的现实告诉父母,那样残酷的消息由自己亲口告诉他们,无疑是自己拿着一把匕首亲手杀了自己的亲人一样残忍。

那天,她不知道自己是怎样和朋友一起回到宿舍的,她突然间觉得自己的时日好像并不长了。她突然特别想见到自己的家人,想和家人在一起做一切没有做过的事情。

"嘟、嘟、嘟",手机铃声响了,静秋看到是妈妈打来的,她拒接了电话,她不敢接电话,她害怕自己的情绪被妈妈发现。

电话一直在响着,小雅实在忍不住接了。

静秋害怕小雅不小心把事实告诉了妈妈,她一把就把手机抢了过来。

"静秋,孩子,诊断结果出来了吗?"妈妈温柔的声音使静秋更加难受了。

"妈,医生说没事呢!医生说我们的病还有的救,只是需要一段时间。"静秋故作轻松地说。

"啊!太好了,我就说我的孩子不可能像那个医生猜测的那样!我们好人一定会平安的!医生说了具体的治疗方案了吗?"母亲高兴又焦急地问道。

看到母亲满怀希望的样子,静秋实在不忍心将事实告诉她,她心里真的好难受。

终于静秋忍不住了,哇哇大哭起来。

电话那头的妈妈不停地叫着静秋的名字。

静秋一边大哭一边说："妈,我们就是得的肌无力,医生说我们再也治不好了!"

　　静秋再也控制不住自己的情绪,任泪水肆无忌惮地流下来。

撕了遗书

鹅毛般的大雪纷纷扬扬地洒落在地面上,北风猛烈地呼啸着,早晨没有暖气的南方显得异常的寒冷。而这寒冷对于身患重病的静秋和弟弟来说,更显摧残。

此时,一家人从北京回来已经整整一周了,静秋瑟缩地躲在被窝里,她的双脚在被窝里暖了一夜还是冰凉的,甚至开始麻木了。

"静秋",母亲一边敲着门,一边叫着,"静秋,快起床吃饭了!"

"妈,你们先吃吧! 我再睡会儿。"静秋用被子将头埋得更深,"我真的很困。"

"多少吃点东西再睡,好吗? 你都睡了几天了,静秋起来吃点东西!"妈妈在门外焦急地劝解道,她用力推了推门,可是卧室的门还是反锁地紧紧的。

"唉!"母亲无可奈何地叹了口气,就走了。

从北京回来,已经整整一周了,静秋保持这样的状态也差不多三天了,她一改往日的活泼乐观,整日躺在床上,不吃不喝。

静秋听到母亲已经离开了的声音,她的头小心地探了出来,她的卧室外是养育她长大的大别山,此时银装素裹。望着这雪白的大山,山下几百年的老松树,她的眼睛又酸涩了起来。

"我是有多久没有上过这座熟悉的大山了啊! 今生我还有

机会吗？儿时的自己在山的岩石上对自己发过誓,我要考上大学,走出大山,光宗耀祖!"

想着想着,她又咬牙切齿起来:"为什么? 为什么老天对我们一家如此不公平,剥夺了我的健康不说,还残忍地向可爱的弟弟抻去命运的魔爪! 还安排医托骗取爱心人士为我们姐弟治病的性命钱! 我该怎么活啊! 天呐,你给我一个答案!"

静秋把拳头攥得紧紧的,她真的愤怒了。

21岁的年轻生命,弟弟14岁的豆蔻年华,现在不仅仅失去了健康,还家徒四壁。

静秋处在人生的十字路口上,死亡的悬崖和向命运发起挑战的路口都在向她召唤。她多么想一死了之,这样天堂里就没有疾病了。

她颤抖着双手,扶着床沿,慢慢地坐了起来,从床头柜拿出纸和笔。

亲爱的爸爸妈妈:对不起,原谅女儿的不孝,当你们看到这封信的时候,女儿也正在天堂里微笑地看着你们。写到这里静秋再也控制不住自己的情绪,号啕大哭起来。

稍稍平静了一会儿,此刻,她的眼前仿佛出现了一幅画面:那是在自己的灵柩前,爸爸妈妈撕心裂肺地哭着,而路上的一些过路人有的在叹息,有的在凑热闹:他们家从此就垮了! 我说他们家孩子身体那个样子即使考上大学也没有出息吧!

想到这儿,她愤怒地将笔朝地上一扔,将纸撕成了碎片,"啪!"她狠狠地扇了自己一个耳光。

"你就这么点出息吗! 你还让家人活吗! 你怎么可以那么自私!"静秋内心的声音在嘶吼着,"我不想死! 我不可以死!"理智将她拉了回来,是的,她不想死,她要活。

哪怕自己的存在只是为了延续家人的生命,她也不能死,哪怕自己的存在就是为了给父母争口气。

坐在床上愣了半天。

她又想起了她的同学和老师,以及社会上的一些爱心人士,他们都以为静秋和弟弟一直在接受着很好的治疗,他们期盼着静秋早日回到课堂上来。

想到这些,静秋的情绪开始缓和了起来,流泪的眼睛被窗外映射的雪,刺得睁不开双眼。

她扶着床,慢慢地站了起来,几天没有吃饭的她,面色苍白,嘴唇发紫,走到门口头都晕的慌。

她打开了门叫了一声:"妈,你扶我下楼,我饿了,我要吃饭!"

妈妈听到静秋的声音,慌忙又惊喜地跑了过来:"快,好孩子,饿坏了吧,咱好好吃饭,身体养好了上学去。"

"嗯。"静秋眼里噙着泪地应了一声。

妈妈此时眼角边的皱纹更加深刻了,可是她的精神头好像越发地好了。

妈妈一定在故作坚强,静秋想着。

妈妈扶着静秋走路的时候,路过弟弟的卧室,门也紧紧地关闭着。

"静秋啊!你是姐姐,你看你带的好头,躲在房间不吃饭,弟弟可倒好,也把自己反锁着,你应该给弟弟树立榜样!"妈妈指着弟弟的房间说着。

静秋听了妈妈的话,什么也没有说,她也没有去敲弟弟的门,她觉得弟弟或许也在自我调整吧!自己不该打扰他。

还上学吗

村子里家家户户都忙着置办年货,打年糕。年味儿越来越浓了,南方的天气也开始慢慢转暖了。

今年家里经济非常窘迫,甚至连置办年货的钱都没有,更别提为孩子置办新衣了。以前静秋非常期盼过年的,因为过年就意味着,可以买自己想买的东西,可以收到压岁钱,还可以看着弟弟放烟花。但是今年不同了,弟弟每天不出门,吃饭要爸妈送到楼上去,自己呢?也无暇顾及什么漂亮衣服之类的。得空儿了,就让妈妈搬一张椅子,在家门口晒太阳,基本很少与人搭话。

爸爸妈妈一大早就出门了,静秋在家门口晒着太阳,慵懒地翻着书,她不时地朝着公路方向望去:爸妈已经出门快两个小时了,怎么还不回来?我想上厕所,自己也没有办法站起来。怎么办嘛!

静秋被尿憋得慌,她心里在埋怨父母不早点回家。

"静秋。"正当她噘着嘴翻书的时候,妈妈已经在公路上叫她了,爸爸妈妈手里提着大包小包的东西,满面欢喜地朝她走来。

"静秋,这是给你和弟弟买的新衣服,这一身是你的,你看你喜欢不?"妈妈一边说,一边把静秋抱起来。

静秋上完卫生间后,把妈妈买的红色大衣偷偷地穿在身上,她看着镜子里,被红色衣服衬托得可爱漂亮的圆脸蛋,觉得自己美丽极了!她的心情也开始敞亮了起来。她微微地晃动着身体,女孩子的爱美之心表露无遗,她发现活着真的是一件美好的事情! 可以感受到美,可以看见美,可以做更美的自己。

静秋赶紧脱下衣服,拿在手上,她走出卫生间,看到在门口等候她的妈妈,羞涩地低着头,小声地问了一句:"妈,你哪里来的钱,给我和弟弟买衣服?"

"这个你就别操心了。过新年给你们添置衣服是一年里必须要做的事情,我和你爸爸这点儿事还是办得到的! 你穿着合身吗? 喜欢吗?"妈妈微笑着说道。

"嗯,喜欢。"静秋头埋得更低了,虽然她心里很明白,这买东西的钱可能是父母向别人借的,但是她内心还是极度欢喜的,她真的很开心。

"静秋,你坐,妈妈有话对你说。"妈妈把静秋牵到厨房的火炉边,坐了下来。

"十月下旬一直到现在,你都在治病,已经好久没有上学了。大学咱已经念到大二了,这过了春节,马上就要开学了,你还想继续念书吗?"妈妈小心翼翼地问道。

静秋听到妈妈的话,她放下了新衣,假装不痛不痒地回了一句:我想想!

上学? 还是不上学? 我是否还能指望着上学改变我的命运?

与爸爸妈妈求医以及在家休养的这段日子里,她早已习惯被人照料,可以肆意发脾气的日子了。她可以不用独自忍受吃饭都要鼓起很大的勇气的事情,她可以不用自己每天迈着随时都可以瘫软在地的双腿,赶着路去上课。她可以减少很多摔跤,她可以每天无忧无虑地陪伴在父母的身边。

静秋开始想逃避去学校的问题,或许在家养病是我最好的打算，一定不会有人指责我的，因为我是病人，我理所当然要得到休息！

静秋觉得这种想法很安逸，很理想。

你的一生就在农村待着，做爸爸妈妈的啃老族？当你父母年迈，自己都迈不动双腿的时候，躺在床前需要一杯水，你也没有办法为他们端去，然后一家子活生生地饿死？你没有情感？你眼睁睁地看着身边同龄的发小、同学结婚生子，而你就傻待着，感叹老天对自己命运的不公？你现在贪图的，是不是祥林嫂未来的写照？徐静秋！你确定要这么做？你确信你要放弃辛苦多年考来的大学？你就是一个怂包！

静秋在作着强烈的思想斗争，她很烦，她想逃避，但是内心却总有指责的声音。

第七章

还能行走就是幸福

跪着也要念完大学

今天已经是正月初三了，从初一开始村子里凌晨六点就开始放起了鞭炮。这是大家在迎接来自己家拜年的亲人。

拜年这种事，静秋只能在自己模糊的记忆里去寻找了，那时候，她很小，爸爸让自己骑在他的肩膀上，一家一户地四处去拜年，其他的细节她早已忘记，唯一不能忘记的就是，那时候她很开心、无忧无虑，还有爸爸坚实的臂膀在保护着她。再后来，她行动不便了，静秋总在家里盼望着拜年的弟弟早些回来，然后分享拜年得来的压岁钱。

现在不同了，弟弟依旧除了吃饭，在楼上不肯下来，而自己却还在纠结自己要不要上学。

静秋扶着大腿和楼梯扶手，慢慢地，一步一步地爬上顶楼的阳台，她让妈妈搬了一张椅子，坐在阳台上，无助地望着蓝天。

"我不想去拜年！"静秋睁开被太阳晒得懒洋洋的眼睛，她顺着声音的方向向楼下望去。

只见爸爸被妈妈从家里推了出去，爸爸极不情愿地被妈妈逼出门拜年。

"我不去！"一阵怒吼从楼下传来，静秋一听感到不妙，她把凳子移到阳台的栏杆上，然后扶着栏杆，艰难地撅起屁股站了起来。

"爸爸这是怎么了？"静秋一边慢慢地下楼梯，一边在自言

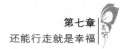

自语。

等到他下楼，眼前的一幕让她无比心酸。爸爸在不停地用头撞击着墙，嘴里还呢喃着："我拜什么拜啊！人家的孩子健健康康地和爸妈出去拜年，我的孩子被我养得路都走不了！我有什么资格去拜年！我不去！"

母亲在一旁劝说无效，索性就任他撞墙，自己不停地抹着眼泪。

一向淡定沉着的爸爸，今天的反应让静秋很难过，她不知道如何做才能够抚慰爸爸。静秋的眼泪再也止不住了，她的嘴里突然蹦出来五个字："爸，我还上学！"

爸爸的头突然停止了撞击，他意识到了自己刚才失控的行为，赶紧抹了抹眼泪，望着静秋。

静秋甚至自己都不清楚，纠结了这么多天还上不上学的问题，居然在这种情况下，作出如此的决定。

她的内心纠结了，只有她自己明白，接下来在学校坚持的道路对她有多难，她能不能全程坚持下来，她能不能完全忘却自己的疾病，像以前一样满怀希望地学习生活，她能不能不在巨大的压力下，选择轻生？

这些问题她自己都没有办法回答。她目前能够想到的就是爸爸妈妈能够尽可能地不被这个病影响日常生活，尽可能地为家庭减轻一些负担，尽可能地为这个家还燃起一线希望。

静秋慢慢地走进了自己的房间，屋外还响着一声又一声的爆竹声，但是那与她没有任何的关系，她所要想的，就是如何好好地独自面对返校后的生活。

她躺在床上，无意间看到书架上史铁生的《我与地坛》的封面，她马上想起了一句话："死是一件不必着急的事。"

一个戴着一副黑框眼镜，目光深邃、头发稍稍有些卷曲的文艺青年，在北京地坛公园里坐在轮椅上，仰望着蓝天。

这就是静秋看过史铁生的照片，想象中他的样子。

能说出"死是一件不必着急的事情"，这样一句看似不惊却极有力量的话，那是他在瘫痪与生活之间，向死神多少次接近发出的呐喊啊！

二十二岁那样一个青春年华，他再也不能行走了，那时候他的世界一切都是黑暗的，他漠视着亲情，也根本再也想象不到自己的生命中会再出现属于自己的姑娘。

静秋想着：如今，我也是正值二十二岁的年华，却也被下了命运的魔咒，我如今有上大学的机会，我该要如何？我是选择坚强地接受面临的一切挑战？还是在家"坐以待毙"？

她不自觉地又开始犹豫了，她又回到了是否要坚持上学的问题上，这真的是一个需要很大勇气去确定的问题。

史铁生的后来呢？她不禁又开始回想：后来，他母亲去世时眼睛都闭不上，她死死地抓着女儿的手说：孩子，你一定要好好照顾哥哥！然后她就离去了。史铁生以为自己就应该这样堕落下去，可是他终究还是拿起了笔，这样一发不可收拾，最终他成为了中国著名的作家，属于他的姑娘也悄然走来，他还拥有了自己的孩子，不仅不需要妹妹照顾，反而成为家族的骄傲。

倘若史铁生早些悟出这些道理，早些拿起笔，他的母亲定不会含泪离去。

静秋将思绪又回到了父亲身上：当时母亲接受不了报告单，爸爸多么沉着冷静地抗了下来；可是今天父亲却因为我们的病，痛苦地不想出门拜年甚至撞墙。如果我再每天在家里无所事事，父母终会抑郁成疾，所以我必须得坚持上学！

相比史铁生,我是幸运的,我目前还可以行走,我还有可以借鉴他的例子,他有属于他的姑娘,那我也一定会有属于我的白马王子。只是时间早晚的问题。

这时窗外拂过一阵春风,像母亲的手拂过面庞。

我还要上学,我还可以行走,我要珍惜每一件目前可以做的事情,我要珍惜每一个可以行走的日子,我要与时间赛跑!

回校的火车上

元宵节刚刚过去,是所有的学生娃们正式返回校园的时候了。

正月十六的一大早,静秋慢慢地走到正在做早饭的妈妈身边,站了一会儿,开口道:

"妈,我想我已经请了这么长时间的病假了,我应该回去了。"大二上半学期到了,静秋在家思考了很长的时间,决定重返校园。

"那你的火车票还没买?"妈妈眼睛里一闪一闪的,是希望,是泪花,是惊讶,还有一丝担忧。

"妈妈,就是明天的火车票,我在网上提前预订的!"静秋微笑着说。

"让你爸爸送你?"

"不了,妈妈,以前不也是我独自坐火车的吗? 到站的时候会有同学接我的,你放心!"静秋推辞了。

"嗯,那让爸爸明天送你去火车站,家里的事情你别管,在学校好好学习,没有生活费就提前给家里打电话。"妈妈的声音颤抖着,她的眼神里藏着不舍、担忧,种种送别静秋不一样的复杂情绪,都表现在母亲混浊的眼睛里。

"妈,你放心,我会好好照顾自己,我会努力加油地完成学业,我还是您引以为傲的女儿。"静秋假装镇定地说着。

第二天早上八点,父亲背着静秋上了火车,静秋开始了又一次的独自回学校的旅程。

她坐在火车的车窗边,看到父亲迟迟不肯离开,静秋的眼泪瞬间就涌了出来,她知道这次回到学校的不一样,心情更加不一样,她也仅仅只有 22 岁啊！未经世事的女孩,此刻面临的是生命的活法,这个深奥的课题在她如此小的年纪,需要她独自去探索。

"哇哇哇！哇哇哇!""一个对子!""走!"

火车上婴儿的啼哭声,几个年轻小伙子玩牌的声音,有些乘客睡着的呼噜声。把静秋扰得更加不安了,她又开始胡思乱想了:这一走,我真的会坚持住吗？我还有多长时间可以走路,我以这样的身体,可以预知的惨痛未来,这样坚持求学还有意义吗？我可以强大到,自己都快失去行动能力了,还傻子一般的向所有人证明我很坚强吗？我该如何面对接下来独自一人在大学的生活？静秋的内心极度挣扎,虽然踏上了独自回校生活的旅程,但是她依然没有信心来面对接下来的一切,不是不能面对,而是面对了又能够改变什么呢？

动荡嘈杂的火车车厢里,静秋掏出了一支笔,还有自己的日记本。她想写点什么让自己平静下来,仿佛有很多东西要写,要倾诉,可是手一拿起笔,她就开始颤抖着,不知道从何写起。

静秋望着窗外,火车驶离的速度越来越快,慢慢地地形从巍峨的大别山到小小的山丘,而后就是广阔的平原。

望着这样变换的风景,她的头开始疼了起来:现在我开学就是大二上半学期了,我还要考研究生吗？我还要努力地去学习,学习一定要前三名吗？

想到这里,她的压力很大,因为从小过惯了尖子生的生活,她的眼睛里容得下的只有优秀,这些关于名利、荣誉的东西让她无法释怀,她自己清楚地知道,在没有家人陪伴的情况下,她没有办法全身心地投入到学习上,因为每天大部分的时间她都用于如何生存了。

静秋闭上了眼睛,有点不服输,她抓住了头发,咬牙切齿的。

此时她无法将人生的功课与学校的功课清晰地分开,她还是要强地想变成校园意义上的"优秀"!

想着想着,她不知不觉地睡着了。

"啊!"火车的一个晃动,把静秋惊醒了。

她面前的桌子上还静静地躺着空白的笔记本,看了一下时间,已经是下午三点半了,还有半个小时就到站了。

静秋草草地划了几笔"我又回到学校了!"然后将日记本和笔塞到书包里了。

"滴、滴、滴",静秋的手机收到了一条短信:"静秋同学,你快到站了吧? 我已经在天津站了,你放心,不要着急,到站我接你!"

静秋收到了一直自告奋勇要接静秋的学长的短信,她的心里暖暖的,自言自语道:"若不出来上学,我也不知道有这么多好心人,这么多人在关心着我。"

一切感觉不一样了

"静秋，你要照顾好自己！有什么需要帮忙的，打电话给我！"学长帮静秋把东西送到她的宿舍后，就和静秋告别了。

"谢谢学长！"静秋送他到门口，目送着他远去。

"咕咕咕……"静秋的肚子已经饿得直叫唤了，此时已经是傍晚五点钟了，静秋什么也没有想就拿着饭卡，像平常一样朝食堂走去了。

静秋还是那样，走路有些摇摆，一步一步地迈着，可能是因为在火车上太过疲惫，今天走路的姿势更加难看，步伐也越发地沉重，身体也好像失去了平衡，随时要瘫软在地的样子。

走着走着，几个女孩时不时地朝着静秋这边瞅瞅，她们个头高挑，皮肤白皙，很漂亮，而静秋呢？光一个走路姿势，都使她将头深深地埋了下去，她此时好像没有之前在大学校园里的自信了，一个声音从她内心深处蹦了出来："我的病没有办法治好了，只会越来越严重，我不会好了！我和别人不一样！我是一个重病患者！我是不治之症患者！我是一个残疾人！"

那几个瞅着静秋走路的女孩已经远去了，静秋的步伐虽然也在艰难地移动着，但是她的内心却在一路挣扎，她甚至开始不看路，东张西望地，一路搜寻着谁在看着她，她仿佛觉得校园里的树木在笑她，枯草也在笑她！

不知不觉地，静秋一路敏感地来到了大食堂的门前，但是她却在门前犹豫了,她曾经熟练地扶着走过了一年多的食堂旁边的墙,现在她就站在那里,目光呆滞着,不知道自己要做什么。

食堂的门口进进出出着许多同学,大家的节奏都很快,有的从食堂出来背着书包去自习室,有的吃完饭拎着壶去开水房打水,静秋呢?就像一个呆子一样,傻傻地站在食堂底下的台阶下。

不是静秋去买不了饭,而是她不想让大家像看怪物一样看着她,好像此时此刻,全校人都知道,徐静秋得了不治之症,她是一个残疾人!

"咕咕咕……"静秋的肚子不听使唤地叫着,静秋极其不情愿地向可以扶着上台阶的墙那边移动着步伐。

她左顾右盼,撅着屁股,每爬上一个台阶,她就要朝四周望一望,脸上烧得火辣辣的。

终于爬到了食堂的大门口,她松了一口气,打开食堂门帘的那一刻,她的脚有一些发软,食堂里坐满了人,她又开始注意走姿,特别害怕被人知道自己与别人不一样。

她还是硬着头皮进去了,屏住呼吸,走到食堂门口最近的一个卖烧饼的窗口,随便买了一个烧饼和一碗粥,就急匆匆地出去了。

其实一天在火车上都没有怎么吃东西的静秋,此时多么希望能够买一份热腾腾的饭菜,大快朵颐一番。可是此时她想的就是如何才能躲避大家,如何才能尽快地买到饭回到宿舍,那个临时可以找到安慰的避风港里去。

静秋怀揣着已经发凉的烧饼和粥,恨不得闭上眼睛火速飞奔到宿舍。

她的耳边一直在回响着一个声音:你是残疾人,你和大家不一样!

　　就这样,静秋不知道怎样回到了宿舍,具体回来的路程她已经模糊了,但是她始终感到背后有一群灼热嘲笑的眼光在狠狠地盯着她。

　　她回到宿舍后,一屁股坐到凳子上,拿着发凉的烧饼,机械地啃着,啃着啃着,她又号啕大哭起来。

　　"为什么? 为什么我要知道事实? 我还有多长时间可以行走? 我回到学校到底干什么? 给别人看笑话吗? 考什么研究生啊! 大学我还能坚持下来吗?"

　　以前一直抱着"我只是生病了,以后会好的"这样的心态在学校学习生活,遇到的困难都会想办法去解决。而如今呢? 早已经克服的生活困难,按理说早已不应该是困难,而应该像以前一样生活,但是现在做不到了,因为骨子里,我知道我是一个或许连残疾人都不如的重病患者! 这是一个无法更改的事实!

　　静秋真的没有办法再抱着正常人的心态,去积极地生活了。

　　希望都没了,生活还有什么意思? 静秋哭着问自己。

　　天慢慢黑了,静秋躲在被窝里,痴痴地发呆。

一本书的魔力

漆黑的夜幕,几只跳蹿的野猫让夜更显几分悲凉,静秋失眠了。

白天的那种感觉,使得她一想起来心就怦怦直跳,那种紧张感,不安感,所有消极的情绪席卷全身。说句实在的,她真的有一种想回家的感觉,因为太难了,难的不是身体上的束缚,而是她走不出来自己从此以后要服从命运,成为一个"残疾人"的阴影。

她满头大汗,努力地想闭上眼睛,但是越试图闭眼睛,她越能够感觉到自己呼吸的急促声,大脑的疼痛感,还有紧绷的神经。看来,努力强迫自己什么都不要想,并不能得到减压的效果。

于是,静秋扶着床,慢慢地站起来,借着手机的光亮,打开了宿舍的灯。

静秋慢慢地坐在了书桌旁,起初她并不知道自己要干什么,就坐在那里发呆,烦躁想哭的情绪,折磨她痛苦不堪,她难以想象自己每天带着这么多的负面情绪,如何在大学里生存下去,如何带着羸弱的身体面对每天都要继续的生活。

她习惯性地打开了手机,试探性地在百度搜索栏里搜索关于树立正能量情绪的书籍,实际上产生这个举动,她也是仅仅抱着无聊的态度,她觉得很难有一本书能够给她解救出来,她清楚的知道,她愿意深陷泥潭,放纵自己。

搜索键一按,一本正能量系列的书籍就跳了出来,作者是国外的一位伟大的心理学家。静秋把嘴一撇,不屑一顾地翻开了电子版,她心里鄙视着这个作者:都是些什么文章啊! 还是正能量系列! 肯定胡诌的,我就不信会拯救我!

静秋一边想着,一边翻着,无意中她看到了一个"体验式表演":通过让演员控制自己的行为,继而在舞台上感受到真实的情绪。静秋皱了皱眉,稀里糊涂地跟着一起做了。

她坐到了镜子前,按照要求放松自己额头和脸颊的肌肉,嘴唇微张,然后将嘴角的肌肉向耳朵方向上拉。尽可能地大笑,笑到眼睛周围的脸颊上开始出现皱纹。最后,将眉部肌肉轻轻抬起,保持这个表情二十秒钟。最后,收起表情,想想自己现在的感觉。

做完这个实验,书里反问了一句:你是不是比实验开始前快乐了一些?

很神奇,她不得不承认自己眉头舒展开了,心情舒缓了许多。

这一下可把静秋吸引住了,她像被施了魔法一样,大脑越来越清醒,一直往下读。

读着读着,静秋的眼睛开始发光:这说的可不就是经常喜欢拖延的我吗?

如果你现在处于消极的情绪,你想改变你自己,但是隐隐约约你又告诉自己:算了,今天已经有什么事情耽搁了,明天吧! 这就是阻碍你改变自己的负面情绪,它们告诉你,内心深处你并不想改变自己。

她恍然大悟,自言自语道:从今以后,说什么时候的事就什么时候做,不许拖延,我看会发生什么变化!

越读静秋感到越兴奋:你觉得你现在很糟糕,什么都没有?那你问问你自己,你是否是一个肢体残疾的人,是一个遭遇重大灾难的人? 你觉得自己一无所有? 如果你是,那么恭喜你,你的条件里又拥有了一项别人用多大财富都拥有不来的人生经历,它或许就是你日后成功的资本,请你善待它!

这可不就是为现在的我写的书吗? 原来这都是我的财富,别人无法用金钱、名利换来的财富!

如果你内心有一个非常急切的梦想,可是却迟迟不肯行动。那你可以把这个梦想告知你身边的人,越多越好,你要相信知道的人越多,给你带来的行动力与压力就越大,而且说不定在你的生活圈子里有人可以帮助你实现这一梦想,最后你肯定会往你想实现的领域里越靠越近,自己就会吸引这一领域的人。

对,我是一个有梦想的女孩,我要告诉全世界! 我决定抛弃不良情绪!

静秋对着镜子大叫了一声,然后嘴角上扬,微笑了起来。

此时虽然天已经大亮了,但是她依然睡不着,她又将笔和纸拿了出来,给自己列了一个清单,写到:

1. 我拥有的财富:与众不同的肌无力女孩独自求学的经历,爱我的父母,目前还拥有正常人百分之六十的行动力,还有五官端正的相貌,善良的品性以及坚韧的毅力。

写到这儿她觉得自己真的拥有宝贵的财富,满足地呵呵傻笑着。

2. 我可以做的事情:每天可以起早去锻炼身体,每天可以正常地上课,我可以走慢一点去小店、去食堂买东西,我可以面对大家的善意报以微笑,我可以自己洗衣服,我可以自己慢慢打扫卫生,我可以慢慢地行走,我可以通过阅读书籍来塑造我的性格。

　　写到这儿,她的心里一直有一股积极的力量在奔涌:"我可以,我可以!"

　　3.我的目标:每天自己锻炼身体,自己独立吃饭,自己认真上每一堂课,每天看一定的与心理有关的书,充实快乐地过完每一天。顺利将大学上完。

　　静秋这样一列清单,她发现自己会做的事情还有好多好多,一下子心情就舒畅了许多,慢慢忘记了疾病的存在。

　　"对,从明天开始就这样做!"她给自己打气。

　　她的眼皮开始慢慢地沉了下来,她睡着了,脸上却挂着笑容。

消极被我抛在脑后

"滴滴滴""滴滴滴",早晨六点钟,闹钟就响了起来,她揉着惺忪的眼睛,一副慵懒的样子,特别想赖床。

"再睡一分钟就起来!"静秋准备再睡一会儿!

"不行,你的行动多拖延一分钟就说明你根本不想起床!"静秋一下子清醒了,她想起了正能量系列书籍里写的东西。

于是她扶着床用尽可能快的速度穿好衣服,准备洗漱。今天是一个不一样的日子,因为从今天开始静秋决定在规定的时间,做好规定的事情,充实地过完每一天。至于消极嘛,等一天该做的事情做完了再想也不迟!

静秋轻手轻脚的,大约花了半个小时,她就洗漱完了,她穿上了过年的时候妈妈给自己买的红色大衣,手支撑着墙梳理好头发,然后对着镜子,又开始进行《正能量》一书里的实验,放松额头,嘴角上扬,微微一笑,准备神采奕奕地出门。

她背起了书包,拿着钥匙准备开门的那一刻,她的脚又往里面缩了一下,她心里明白,她还是很害怕外面的眼光,此时完全是一种想摆脱这种情绪的行动力在推着她向外走。

"什么都不要想,现在我就是要去操场走四圈,这是我现在的任务,任何事情都要等任务完成再说。"静秋一边鼓励着自己,一边走出了宿舍门。

早春的北方清晨还是有些许的凉意,夹杂着风,静秋小心翼翼的,此时天还没有大亮,起床的人并不多,校园里安静极了,而且空气格外的清新,这时候她的思想上没有任何枷锁,因为没有人,而且空气好。自己不论怎样的走姿都不用在意。

十分钟左右,静秋就来到操场了,虽说校园里的人不多,但是操场上有许多跑步的同学,晨练的老人。这一下子就让静秋胆怯了,她在操场外的栅栏边看着他们,不敢进去。

"怎么办?我进去在那里光走路,别人会不会认为我有毛病啊?我应该进去吗?"静秋驻足着,犹豫着。

"走完四圈我就出来,如果有人看我,我就对别人微笑!"静秋大着胆子走了进去,她进去的时候显然没有什么自信和底气,只是她答应给自己的这个任务逼着她在前进。

静秋慢慢地在操场上一步一步地走着,她的身边时不时刮过一阵风,都是跑步的人从她身边经过带动的。她假装不看周围的人,实际上她眼睛的余光在窥探着是否有人在看她。

第一圈,走过去了,没人看她。

第二圈,走完了,还是没人注意到她。

第三圈,静秋索性就不看周围了,她在认真地走路,额头上也渗出了细密的汗珠,但是她此刻关注周围环境的注意力已经减弱了很大一部分,她感受到的是运动给自己带来的身体热量的变化。

第四圈,她很高兴,终于早晨的第一项任务就快完成了,她有一种成就感。

锻炼完身体以后,她站着歇了一会儿,就去吃早饭了。

此时校园里已经变得很热闹了,大家都纷纷地跑向食堂,果然,静秋敏感的神经里,看到了几个看着自己走路的陌生同学。

她的脸又开始滚烫起来,自己就像落网的鱼一样,被消极的情绪包围了起来,她忘记了昨天看了什么书,给自己带来了怎样的勇气,她又开始习惯性地东张西望,想恶狠狠地盯住朝自己这边看的人。

"保持镇定,你试着放松额头和脸颊,嘴角上扬,尽可能地挤压脸庞。"一个积极的声音开始在静秋内心深处响起。

静秋开始这样做了,她缓和了一会儿,没有停止过走路的步伐,走路的过程中依然有同学时不时朝她这边望了望,她压住心底的气,假扮微笑。

这时刚才朝她这边望的帅气男孩看到了她的微笑,也还了她一个温暖的阳光般灿烂的微笑,一瞬间,静秋的心被融化了,她开始欣喜,开始觉得路人所有的眼光都是温柔的。

她开始告诉自己:别人看我一定是觉得我坚强,一定是善意的!

避过高峰期,静秋还像以前一样,扶着墙上食堂前的台阶,顺利地买到了自己的早饭。

她的心里无比的满足、激动、富有成就感,因为她战胜了刚才的消极情绪,又完成了今天的一个任务。

正当静秋高兴地拎着早饭准备去上课的时候,一个声音从背后传来:"徐静秋!你回来上课了?"

静秋的心里有些紧张,听声音这么熟悉一定是给自己上课的老师,她会不会问到我的病情?如果我告诉她我的病再也治不好了,她会不会很难过,很失望?等会儿我怎样去面对老师和同学们呢?

静秋一边担心,一边慢慢地转过头:呀!果然是我的授课老师,真是怕什么来什么!静秋心里嘀咕着。

只见老师竖起大拇指,脸上堆起了笑容:"静秋,你真棒!看起来你恢复得很不错,走路也好了不少!接下来如何治疗呢?"

"真的吗?我看起来精神状态很好?我走路也好了很多?"听到老师这样的话,静秋心里安慰极了,刚才的担心也放下了不少。

"老师,医生说我目前的状态很好,现在一直在用药物治疗,老师放心吧!"静秋撒了一个小谎,她觉得这种方式于自己于老师,仿佛都没有压力。

"那老师就放心了,老师先不说了,快上课了哦!再见!"老师说着就道别了。

"再见,老师!"

望着善良温柔的老师离开的背影,静秋慢慢感受到,围绕在自己身边的都是爱护我、帮助我、关心我的老师和同学们,我为什么要用恶意的、敏感的情绪,像刺猬一样去扎他们呢?我要勇敢,我要积极起来!

静秋不断给自己积极心理的暗示,一边暗示,一边慢慢微笑着去上课。

用这种完成任务的方式,静秋充实快乐地过完了一整天。

晚上,静秋躺在床上,虽然身体被一天的忙碌折腾得很疲惫,但她显得很开心,因为一整天虽然偶有负面情绪,但是都会很快地被行动所代替。

一天中最悠闲的时间就是晚上躺在床上的时间了,按理说这个时候有大把的时间来顾影自怜,产生负面情绪。可是静秋怎么也想不起来,她反而有一种窃喜感:一天都被我过完了,即使有负面情绪,现在爆发也不会对我有什么影响了。

偶然看到《大王小王》栏目

北方的五月傍晚开始有了夏日的闷热,天也暗了下来,现在是傍晚六点钟了。

"婷婷! 今天咱们就辅导到这儿吧! 看天气要下雨了,你早些赶回去! 不懂的你回家再标记一下,明天上午早些过来,我再帮你辅导!"静秋微笑着与自己补课的学生说道。

"好的,静秋姐姐,那我先走了,你要小心啊!"婷婷一边说着,一边收拾着课本。

静秋艰难地站了起来,送她到宿舍门口:"婷婷,再见!"

"姐姐,你快回去吧!"

一晃一年多了,婷婷也长成大姑娘了,健康美丽活泼可爱,学习也进步得非常快。静秋不由得感慨了起来,有一丝欣慰。

"呀,好久没有给妈妈打电话了,弟弟现在不知道怎么样了!"看到与弟弟年纪相仿的学生,她突然想起了弟弟。

于是,她急切地掏出手机,拨通了妈妈的电话。

"喂,静秋啊,今天没有上课吧? 吃饭了没有啊? 最近身体没有什么不舒服的地方吧?"妈妈接到静秋的电话,关切地问了起来。

"妈妈,我好着呢! 刚刚做完家教,一会儿去吃饭! 弟弟呢? 弟弟怎么样了,我要和他通电话!"

"唉,你弟弟不会接的,他还是不肯去上学,除了和我还有你

214

爸爸偶尔说个话,其他人都不理!吃饭都要我送到楼上去!"

静秋听到这些,心就像被刀割一样,她自己不知道最后和妈妈稀里糊涂地说了什么话,就把电话挂了,她的心情变得低落了起来。

眼泪在眼眶里打着转:我怎样才能帮助弟弟重新树立起积极的生活态度?我又有什么资格去要求他一定要振作起来呢?作为姐姐,我像他那么大的时候,根本不知道自己得了什么病,只是知道自己要考上大学,然后给自己治病。可是……可是弟弟这么小,他就知道了事实的真相。

静秋想着想着,特别心疼弟弟,她和弟弟得了一样的病,只有她自己才能够切身地体会弟弟的感受。

"如果十四岁那年,我就知道了我患有这种疾病,不可治愈,可能越来越严重的病,我能不受影响,努力求学吗?我还对未来抱有期望吗?我可能比弟弟现在还要消极!"

这段时间以来,静秋都是抱着积极乐观的态度,在大学校园里每天充满正能量般地生活着,她每天过得很充实,很快乐,这次和妈妈通电话,弟弟的情况再一次戳中了她的痛点,作为姐姐,她没有办法只过自己的生活,置弟弟于不管不问!

她低落地坐回到电脑桌的旁边,不想吃饭,不想动。

"静秋,你怎么了?"室友从外面回来,看到静秋愁苦的表情问道。

"哦,没什么,就是心情有些低落!一会儿就好了。"静秋缓过神儿来说道。

"有什么事情能够让我们这么自恋脸皮厚的丫头这么低落啊!对了,今天在朋友空间里看到了一期《大王小王》的节目,看到一个非常阳光、特别有正能量的女孩,看到了她,我就想起了你，我觉得你也有资格上那个节目。我把那期节目已经分享到你的QQ上，你要闲着没事，可以看看哦!"室友说起那期节目的女孩，一脸崇拜敬佩的样子。

"嗯，谢谢，好的!"静秋随便答应了一下，"弟弟的事情我都还没有着落呢! 还有什么心思去看节目，报名参加节目呢!"她心里想着。

"我看到了一个非常阳光、特别有正能量的女孩!"室友的这句话又猛地从心底冒出来了。

"是啊，看看也无妨，说不定我可以从这个女孩身上得到一些启发，能够帮助弟弟走出来呢!"

静秋一下子就"活"了起来，她赶紧打开电脑登录QQ，点开那期节目。

一个失去双臂的女孩出现在电脑屏幕里，她自信地用流利的普通话，向主持人诉说着她的故事。

静秋一下子被她吸引住了，她感到此时此刻女孩的身后好像生出了一双翅膀，她是那么的美，自信而从容。

"听说你有一段刻骨铭心的爱情，现在拥有了一个幸福的家庭。"主持人问道。

"是的，我的宝宝一岁多了。"女孩幸福地羞涩笑了起来。

主持人和女孩在台上一边说着，背景墙上的大屏幕就出现了她和她的先生，还有宝宝、婆婆一家幸福的照片。

"你和他恋爱的时候一定遇到了很多的困难吧?"主持人问道。

"是的，我婆婆一开始……现在我们就像亲生母女一样。"

台下响起了一阵又一阵的掌声。

40多分钟的节目很快就结束了，但是无臂女孩的笑容深深

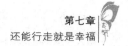

地感染到了她,她看到节目结束后,有一个节目热线电话,她赶忙记了下来,她不知道为什么要记下电话,但是冥冥之中,她却觉得她肯定与这个栏目有一种说不清的缘分。

被《大王小王》栏目组邀请

　　静秋走在校园里的林荫小道上，微风轻轻地拂过她的面庞，广播里放着动人的音乐。这是下午放学后，大学校园里常见的一幕。

　　她停下脚步，扶着路边的座椅，慢慢地坐了下来。她的眼睛直直地看着不远处的双子湖，脑海里却一直在想着几天前看的《大王小王》节目里，无臂女孩的灿烂笑脸。不自觉地，她拿出了手机，开始盯着她记住那个栏目的热线电话，手不由自主地想拨出去。

　　她的心怦怦直跳：这个节目可不可以帮助弟弟走出阴影呢？我是不是可以求助一下呢？

　　静秋自己在纠结、在忐忑，她知道这是一个励志类型的栏目，她不敢确定自己向栏目组求助能否符合录制节目的要求，更不敢奢求是否能得到对方的回应。

　　她犹豫的过程中，手一颤，把号码拨了出去，她吓得赶紧把手缩了回来，停止了拨号，刚才的举动好像惊魂一般。

　　"你不试一试，怎么知道对方一定帮不了你呢？即使帮不了忙，那边没有回应，你也不用这么紧张吧！又不是什么丢人的事情！"静秋把手放在胸口上，自我安慰着。

　　她这样一想，立刻就有了巨大的勇气，于是她再次拨出了这个热线电话。

"嘟嘟嘟,嘟嘟嘟",连续响了七八下,都没有人接。

静秋有些失望又有点庆幸:怎么样,试试也死不了人吧! 她有点自嘲,就拿起手机,扶着椅子上的靠背,慢慢地站起来,准备回宿舍了。

很快求助于《大王小王》的事情,静秋就忘了,她也不抱什么希望了。

两天后的一天晚上,她收到一个来自北京的短信:"您好! 我是《大王小王》栏目组的编导,如果您有什么特殊的正能量的事迹,请简洁的用文字编辑到我的邮件里,等我下班后会与您联系!"

静秋看到这条短信,感到无比惊喜,她根本不敢相信这是真的,她觉得自己真的是无比幸运,有什么想法总是尝试着就成功了,她恨不得忘记了没有力气的双腿,要跳起来转圈。

正当高兴着,她的眉头又皱了起来:这是需要正能量的事迹,而我需要找他们帮助弟弟走出来,这是不是与他们要求不符啊,我应该怎么整理我的资料呢?

这让静秋一时又发起了愁,她心里很慌:这是我好不容易争取过来的机会,一定要好好想想怎样才能有亮点,让栏目组愿意帮助我们。

"正能量? 正能量?"静秋小声嘀咕着。

"有了,我自己独自在大学求学不就是一个正能量的例子吗?"静秋眼前一亮,"我也挺积极阳光的啊!"

"可是……可是怎样把我的正能量与弟弟走出来联系在一起呢?"

"我是不是可以让栏目组拍一个我在学校独立生活的视频,然后告诉弟弟自己想对他说的话,这样就联系起来了?"静秋左思右想，觉得这是唯一一个可以衔接上的地方。

于是她马上编辑了起来："编导姐姐，您好！我是一名肌无力的在校大学生……"

静秋把自己的情况与弟弟现在的处境，以及想帮助弟弟重拾信心的愿望仔细地写在了电子邮件里。

按完发送键以后，静秋长长地舒了一口气，但是她的神经并没有放松，她害怕这个选题并不会被选上。

"上天保佑，上天保佑！"静秋在祈祷着。

从那以后的几天，静秋每天都寝食难安，她在等栏目组的消息，但是迟迟没有人打电话给她。

"嘟嘟嘟""嘟嘟嘟"，静秋在阳台上晾衣服的时候，她的手机响了起来，她立马放下衣服，恨不得跑过去接电话，她既兴奋又紧张。

"喂，你好！请问你是徐静秋同学吗？我是《大王小王》的编导，收到你的邮件以后，我们都被你刻苦求学的精神所感动，还为你强烈的家庭责任感所动容，我们决定与你共同帮助你的弟弟走出来！"

一个温柔甜美的姐姐的声音从电话那边传了过来。

"真的吗？真的吗？姐姐！"静秋忍不住地哽咽了起来，"谢谢姐姐！"

"是的，你这样的孩子就是我们要寻找的孩子，是值得帮助的孩子，我们已经将录制的时间选在你暑假期间，8 月 13 日，邀请你们全家来北京录制节目！"

挂完电话后，静秋真的欣喜无比，她觉得自己是世界上最幸运的孩子，于是迫不及待地给妈妈拨去了电话。

"喂，妈妈，湖北卫视《大王小王》节目邀请我们全家 8 月 13

日去北京录制节目,帮助弟弟走出阴霾!"

"啊,真的吗?那真是一个天大的好消息,你一定要帮妈妈感谢电视台好心的哥哥姐姐、叔叔阿姨们啊!"

"嗯嗯,妈妈,一定的!只要我们自己勇敢起来,什么都不用怕!"静秋又一次为自己、为家人打气。

接电话的过程中,静秋一个不小心,"啪"的一声摔在了地上,她的下巴狠狠地先着地,头也晕头转向的,整个身子都恨不得"黏"在了地上,但是这依然阻止不了她的兴奋。

不知道全身哪里来的力气,她用双手扶住地板,蠕动着爬向了床,大约过了半个小时,她终于扶着床慢慢地站了起来。

坐稳后,她觉得下巴处好像滚烫滚烫的,有点疼。一摸,满手都是血,下巴也肿得凸出了一大块。

"嘿嘿,我发现每次有好事要发生的时候,我总会摔一跤,这是好兆头。"静秋自言自语地,捂着下巴,走向了水龙头。

弟弟,姐给你力量

静秋起了一个大早,一个学长送静秋早早地从天津站坐城际高铁去北京。

静秋脸上洋溢着灿烂阳光的笑容,粉红色的 T 恤,高高的马尾散发出青春活力,仿佛肌无力的疾病和她的精神面貌比起来,显得弱爆了。只是静秋的下巴还被白色的布条紧紧包扎着,可是这丝毫没有影响到姑娘的心情。

今天是个特殊的日子,是静秋一家去北京录制节目的日子,静秋要和著名主持人王芳、王为念,通过湖北卫视《大王小王》的节目帮助弟弟走出阴霾。

刚到站,栏目组的哥哥姐姐就在站台上迎接着静秋,虽然第一次见面,静秋的阳光健谈让沟通没有一丝尴尬的氛围。

"姐姐,我的爸爸妈妈已经到北京了吗?"静秋着急地问道。

"叔叔阿姨还有弟弟昨天就已经到了北京,我们栏目组已经替他们安排好住处。你放心吧! 他们现在在录制现场,就等着你了!"

"姐姐,这样的话,你觉得会对弟弟起到一定的作用吗?"静秋心里还是打着鼓。

"当然了,你看你那么开朗阳光,我觉得没有问题!"姐姐信心十足地说。

很快就到了录制现场,静秋换上了自己最喜爱的白色裙子,并撕下了包裹在下巴下的白色布条,她希望今天的自己不仅仅能够鼓励弟弟走出来,还要将自己的阳光传递给电视机前所有的观众。

编导姐姐将静秋带到了节目录制的第二密室,静秋在密室里的电视屏幕上,看到愁眉不展的父母,一直沉默不语,消极配合的弟弟,静秋眼泪止不住地流了下来,弟弟穿着轮滑鞋上下楼梯的身影一直浮现在自己的脑海里。《大王小王》的主持人尝试用多种方法,弟弟还是埋着头,不配合的样子。

"姐姐,你好!"主持人王芳要求打开了静秋的画面,只见静秋用双手不停地擦拭着眼泪。

"主持人,您好!"静秋含着泪大方地微笑着。

"徐航,这是你姐吗?"一直低头的弟弟,居然抬起头来,并轻轻地点了一下头。

"刚才听编导说你一直在哭,是吗?"

"是的! 弟弟刚刚得病,那么消极,我又不知道怎样对他说,所以我就打了他,我感到很愧疚,不知道他会不会原谅我!"

"徐航,你记恨姐姐吗? 你原谅姐姐了吗?"

徐航摇了摇头,继续不语。

"其实我更心疼这个姐姐,我更心疼她这种不得不坚强的样子,因为她多么希望弟弟不要成为她这个样子,她也多么希望能够通过自己的努力为父母减轻一点点负担。她每天给大家呈现阳光快乐的一面,但是谁又知道夜幕降临的时候,她一个人如何撕心裂肺地痛。"王为念叔叔突然说话了。

静秋感觉叔叔的每一句话都戳中了自己的心,她突然觉得自己好可怜:"对! 我是被逼出来的坚强,我的这种坚持有意义吗? 难道叔叔说更心疼我,我就应该可以不坚持了吗? 或许我现在选择放弃，没有任何一个人会指责我。"

静秋情绪似乎有些控制不住了："不，我的坚持是对的！如果没有生活逼着我，我怎么可能得到这么多支持和认可呢，逼出来的坚强也是坚强。"

静秋这样想着心里平和多了，擦擦眼泪再一次坚定了自己。

一会儿静秋就被编导哥哥扶着来到演播厅的大屏幕外。

静秋的心情非常忐忑，紧张，她害怕自己的紧张情绪不仅不会鼓励到弟弟，反而会更加重弟弟的逆反心理，以前自己虽然有过上电视和报纸采访的经历，但是和主持人面对面，并且和观众直接交流的舞台还是第一次。

"下面有请姐姐上场！"大屏幕随着王芳姐姐的声音缓缓拉开。静秋身着白色连衣裙，穿着一双白色高跟鞋，高高扬起的马尾散发出阳光的气息。

闪闪发光的霓虹灯照在舞台上，所有的观众都把目光投向静秋身上。

她的脸涨得通红的，迈着自己无力的双腿一步一步地挪向舞台，继而台下的观众不由自主地用热烈的掌声来迎接她。

此时静秋的紧张情绪好了很多，微笑大方地伸出手和主持人握手打招呼。

静秋走到弟弟的身边，弟弟伸出手扶着静秋坐了下来。

"徐静秋，你一个人在天津读书吗？"

"是的！"

"你平时在学校里坐着轮椅还是自己走？"

"我都是自己走，自己照顾自己。"

"你能告诉我们，你在哪所大学读书吗？"

"天津商业大学。"

"我们真为你感到骄傲。"

主持人接着坐到徐航身边:"徐航,你知道姐姐平时一个人如何在大学生活的吗?"

徐航低着头,摇了摇。

"我们去你姐姐的学校看她了,拍摄到了姐姐一个人生活的一些画面,你想看看姐姐一个人在学校如何生活的吗?"主持人继续问道。

徐航点了点头。

"好的,请看大屏幕。"

徐航把头缓缓地抬了起来。

"亲爱的弟弟,如果我不说,你可能永远不知道姐姐在学校里的生活,姐姐的宿舍离教学楼有八百米,每天就要五点钟起床,这样才能赶到教室。你知道的,姐姐很要强,总是微笑着拒绝别人的帮助,因为我害怕一旦习惯了依赖,我就再也站不起来了。昨天,我摔了一跤,很疼,下巴的伤口至今还没好。但是我想到爸爸妈妈的不离不弃,你活泼可爱的面孔,我总是咬咬牙告诉自己,一切都会好的! 这样我就是无坚不摧的姐姐!"

看到视频里的一幕幕,静秋的眼眶又红了,她被自己感动了。她觉得画面里挣扎在地的女孩那么美,她觉得自己爬楼梯的姿势那么有力,她好像在看一部与自己无关的另一个主人公的故事。原来奋斗坚持的自己可以这么美,好像自己全身散发着光芒,背上生出了翅膀。

大屏幕里静秋的独白,还有静秋在学校里独立生活的画面,摔倒后挣扎着、无助着的画面,让在场所有人潸然泪下。

徐航的眼眶红了。

现场请来的心理专家王颖老师不停地擦拭着眼泪,哽咽着说:"当这个姐姐的画面一打开,我们的的确确看到了希望。其实我的眼泪不是为姐姐流的,而是为小航。姐姐从七岁开始就患病,爸爸妈妈领她四处求医、上学,把所有的爱都倾注在姐姐身上,而小航被忽略了。如今小航生病了,谁又理解小航的感受!"

　　听了心理专家的话,静秋感觉自己的的确确对弟弟亏欠太多,爸爸妈妈为自己付出的也太多,大家谁都没有真正了解过弟弟的想法。所以到了现在这个时候,自己如果不坚强起来,自己就对不住那份沉甸甸的爱!

　　"徐航,我可不可以理解你看了姐姐的视频之后,更加担心自己的未来?"王为念叔叔有些担心地问道。

　　"不是,我看到他的眼圈红了! 你是不是很心疼姐姐?"王芳姐姐反驳了王为念叔叔。

　　徐航听到王芳姐姐说的话,点了点头。

　　"那你告诉姐姐,你可以重返校园,可以做到姐姐这样吗?"王芳姐姐再次问道。

　　"可以,我可以!"徐航抬起头大声地回答。

　　"我们下次去你们学校拍摄,可以拍到你像姐姐那样的画面吗?"

　　"可以!"

　　"请你大声地告诉爸爸妈妈,我可以!"王为念叔叔看到徐航的变化,很高兴。

　　"我可以! 我可以!"徐航昂起头,大声地说出了这三个字。

　　在场所有的观众为徐航再次响起热烈的掌声。

　　静秋和爸爸妈妈看到消极内向的徐航,曾经可以长达几个月不出门,现在有如此大的转变和决心,愁苦的面容终于露出了久违的微笑。

新的学期已经开始两个多月了,在上次录制完《大王小王》的节目以后,弟弟性格就变得开朗起来了,他也开始下楼吃饭了,更令静秋感到欣喜的是,弟弟又上学了! 虽然妈妈又开始了陪读的道路,但是一家人总归都是高兴的。

"嘟嘟嘟,嘟嘟嘟",静秋在食堂买饭的时候,手机突然响了起来,由于身体不协调,她没有办法接到电话,于是随便在食堂买了饭,准备匆匆赶回宿舍接电话。

火急火燎地,加快了速度回到宿舍,放下饭,发现是妈妈的电话,她赶紧回拨了过去。

"喂,静秋,告诉你一个好消息!"妈妈很是激动。

"什么啊? 快说说!"静秋高兴地问道。

"弟弟第一次月考的成绩出来了,在全年级考了第二名,而且他这次的作文就是写《我的姐姐》,得到了很高的分数,从他的文章中,可以看出来他是真的长大了!"

静秋听到这个消息,恨不得兴奋地跳起来,这个消息真的比任何事情都令一家人激动!

"妈妈,你赶紧用手机把弟弟写的内容给我拍下来,我要看! 赶紧的!"静秋迫不及待地想看到弟弟写的文章,他想知道弟弟的真实想法,想知道在弟弟心中,自己是怎么样的一个姐姐!

"好,那我挂了! 我给你拍照去,一会发到你的 QQ 上,十分钟就好,等我!"妈妈那边很利索地答应着,就挂了电话。

静秋赶快打开了电脑,等待着妈妈发来的照片的截图,很快一张又一张的截图发过来了。

世上本没有路，走的人多了，也便成了路。

——鲁迅

一年前，我是一只受了重伤的迷途羔羊，母亲深情的呼唤，父亲沉重的背影，虽然时刻触动着我敏感柔弱的心灵，但是我依然坚持迷途，徘徊，自闭，选择屈服于命运，选择逃避现实生活中的大路，选择封闭别人与自己沟通的心路。

"肌无力"这个巨大的灾难一直横亘在我的家庭之间，在我出生的那一年，它向姐姐伸出了魔爪，慢慢吞噬着姐姐的健康，姐姐从七岁就开始慢慢忘记了跑步是什么滋味，忘记了上台阶怎样才可以不用爬，忘记了坐下去如何可以轻松地起来，甚至忘记了上下公交车如何才能不需要别人抱。但是姐姐的活泼阳光一直感染着父母，感染着我，她好学上进，她优秀坚强，她付出比常人多出上百倍的努力以文科575分考上大学，没有人有资格在她面前抱怨人生的不公。

我出生那一年，姐姐患病，好像冥冥之中暗示着什么，终于2012年——雅玛人预言地球会消失的那一年，所有的一切都正常运转着，而我却被医生告知患有和姐姐一样的疾病。我的身体发生了巨大的变化，脚后跟慢慢无法着地，上楼慢慢没有力气，走平路还经常摔跤，皮肤由以前的白皙变得黑黄。我天天望着我的轮滑鞋发呆，我看见姐姐上楼的身影会尽量避开，我开始对着父母大发脾气，所有的社交活动我都拒绝参加，我沉迷于网络游戏，逃学，我甚至嘲笑姐姐的坚强，我对周围的一切事物失去了兴趣，学习一落千丈。所有的人都在备战中考的时候，我都是被母亲打着手电筒从网吧里抓出来，老师让母亲带我回家面壁思过。姐姐一直在学校表现优秀，让父母感到骄傲，而我就是那个不孝子。在我看来父母和姐姐就是傻子,肌无力孩子的未来有什么出路?父母为姐姐治病求学倾家荡产,他们的坚持有什么用?我笑了,他们真的好无知。

看到这里,静秋随着弟弟的文字一起回忆起家里变故的画面,她的心纠得格外疼。

她于是开始打开第二张截图:

于是,我继续着我的狂妄自大,继续着我的封闭自己,继续嘲笑着姐姐。高中录取通知书来了,我拒绝上学,拒绝一切关于未来的事情,我用我的自以为是伤害着最爱我的亲人,对于他们的眼泪我视而不见。是的,对于我的未来,我已经不抱希望,我甚至拒绝治疗。

姐姐考上大学了,母亲再也没有办法陪着姐姐读书了,在我和姐姐之间,母亲选择了陪着不孝的我继续完成学业,她流着泪目送着父亲将姐姐背上了火车,她做了世界上最狠心的母亲,她让行走时刻瘫软在地,上楼要爬,翻身困难,从未离开过母亲照顾的姐姐独自留在离家千里之外的天津求学。而我无动于衷,我觉得命运于我来讲本来就是不公的,我自私又不领情地接受这一切,我继续逃学,我最后固执地退了学。

"妈妈,我在学校里可好了,我学会了自己照顾自己。"

"妈妈,大家都说我的腿好了很多,和正常人区别不大了。"

"妈妈,我现在越长越漂亮了,我学习成绩还是很棒呢!你放心吧,放假回去你会发现你的女儿越来越漂亮的。"

"妈妈,老师和同学都特别喜欢我,谁让你生出这么可爱招人喜欢的丫头呢!"

"妈妈,你知道吗?我参加了中国大学生自强之星的比赛,得了我们学校第一名呢!我又得奖学金了,妈妈你不用给我寄生活费了,我钱多着呢!"

姐姐总是这样和我们汇报她的情况,姐姐的语气中透着开心和满足,她的大学生活好像过得很轻松。妈妈也对姐姐隐瞒着我的病情,她当时告诉姐姐家里经济有限没有办法陪读,姐姐一直被蒙在鼓里。

寒假姐姐回家了,姐姐精神面貌的确好了很多,也越来越漂亮了。她一个劲儿地给我讲大学里的事情,我一直不理她,我害怕姐姐看到我身体发生了异常。

"弟弟,你怎么踮脚走路啊?"在我去厨房拿碗的时候,她看见了我走路。

"啪",碗碎了一地。一个下午,姐姐把自己关在房间里没有说话。

那个寒假,她每天不停地打求助电话,不停地联系医疗救助机构,她希望为我争取治疗的机会。可是都是无疾而终。

静秋看到弟弟描述自己在外求学,报喜不报忧的样子,想起了自己那时是多么地无助啊!没有想到能挺到今天,她的泪水不由自主地模糊了双眼,第三章截图里面写到:

开学了,姐姐走了,她带着满腹的忧愁被爸爸背上了火车,独自北上,全家人都笼罩在我得病的这个阴影当中。

一封写给弟弟的信感动了天津,《天津日报》、北方网、天津教育网、天津电视台等二十多家媒体相继报道了《弟弟,为了你,姐啥都愿意放弃》的事迹,我的病情一度被关注,姐姐为了我愿意卖掉自己的器官,为我治病。可是这些对我来说还是无动于衷,我被动接受治疗,我继续拒绝上学。今年八月份,我们全家被湖北卫视邀请上《大王小王》的栏目。在节目现场我见到了姐姐,我的自闭、消沉和不配合让主持人们对我束手无策。

突然节目现场放了一段视频:

"亲爱的弟弟,如果我不说,你可能永远不知道姐姐在学校里的生活。姐姐的宿舍离教学楼有八百米,每天五点就要起床,这样才可以赶到教室。昨天我摔了一跤,很疼,下巴的伤口至今还没好,你知道的,姐姐很要强,总是微笑着拒绝别人的帮助,因为我害怕一旦习惯了依赖,我就再也站不起来了。"

视频里姐姐的独白,再加上姐姐在学校一个人爬楼上课,买饭,弯不了腰用腿拖着盆去倒水,在食堂外面徘徊等待路人帮助扶自己上食堂买饭,还有姐姐瘫软在学校路途中,自己挣扎着起不来,无助地等待路人帮忙的画面。我的眼眶湿润了,我一度那么不屑于她的努力,这就是姐姐平时用愉快轻松的语气给我们汇报的愉快的大学生活啊,我们竟是那么相信她可以做好一切,实际上买一顿饭她就要鼓足数倍的勇气,难怪姐姐上大学以后一下子瘦了20斤,她告诉妈妈她一直减肥。这些我们应该早就想到的啊!

从那一刻起,我意识到了自己是个男子汉,我要承担起保护姐姐的责任,哪怕她认为自己是女强人。我用自己内心最大的声音告诉父母,告诉姐姐,告诉主持人,告诉全国的观众:我可以!

我回到了久违的校园,我开始认真学习,我再次拥抱了考大学的梦想,我再次有了骨气!

如今的姐姐已经打破医生的十八岁就会瘫痪的魔咒,并成立了自己的志愿者服务团队带领同学们为瓷娃娃公益中心讲课,姐姐用她的精神感染了许许多多的人,她用她的行动和执着为自己争取到了一个又一个机会,用自己的毅力成为了生命的巨人,创造了一个又一个奇迹。

"世界上本没有路,走的人多了也便成了路。"肌无力领域本没有路,姐姐在用她的行动走出了自己的路。我的名字叫徐航,姐姐以开拓者的身份在陆地上开路,未来的我将以航海家的身份,在生活的海洋里乘风破浪。

第八章

决不能倒下

怎么站不起来了

"啊"的一声,静秋的腿一软,差点瘫软在地。

"今天怎么这么没有用啊!已经差点摔跤好几次了,好久都没有这种情况了。"静秋自言自语道。拖着疲软的身躯,一步一步,缓缓地移向四教。此时的她心情莫名地烦躁,身体不断向她发出屈服的信号——她想回宿舍休息,不想去上课了。

中午12点40分,此时的校园很安静,大部分同学都在午休,静秋极不情愿地像往常一样,提前一小时左右出发赶着一点半的课。今天的步伐比平时还要沉重的多,每走一步就喘着粗气,9月的天津,闷热潮湿的空气,雾霾的天气,让人更加心烦意乱。

"今天是怎么了?我怎么可以这样脆弱,肯定是自己在找理由不想上课!真瞧不起自己!不行,都走到半路上了,不能给自己偷懒的理由!"静秋不断地打击自己的消极情绪,她认为所有身体上的信号,都是自己意志消沉的体现,她还是撑着往前走,步子已经不怎么听从她的使唤了,开始乱迈,跟跟跄跄地。

今天很奇怪,楼道里非常冷清。一般这个时候,应该有同学陆陆续续来上课了。静秋也没有想太多,继续自己的万里长征。

眼前突然一片黑,但是静秋潜意识里还是紧紧抓住扶手不动,镇定一会儿慢慢恢复了正常。豆大的汗珠从静秋脸上流了下来,静秋昂着头,扯着脖子艰难地往上爬着,看到身后的台阶,身上突然起了一层鸡皮疙瘩,她突然感觉到很害怕。

眼看到最后一级台阶了,静秋的双腿突然怎么也迈不出去了,她一时忘记了怎样爬楼了,最后一级台阶,如果还是全身贴在扶手上,然后身体后仰,用头部和颈部拉扯上去的话,会很危险,一个不小心就会从四楼摔下去。

　　静秋在最后一个台阶下犹豫着,等待着同学们赶快过来上课,好搭自己一把手。可是,十分钟,十五分钟过去了,楼梯还是令人感到十分恐惧。唯一清晰的声音就是自己的心跳和头晕带来的耳鸣。

　　静秋小心翼翼地移到楼梯扶手对面墙壁的地方,用右手扶起了墙,先把左腿放在台阶上,然后左手扶住左腿,全身的力量撑住左腿,扭动着臀部用力抬起右腿,然后继续扶墙撑住左腿扭动身体慢慢站了起来,终于爬到了四楼。

　　此时静秋再也没有那种成功爬上楼的自豪感了,她用手扶着墙跟跟跄跄地挪到教室,全身乏力和昏沉的大脑让她处于缺氧状态,偌大的公开课教室空无一人,静秋扶着椅子,"哐当"一声直接滑倒在椅子上。

被救护车送往医院

静秋滑倒在座椅上,头始终昏昏沉沉的,脸部发热,心一直通通通地跳个不停,整个人自然仰躺在椅背上,微眯着双眼。

"铃、铃、铃",上课铃响了,静秋努力打开沉重的眼皮,环顾四周,发现教室还是空荡荡的。

"咦?大家怎么都不来上课呢?难道我走错教室了?"静秋发了慌,害怕自己因为走错教室而迟到。

静秋掏出手机,突然看到一条未读短信:"今天因为老师生病,下午在四教413的课取消,收到请回复。"静秋感到有些失落,无奈地摇摇头,准备起身回宿舍。

"我怎么动不了了?"静秋准备移动一下双腿,扶住座椅慢慢站起来的时候,双腿却怎么也动弹不了。

"一定是刚才睡觉双腿坐麻了。"静秋一边自言自语,一边小心拍打按摩自己的双腿,她试着慢慢移动自己的腿。可是双腿并不是麻木僵硬的感觉,感知性非常强,只是怎么样动都动不了,好像双腿被冻住了一样。

静秋试着扭动一下臀部,可是怎么也动不了,唯一能够动的就是自己的上身和双手。静秋双手紧紧地抓住椅子两边的扶手,使出全身最大的力气,想把身体再往上抬起来一点点,可是无论她怎么努力,身体还是纹丝不动。

很快半个小时过去了,身体不能动的情况没有丝毫地改善。

"我到底怎么了啊？我需要找人求助吗？我难道真的瘫痪了吗？我为什么站不起来了啊？谁能告诉我！"静秋歇斯底里地在教室里大声叫喊着，空荡的教室回荡着女孩无助的声音，眼泪肆无忌惮的流了下来。

静秋拿起了手机，把通讯录翻了一遍又一遍。

"我究竟应该打给谁？我要向大家宣布我终于倒下了吗？好讽刺，我不要！"刚刚准备拨同学电话的手指又缩了回来。

静秋大脑一片混乱，她自责，她觉得自己愧对父母，愧对一直看好她的老师和同学，她不想让任何人看到她懦弱的样子。无助绝望地，每一秒的时间都过得很慢很慢，她不知道自己该怎么办。

看了看手机，天商安徽群里 QQ 头像亮了起来，大家在群里有一句没一句地聊着。平时静秋就不怎么和他们说话，此时对于他们的聊天更不感兴趣。

"大家都在忙什么呢？嘿嘿，下午都没有课，真是无聊，大家约吗？"一个老乡在群里调侃着。

静秋看到老乡们的消息，鼻子一酸。

"我需要你们的帮助，已经瘫软在四号教学楼 413 教室。"不知道什么促使静秋发了这样一条消息。

"真的假的？确定不是在逗我们？"QQ 再次响了。

"没有逗，是真的。"静秋正准备发出这条消息，手机因为电量不足，自动关机了。

"今天如果四楼一直没有课，我死在这里都没有人发现了，别人也联系不上我了。"静秋彻底绝望了。

"就是这里，就是这里！应该就是在这儿 413 ！"教室外传来一群人的声音，紧张急促地打开教室门。

他们一进门,看到一个女孩无助地趴在桌子上,此时静秋虚弱的头都抬不起来了,整个身体就无力地瘫软在桌子上一动不动了。

"刚才在群里求助的女孩就是你吗?你就是静秋吗?"一个男孩走到她跟前蹲了下来,"你到底怎么回事,能和我们讲吗?"男孩着急地询问着。

"我站不起来了,我动不了了,我站不起来了。"静秋憋了半天,整个人呆滞地说了这么几句话,她在强忍着不让自己哭。

"她好像很难受,快别问她了,我们赶紧把她背着送往学校医院吧!"几个男生商量了一下,向静秋走来。一个女生扶着静秋的身体直立了起来,刚刚扶好准备松手,静秋又失去平衡地倒了下去,整个人歪在椅背上,于是一个女生连忙扶好静秋的腰部,另一个女生帮助静秋再次直立起来。男生们犯了难,怎么背一个全身疲软地像一个橡皮人一样的人呢?

静秋大脑非常清醒,她眼睁睁地看到大家对自己束手无策,她觉得自己像活死人,她觉得此时在别人眼里她就是废人。

"顾不了那么多了,救人要紧!还有什么不好意思的啊!"一个男孩大叫了起来,听了这话几个男孩都开始行动起来了。

一个身体非常健壮的男孩蹲下身,双手托住静秋的腰部和颈部,将静秋抱了起来。然后大家伙都围在身边,护送着,生怕有一点点闪失。

他们飞奔着冲向校医院,所有人都在着急着,静秋眼角流下了一滴滴泪珠。

"请你们不要送我去校医院,我想回宿舍,我的病学校医院看不好。"没有人顾得上静秋的话,大家还是固执地把她送往校医院。

医院护士和医生看到此情形,赶紧安排急诊,给静秋插上氧气。

"医生,她怎么了?情况严重吗?"

"唉,这个女孩的情况我大致了解,她患有肌无力的疾病,一直撑着上学,这相当于绝症啊!一般十八岁都瘫痪了,这孩子终于支撑不下来了。"急诊外传来了医生和同学们的对话。

"你们作为她同学,难道对她不了解吗?"医生好奇地问。

"她是我们安徽老乡,也没有见过面,对于她的情况我们一无所知啊!医生,现在该怎么办啊?"老乡听了这些心情非常沉重。

"咱们先联系上她的辅导员和同学吧!我们这里只能暂时给她吸氧了,赶紧叫一辆救护车,这情况不容乐观啊,必须去最好的医院看,如果耽误了,这孩子可能永远站不起来了!撑到现在还能走真的挺不容易的,唉!"医生摇了摇头。

静秋把插着氧气管的脸侧向墙的一边,一句话都不想说。

急诊室外各种忙碌的嘈杂声杂糅在一起,叫救护车的电话声,给辅导员、班干部打电话的声音,还有几个同学对静秋的病情担心的唏嘘声。

很快救护车来了,静秋被抬上担架,送进救护车,几个班干部跟着医生把静秋送往天津最好的一所医院。

救护车开动了,一个狭小闷热的车子,自己曾经特别害怕救护车的声音,因为妈妈患有严重的高血压,曾经每当自己在复读班里听到马路上救护车的声音时,自己总是害怕是妈妈因为操劳过度晕倒被送往医院,没有想到如今,这么年轻的自己被抬上救护车,送往医院。

静秋的眼神呆滞着,死死地盯着车上的天花板,她平时特别害怕麻烦同学,今天却没有和同学说过一句话,她感觉自己站立的世界好像离自己越来越远,她没有办法强颜欢笑,此时她觉得自己是最需要被人拥抱的。

很快到了医院,静秋被送到医院特需急诊,辅导员老师们也纷纷赶到医院。

"你自己应该很了解自己的病情,目前世界上是没有好的医疗方法治疗的。"医生镇定平和地对静秋说。

静秋依然不说话,点了点头,眼神木然着。

"所以,我们给你做一个核磁共振和血液取样调查,看看有一些指标是否发生了变化。其实,丫头,你能挺到现在真的很不容易,我真的很佩服你的精神。其实很多人过了十八岁都瘫痪在床了,不论你站立的时间还有多久,不论这次还能不能站立起来,你都应该做好心理准备。"医生本着自己的职责和静秋说了最坏的结果。

"老师,我想你们暂时不要给我爸爸妈妈打电话好吗?现在家里的弟弟生了同样的病,一直因为得病消极的弟弟刚刚开朗起来,我不想打击爸爸妈妈,我一定是走累了,休息几天就好了。"静秋突然张开嘴,用微弱的声音恳求着老师。

"静秋,老师知道你是个好孩子,你在这个时候了,想到的还是爸爸妈妈,但是老师必须告诉你家长,你安心治疗吧!"老师温柔地说。

"谁让你们把我送到医院来的!我说了我的病他们都没有办法治,你们把我送回宿舍休息就好了啊!在医院又花了那么多钱,我爸爸妈妈现在身无分文啊,你们凭什么自作主张给他们施加压力啊!"静秋疯了似的大哭大叫起来,是的啊,此时她的心情谁能理解。

"我是不是真的站不起来了,我真的没有用了吗?"静秋敲打着无法动弹的腿。

老师还是拨通了家里的电话,电话那头传来了母亲撕心裂肺的哭声,辅导员老师在这边安慰着母亲。

静秋像木头人一样被推进核磁共振室,抽血化验。

然后静秋被告知,爸爸正在通往天津的火车上。

静秋只是点了点头"嗯"了一声,静秋觉得自己是天下最不孝的女儿,善意的谎言已经无法再隐瞒父母。

不想回家

坐了一天一夜火车的父亲，拎个黑布大提包赶到了医院。憔悴的面庞，原本微胖发福的身体瘦了一圈，眼窝深深地凹陷了进去。

静秋面色苍白地躺在病床上，看到连夜坐火车赶到这里的爸爸如此憔悴，心里抽搐了一下，极力忍住眼眶里的泪水。

"爸爸看你气色不差嘛！一定是想爸爸妈妈了，想我们来看你，撒撒娇！"静秋听到爸爸的话"扑哧"一下笑出了声，要知道静秋的表情已经呆滞好久了。

爸爸一边卸下包袱，一边坐在静秋床边，掀开被子，看着静秋不能动弹的双腿。

"有知觉吗？腿有些凉了，爸爸晚上帮你用花椒泡泡双腿看好不好点。"

"有知觉，爸爸我不会再也站不起来吧?"静秋有点担心。

"谁说的，你一定可以站的起来！"爸爸拍了拍静秋的肩膀，正准备坐下。

"吱呀"一声，病房的门被推开了。

"您好！徐爸爸，我是静秋的辅导员老师，这么大老远赶过来，您辛苦啦！"辅导员马老师站在病房门口说道。

"您好！老师，真是辛苦您了，我们这孩子真的没让你们少操心，我们做父母的没有尽到责任，唉！"爸爸立马站起身迎了上去,满脸歉意地对老师表示感激。

"静秋,你现在还好吗?"马老师微笑地走了进来,俯下身摸了摸我的额头。

"老师,我好多了。"静秋轻轻地回答。

"老师,您快坐,我来给您倒杯水。"爸爸搬了一把椅子,招呼着老师。

"徐爸爸,您也坐,一会儿学校里还有事情,我和你们爷俩聊聊,一会儿我就走。"马老师阻止准备帮他倒水的爸爸,并示意爸爸坐了下来。

"徐爸爸,静秋真的是一个坚强懂事的好孩子,我真的很佩服她! 她身上拥有现代很多人没有的善良、坚韧、有责任感的品质。"马老师一边说着,一边微笑着看着静秋。

"唉! 这孩子从小就懂事,可是不该摊上这个病啊! 以前她一个人得这病就够让我们揪心的了,现在她弟弟,唉!"爸爸叹着气,显得很无奈。

马老师听了这话,疼惜地看着静秋,眼里噙着泪,半晌说不出一句话。

"这样吧! 老师,我们父母也认命了,我在这儿照看一个星期,如果病情没有好转,那我就把静秋带回家了。"爸爸的一句话打破了沉默,但是正是这样的一句话对于静秋来说就是五雷轰顶!

静秋把头歪向一边,眼泪如泉水般向外涌,她的耳朵嗡嗡作响,但是她忍住了没出声,此时,她并不想反驳什么,是啊,或许回家是最好的一种选择。

老师最后和父亲交流了什么,老师什么时候走的,静秋没有理会,也没有留意,她只是知道,或许一周后爸爸要带自己回家。

她的心就像被刀子一下一下地剜着:爸爸难道放弃我了吗?
以前不论外人怎么劝父母不要花费太多的心思在我身上,他和
妈妈都没有放弃,都义无反顾地供我念书。可是如今怎么了,爸
爸为什么要和老师说要带我回家? 我一回家了,那不恰好应验
了别人所说的,我这样的小孩,即使考上了大学也没有出息的话
了吗? 如果我现在回家了,那对弟弟也是一种打击,让他更有理
由去放弃自己了! 不! 不! 不! 我不要回家!

　　静秋在心里呐喊着,嘶吼着,她也很想大声地告诉爸爸自己
的想法,但是太过懂事的她,话到嘴边又咽下了,她知道如果不
回家,家里会因此增加更多的经济负担,妈妈在高中照顾弟弟,
爸爸又要在这里照顾她,家里不仅没有任何的经济来源,还会有
很大的花销。

　　"我到底回不回家呢? 我该怎么办呢? 我回家了如果还想
回到学校有可能吗?"静秋的内心十分矛盾。

　　她情绪开始激动起来,用双手不断地捶打着自己无法动弹
的双腿:"难道我真的没有选择了吗? 我不想回家啊! 回家了所
有的一切都没有了,连做梦的权利都没有了,我应该向现实妥协
吗? 我怎样才能挽回局面? 到底谁能够给我一个答案? 家里已
经被我拖得山穷水尽了,如果我一味这样坚持,是不是太自私
了! 可是我真的不想回家,爸爸,我真的不想回家! 我怎么可以
这么没有用,我为什么要倒下?"她恨自己的身体不争气。

　　"孩子,不要这样好吗? 孩子!"爸爸看到此情景,急忙跑了
过来,拉住失控的静秋。

　　"爸爸,我真的不想回家!"静秋终于喊出了声。

　　"孩子,对于爸爸妈妈来说你的健康最重要,或许,咱们就是
这个命吧!"父亲将头深深地埋下,双手紧紧抱住自己的头。

我又站起来了

　　静秋躺在学校简陋的床上，爸爸此时已经出去买饭。

　　四周灰白发黄的墙壁像牢狱般将静秋束缚了起来，静秋能够目之所及的地方是窗外的几缕阳光。今天已经是静秋躺在床上不能动的第三天了，整整 72 个小时下身一动不动地，和高位截瘫的病人没有任何区别。

　　现实残酷地摆在她的面前，静秋必须做一些决定了。她隐隐约约地能够感觉到爸爸身上连最基本的生活费都已经无法支撑了，她再了解家里的情况不过了，自己和弟弟刚刚开学，学费和生活费加上妈妈去弟弟学校陪读租房子的费用，自己从家里走的时候都还没有凑够这些钱，这次自己生病，一定是爸爸妈妈四处求人借的。

　　想到这里，静秋鼻子又酸了：爸爸应该在这里坚持不了几天了，如果自己选择和爸爸一起回家，自己愿意妥协命运，或许也能够减轻一些负担，至少爸爸可以工作，赚钱供弟弟读书和一家人生活，至少一家人不会为我一个人在天津担惊受怕了。

　　"只要我愿意妥协，只要我愿意认命。"静秋的眼泪不住地往下流，"站不起来回家，我的生活就会变成每天睡在自己卧室里的小床上，每天眼睁睁地看着日渐衰老的父母为自己端茶送饭，我的一辈子永远定格在那个我曾经时刻想走出去的大山里，一个只有十几户人家的农村里，甚至自己连爬出卧室都成为奢望，

245

然后以前所有的同学都过来唏嘘我,怜悯我。我的生命刚要绽放,就开始凋零。我一直努力地变得更加优秀,希望自己在最美好的年纪里邂逅自己最美丽的爱情,可是,如果我站不起来了,我的人生就要被改写,这一切的一切都与我无关了。"

"啊!我要站起来!"静秋双手紧紧地抓住上下铺床边的脚踏架,"那不是我想要的生活!我要重新站起来,我要继续爬楼上学!"

静秋努力地扭动着还可以动弹的上半身,抓住脚踏架的双手使出最大的力气,想让自己坐起来,她把头昂的高高地,借助脖子和头部拉扯的力气,试着腰部向上挺。静秋颈部拉扯得筋脉清晰可见,她好像被人扼住了喉咙,呼吸不过来,可是只有这样自己才能够得到最大的力气支撑腰部,静秋额头上,脖子上青筋突兀,整个面部肿胀得通红。腰部终于向上抬起了一点点,正在快要坐起来的时候,整个身体又倒了下去,头部重重地摔在了床边的脚踏板上,很疼,很晕。

静秋的头歪向了床边,她很累,又没有一丝力气了。

"不,还有很多事情等着我去做呢,我要站起来!"静秋慢慢挪动着自己歪向床边的头,把床边板凳上的几本书一本一本的垫在自己的脖子下面,慢慢头部被枕得高了起来。

自己再次抓住脚踏架,紧紧地抓住,继续拉扯头部和颈部的力气,上升了一点点,再一点点,再一点点,自己终于慢慢坐了起来。

"我能自己坐起来,我一定也还能站起来的吧!"静秋惊喜不已,好像获得重生的婴儿一样。

静秋坐稳后,把双手垫在臀部底下,然后慢慢挪动臀部。挪到床上的时候,静秋开始用手将自己的腿一只一只地放了下来,双腿无力地垂吊在床前。静秋开始坐在床边按摩大腿,轻轻地敲着腿关节处。

突然,自己使劲用一下力,脚趾头动了一下,静秋惊喜不已,以为自己出现了幻觉,然后再用力动一下,自己的脚趾头的确能动了,腿好像也能微微动弹了。静秋哭了,以为自己在做梦。

"爸爸,我的腿有反应了,能动一点点了,爸爸!"听到爸爸开门的声音,静秋忍不住惊喜地大叫。

"什么,我来看看!"爸爸高兴地门都忘了关,就跑了进来。

"是你自己坐起来的吗?"爸爸惊讶不已,"真的可以动了吗?"

"是的呀,爸爸! 您快过来看!"

爸爸蹲下来,摇晃了一下静秋的双腿,静秋的双腿立马反弹地动了。

"看,这腿有热乎劲儿了! 孩子,咱马上就可以站起来了!"爸爸激动不已。

"爸爸,您赶紧试着抱我站起来吧! 我要站起来!"静秋迫不及待了。

爸爸放下手中的盒饭,双手从腰部举起静秋,用自己的双脚夹住静秋的双脚(防止静秋站不稳滑倒)。静秋慢慢地试着自己直立,用全身最大的力气支撑自己的身体。

"爸爸,您放手,我觉得自己可以站立的。"静秋想自己试一试。

"你确定自己可以吗?"爸爸担心地问道。

"爸爸,试一下或许可以的呢,你在我身边,我不会摔倒的。"静秋笑着说。

爸爸就慢慢地松开了扶住静秋腰部的双手,但是双手依旧保持母鸡护小鸡的姿势。

　　静秋居然真的站住了,爸爸又慢慢松开自己夹住静秋双脚的脚,静秋扶着上下铺的脚踏架站住了。

　　"爸爸,我又能站起来了,爸爸我可以不用回家了! 爸爸我又站起来了!"静秋高兴地又哭了起来。

　　爸爸站在那里惊呆了,感觉好像刚刚做了一场噩梦,还在不断回想后怕当中。

　　"对,我们还可以站起来,我们还可以慢慢走路,我们还可以继续上学了。"一向坚强乐观的父亲眼角湿润了。

带着梦想飞翔

静秋扶着爸爸练习走路非常失败,她的腿只能慢慢移动,不听指挥地两边乱甩,和中风后的病人表现症状非常相似,已经练习整整一上午了,没有任何进展,静秋非常失落。

爸爸扶着静秋坐在电脑桌旁边,静秋双手托着腮,望着电脑屏幕,为自己还不能走路着急不已。

QQ 上一个网名叫晚星的网友向静秋发送了一个窗口抖动。

"你好,请问你是?"静秋有一搭没一搭地只是出于礼貌地回复了一下。

"您好,姐姐,我是前天加您的网友,看您一直不在线,想您应该学习很忙,没有敢打扰您。"

听到晚星问起自己的身体状况,静秋显得有些不耐烦。

"哦,我不记得了,这几天一直都不在线,请问你是怎么知道我 QQ 的呢? 一般我是不加陌生人的。"静秋的语气有些僵硬了。

"姐姐,我是在一个空间里看到您和您的家人在湖北卫视《大王小王》栏目录制的一期节目《弟弟,姐给你力量》,我看到节目里的姐姐那么坚强,那么阳光,我和我的朋友们都特别佩服您,把您视为榜样。然后就特别想联系您,通过各种途径,我们终于找到了您的 QQ,抱着试试看的态度加了您,没想到您居然同意我了,从您加我的那天起就一直激动到现在,一直等着您上线,没想到今天您居然理我了。"晚星激动地一下子打了许多字。

静秋看到这些话,为刚才的不耐烦感到非常抱歉,并为自己录制的那期鼓励弟弟的节目能够感染到其他人,心里突然有了一种存在感和价值感,刚才因为练习走路不顺的坏心情也一下子好了许多。

"姐姐感到非常抱歉,一直都比较忙没有上线,真的不好意思啊!很高兴认识你哦,如果我能给你们带来一点点正能量的话,那我的坚持就是有意义的。"静秋抱歉道。

"其实,姐姐,你最近身体还好吗?学习不要太累了啊,最近病情应该还比较稳定吧?你一定要在学校好好照顾自己啊!我们都非常担心你。"晚星非常关切地继续询问静秋的身体状况。

静秋突然不知道该如何回答了,沉默了许久许久,晚星的QQ头像不停地闪动着,她发来了很多消息。

"姐姐,您怎么了,现在在忙吗?"

"姐姐,您怎么不理我了?"

"不好意思,我先做事了,回聊。"静秋不想回答关于身体情况和病情发展的问题,她选择了逃避,目前还恢复不到以前走路的状态,再拖延几天一周的期限都快到了,爸爸背着静秋偷偷和妈妈打电话说钱不够时都被静秋听到了,静秋心里很乱。

"亲爱的姐姐,真的很感谢您能加我为好友,并愿意和我讲话,今天虽然咱们聊天不多,但是我依然能感觉得到您是那样一个善良温柔的姐姐。其实,我是一个患有急性脊髓炎的女孩,腰部以下都没有知觉,从七岁开始我就躺在床上,能够坐着都成了我的奢望,十三年了我从来没有踏出过我的家门,头发已经有一米长了,因为不方便也没有人来为我理发,我一直盼望着能够和你们一样去上学,可是我从来没有踏入过学堂,都是自己拿着字典慢慢自学识字。看到视频中的姐姐每天爬楼上学,摔倒在路旁没有人帮助绝望的样子,我的心好疼,不过我们都特别羡慕你,你用你的坚强代替我们残疾人在学习,你用你的力量鼓舞着我们,向大家证明,残疾人一样不比正常人差,您现在的使命不仅仅是你一个人在求学,你要带着我们千千万万的残疾兄弟姐妹们的梦想飞翔!姐姐,您知道吗?您因为敢于尝试穿高跟鞋,致使自己的身体可以平衡,有个和你患同样病的姐姐在轮椅上坐了好久,因为看了你的节目,自己开始尝试穿高跟鞋,下定决心站起来,姐姐,您知道您的力量有多强大吗?"

正在烦闷的静秋看到晚星在空间留言板里留的言,她震撼了,一幅画面立即呈现在她的眼前,一个头发长达一米的女孩微笑着躺在床上,一双手艰难地举着书本在自学,窗外面的日出日落看似与她没有关系,她用好奇的心在书本里、在电脑里寻找着十三年来外面世界变化的点点滴滴。

静秋不敢想象那是怎样的一个十三年,还是一直一个姿态基本躺在床上的十三年,她是如何面对四面灰黄的墙壁的?她为什么要自学?是什么一直在促使着她对生活还充满了希望?如果我是晚星,现在我应该是怎样一个状态?静秋在拷问着自己那原本就不服输的内心,但是没有人可以给她一个确切的答案。

"爸爸,我想出去走一走。"静秋借助双手,撑住桌面吃力地站了起来。

"好啊!咱们恰好还可以练习走路!"爸爸特别高兴地答应了静秋的请求。

静秋紧紧地拽住了爸爸的胳膊,一步一步地向外挪动着,离静秋宿舍不远处是学校里的青年湖,在 9 月末晴朗的天气里,特别适合在这里散散步。静秋一步一步地移着步子,天是那么的蓝,湖面上一群天鹅在优雅闲适地游着。湖边上形形色色的人,有互相搀扶着掉了牙瘪着嘴笑的老人,有和爸爸妈妈一起玩的灰头土脸的孩子,还有帅帅的小伙子牵着自己胖胖的女朋友,那是一幅非常温馨的画面。静秋知道,此时爸爸扶着病重的自己一步一步地散着步,在外人的眼里,也显得那么温馨和谐。隐隐约约,晚星为什么要坚持学习和活下去的答案开始变得清晰了起来。原来世界本来就是由各种不完美组成的大家庭,是那样的真实自然。

"晚星接受了自己身体上的事实,或许她的内心也有过这样艰难的挣扎,但是学习可以让她见识广阔,可以让她更加坦然,可以让她觉得自己不是无所事事的庸人。或许晚星就是那样子想的吧。"静秋默默地想着。

"晚星,你好,请问你在吗?"晚上静秋躺在床上,带着歉意发了一条消息。

"在啊,在啊! 姐姐,您学习了一天一定很累吧! 现在已经不早了,你早点休息啊! 不要因此伤害了你的身体。"

"没有呢! 姐姐不累,姐姐特别想和你说说话呢! 白天的时候对不起啊!"听到晚星妹妹如此懂事,静秋鼻子一酸。

"姐姐,你最近身体还好吗? 在学校生活得好吗? 每天有没有好好吃饭啊?"晚星还是很担心静秋的身体。

"姐姐身体好着呢! 姐姐非常感谢你,让我认识了一个如此坚强乐观的女孩,以前姐姐以为自己是最坚强最努力的,在你面前姐姐真的惭愧极了!"静秋发自内心地佩服着她。

"姐姐,您知道吗? 我真的觉得您可以做我们的榜样,我认识许许多多的残疾朋友,因为先天的不足,大家每个人都非常地坚强。但是真正能够跨越自己身体的障碍,又带着随时会恶化的重病,能考上大学的有几人?即使考上大学,能够脱离别人的照顾,自己一个人独立生活的又有几人?姐姐,您为我们残疾人群争了气,你真的很棒很棒!"晚星显得非常兴奋,她的激动给了静秋无尽的勇气。

"谢谢妹妹的支持,我一定会坚持的!"静秋回答着。

"姐姐,你是我们的天使,你要带着我们的梦想,在大学里展翅飞翔。"

"妹妹,姐姐一定会的! 姐姐如果坚持不下来就不配做你的姐姐!"静秋咬了咬牙,暗自对命运发起了挑战。

和晚星结束了聊天以后,静秋躺在床上,辗转反侧。

生命的意义究竟是什么? 现在摆在自己面前不能独立行走的事实,老天到底是要向我展示什么? 难道人一定要服从于命运的安排吗? 我的腿残疾了,这已经是不能更改的事实了,但是我还能走,哪怕一小步一小步挪。包括晚星在内的许许多多残疾朋友,都把希望承载到我的身上,他们是那么羡慕我能够上大学,如果晚星能够站起来,她一定不会轻易放弃自己读大学的机会的! 我奋斗不仅仅是为了自己,更是为了残疾人争取权利,代表他们讲话!

几天前,自己的下半身还完全不能动弹,这一次瘫痪,是老天再次磨炼我的意志吗? 是老天暗示我一定会成功吗? 是让我在这种身体条件下认识晚星,真正领悟到自己作为一个残疾大学生真正存在的意义吗? 现在都能够扶着爸爸和墙小迈步了,这是老天要我一定带着你们的梦想,在大学里展翅翱翔!

夜深了,静秋沉沉地睡去了。

想成为张大诺的学生

"爸爸,我想写一本自传,激励那些同样身患疾病或身有残疾的人。"静秋在爸爸扶着练习走路的时候,突然冒出来这么一句话。

"你快歇会儿吧! 你都这样了,还能有精力写书呢,上学咱都成问题!"爸爸一句话打击了静秋的想法。

静秋噘个小嘴,显得很不服气。

自从在 QQ 上加了晚星这个好友后,接下来几天就有很多残疾朋友加了静秋,大部分人都处于情绪低落萎靡的状态,无法真正打开心扉融入正常人的生活圈子里,总是觉得自己矮常人一等。静秋这几天一直思考这个问题,她想写一本自传,把自己求学和与命运抗争的事情记录下来,激励别人,同时也给自己一个有勇气与病魔作斗争的希望。

"在吗? 妹妹!"静秋给晚星发了一条 QQ 消息。

"在的呢! 姐姐!"晚星显得异常兴奋。

"我想写一本我的自传体小说,想为更多的人传递正能量,并以此来不断地鼓励自己。"静秋激动地把这个想法告诉了晚星。

"好啊,好啊! 姐姐,我们就需要这样的一本书,我们尽全力支持您! 刚好我也认识几个残疾作家姐姐,我可以帮助姐姐联系一下她们,或许她们可以帮助指导你写书呢! 姐姐,晚上我给您答复!"晚星热心地支持着静秋,静秋心里暖暖的。

静秋怀揣着一丝丝希望,迫不及待地等待着关于能够帮助自己写自传的消息。

"姐姐,在吗?那些残疾作家姐姐说,现在指导你写书,她们心有余而力不足,不过她们推荐了一个人,一个改变了许许多多残疾人命运,并给无数陷入困境的人带来了希望的人。他收一些身患残疾自强不息的学生,帮助他们出版自己的个人自传。"

听到这些,静秋显得激动不已,她觉得自己正是需要这样的一位老师,她一定要成为他的学生。

"我怎么才能够联系到他呢?"静秋急切地问道。

"不过,姐姐,张老师好像已经不收徒弟了,不过姐姐们说张老师的新浪微博叫关怀者,您可以搜一下他。"晚星有些遗憾地告诉静秋。

"嗯,好的,谢谢妹妹了!我一定会的,不管怎样我都要尝试一下。"

静秋迫不及待地在百度搜索工具栏里输入张大诺几个字,眼前的介绍让静秋惊呆了。

"张大诺,心灵史诗创作团队导师,临终关怀者创始人。先后担任黑龙江电视台主持人、中央电视台总编辑,2005年十大志愿者之一。十余年来,帮助四十多名残疾学生出版自己的个人励志自传,鼓励了无数残疾人重拾对生活的希望。他的公益步伐不仅仅停留在残疾群体,还帮助医院临终的老人们度过晚年,倾听他们的声音。"

这不就是我需要的恩师吗!静秋再也按捺不住自己的感情,她觉得大诺老师这样伟大的人就是老天安排给自己的,她觉得多年来的艰辛都是值得的,就是为了遇见他!

"静秋！你在干吗呢?"爸爸看着静秋一个人望着电脑屏幕傻笑,有些疑惑。

"爸爸,您快来看看啊！这位老师可以帮助我实现我的自传体小说,我多想成为他的学生啊!"静秋指着屏幕上老师的介绍,兴奋地和爸爸讲。

爸爸认真地看了大诺老师的介绍,很高兴,但一会儿又愁眉紧锁。

"孩子,天下那么多残疾人,找他帮忙的人一定很多,我觉得你成为他学生的可能性几乎为零。还是想好现在的事情,好好学习吧!"爸爸再一次泼了凉水。

"不试试,你怎么知道呢!"静秋嘴上虽然不服气,但心里也打起了退堂鼓。

"不,我不是寻求老师的帮助,我想写自传体小说是为了拯救更多的迷茫灵魂,也是为了自救,我一定要为自己争取一下。"

静秋把大诺老师的新浪微博一遍又一遍地仔细翻看着,心里一直想着怎样才能联系到大诺老师。突然大诺老师的新浪邮箱一下子映入了眼帘,静秋好像发现了新大陆一样高兴。

"爸爸,爸爸！我找到联系老师的方式了,我找到老师的新浪邮箱了!"静秋欢呼了起来。

"嗯。"爸爸闷闷地发出了一声,"静秋,这种机会,咱别妄想了,不可能的！给张老师写信的人一定很多,我们何德何能呢?"

"爸爸,不管怎样我觉得张老师就是我的老师,我会好好争取这个机会！即使老师一时没有答复我,我还是会坚持下去!"静秋眼里散发出希望的光芒。

夜已深,静秋打开电脑,怀着无比虔诚的心情认认真真地给张老师写了一封电子邮件:

尊敬的张老师：

您好！我是一名肌无力在校大三的学生。

老师,您在新浪微博里说的一句话,一直深深地印在我的脑海里:真正的救人,是尽量努力将自己的生活过的完美,然后告诉别人你是怎么过的。

我希望能成为您的学生,我希望能够写出一本励志自传,也给自己同患肌无力疾病的弟弟燃起新的希望,与千千万万的残疾朋友共同加油努力,老师,我坚信我一定会成为您的学生,并认为您的出现是老天特意安排给我的。

一封长长的电子邮件写完了,此时已经到了凌晨一点钟,静秋点击了神圣的发送按钮,期待着老师的回信,同时也充满了对生的希望。

爸爸,您走吧

今天已经是静秋留在学校期限的最后一天,静秋的身体还是无法单独行走,只能自己扶着墙慢慢挪动一点点。

爸爸在收拾着静秋的行李和衣物,昨天晚上他已经买了两张回家的火车票。

"爸!"静秋喊了一声:"您把我的东西放下,今天您一个人走吧!"

"不行,无论如何,我要带你回家养一段时间再说,你这个样子我们不放心,学校也不允许你一个人在学校。"爸爸非常坚定地继续收拾着衣物。

房间里静悄悄的,晚星和残友们的心声一直在她耳边回响着:姐姐,你是我们的天使,你要带着我们的梦想替我们飞翔!

静秋坐在床边,不停摆弄着自己的双腿,胡乱撞打着床沿。

"喂,老师,您好! 是,我是静秋爸爸,今天就准备走了,车票也已经买好了。"爸爸一个劲儿地应着老师。

"那就好,路上注意安全! 如果需要我们帮忙尽管开口!"老师那边回应着。

静秋没有哭,因为已经欲哭无泪。

早上,静秋已经查了邮件,发给大诺老师的邮件依旧没有回应,她有些失落,她安慰着自己:老师一定在忙,老师一定会回应我的! 不管怎样,我都要坚持,我不会回家,我要坚持到底,写出自己的励志自传!

"走吧,孩子! 都准备好了,你看看有什么落下了没有。"爸爸拍了拍静秋的肩膀,"回家了,咱也可以看书。"

"好的,爸爸,我想看看我的火车票。"静秋心里早有了打算。

爸爸把火车票递给了静秋。

看了一会儿,她没有力气的手在颤抖着:我这一走,还能回来吗? 我这一走就代表我认输了,我还有什么资格写自传去鼓励别人?

"嘶啦"一声,静秋手上的火车票已经撕成了碎片,洒落在地上。

"你? 你在做什么?"爸爸的手扬在了半空中,两眼都快冒出了火花。

"爸爸,你一个人走吧,我不要回家,我哪怕还能站一天,我也不会回家!"静秋歇斯底里地大叫了起来。

爸爸扬在半空的手停滞着,慢慢又落了下来。

"你有没有想过你的车票,你住院这段时间的生活费是哪里来的! 都是你妈妈去给别人卖唱得来的,你知道吗! 学校已经容不下你了,你在这里是给同学和老师们增加负担! 你对得起你妈妈吗!"爸爸气冲冲地拨通了妈妈的手机。

"孩子,你好些了吗? 今天和爸爸准备回来了吗"电话接通了,那边传来母亲焦急的声音。

"妈妈,我不想回家,我要留在这里学习,我不要认输,我已经站起来了,马上就可以走了,爸爸却让我回家。呜呜呜……"静秋忍不住大哭了起来。

"孩子太不懂事了,她把她的火车票撕了,她不回来。"爸爸气愤地和妈妈说。

"静秋,你听妈妈讲,妈妈知道你心里难过,现在你跟爸爸回家,妈妈马上打钱让爸爸再去买火车票,即使全世界都不要你了,爸爸妈妈都会陪着你!我们一家人乞讨也要在一起!"妈妈在电话那边假装镇定地安慰着静秋。

"静秋,你说说话啊!你在听妈妈讲话吗?上大学也并不是唯一的出路,不上大学照样可以很能干的,别人也一样认为你很坚强的,没有人会看不起你的。"静秋听着妈妈的话,更加难受了,她把手机扔了,她知道此时的她是最不懂事的,但她还是不愿意回家。

爸爸坐在椅子上,无可奈何地一直低着头。

"爸爸,你走吧,我一定会照顾好自己。"静秋咬了咬牙说,"我大一的时候,你走的也很干脆,我不也挺过来了吗?"

爸爸沉默不语。

"爸爸,如果你真的爱我,请你现在放手,我在学校爬也要爬着把学上完!"静秋抹了一把眼泪,非常执着地说。

爸爸提着行李呆在那里,一动不动地站在房间中央,活像一个木偶人。

静秋红肿着双眼,偷偷地瞟了父亲一眼,两鬓的银丝又生出了几缕,眼窝深深地陷了进去,眼睛布满了血丝,原本饱满的国字脸已经变得凹凸不平了。

静秋不敢再打量了,她的心真的很痛。父亲年轻的时候非常优秀,20岁左右就自己创办了私立中学,学校运转的有声有色,可是由于自己得了这种病,他在事业巅峰期力不从心,把所有的精力都投入到给自己治病的事情上,最终创办了十年的私立中学倒闭了。她觉得自己真的对不住父亲,如今自己都21岁了,还让父亲担心,还让曾经自尊心极强的父亲,在医院里向医生求情,如今在学校向老师低头,父亲的尊严已经为了一个病重得看不到未来的女儿践踏全无了。

爸爸突然弯下了腰,把行李放了下来,坐到床前的椅子上,深叹了一口气说道:"孩子,既然这样,爸爸也不走了,留下来陪你读书,在你们学校找找什么零工的活儿干干。"

"爸爸,不行! 您必须走,我不要您陪我!"静秋听说爸爸要留下来,还要做零工,心碎了一地。

静秋心里恨着自私的自己:老天为什么要这样惩罚我? 妈妈为了我辞去了教师的工作,现在陪读之余去卖唱来补贴家用,学校倒闭了的爸爸,是家里唯一的顶梁柱,依然做着教育方面的工作,现在爸爸居然也要辞去工作,为自己委身做零工。

"爸,您走啊! 您快走! 我看见您心里烦,我看见您就没有办法好好学习,我看见您就不想自己走路! 爸爸您快走!"静秋又开始发了疯似的号啕大哭。

"那你必须跟我回家!"爸爸再次发怒了。

窗台下放置的水果刀在阳光的照耀下,闪闪发光,格外刺眼。

静秋趁爸爸不注意的时候,慢慢扶着床前的脚踏板站了起来,移向窗台。

"爸爸,我知道您和妈妈从小就教导我,以死相逼的人是没有出息的人,如果今天您硬逼着我回家,我觉得人生已经没有任何意义了,请您和妈妈就当作我是个不孝的女儿!"静秋拿起水果刀,放在自己的手腕处。

"静秋,你放下,爸爸答应你,你的要求爸爸都答应,你不要做傻事好吗?"爸爸吓得脸色苍白,惊慌失措。

"爸爸,我的生命不需要任何人为我主宰,我的要求也不高,只是想学习而已。爸爸，请您放手，我一定会尽我最大努力完成学业，如果您不带我回家，我绝对不会做任何傻事。"静秋像一个女战士一样，神情坚定。

爸爸无奈地点点头："那我下午就走，你要好好照顾自己。老师要问及，就让他们觉得我们做父母的不负责任吧！你好自为之，如果因为挫折和困难选择自杀，我们做父母的只会颜面无存，但不会伤心。"

父亲扭过头去，没有去夺过刀子。

"爸，我长大了。我会努力到哪怕生命的最后一刻的！"静秋缓缓地放下了水果刀。

临近黄昏的下午，静秋目送着父亲走出宿舍。

"照顾好自己，没有钱了就给家里打电话。"父亲哽咽着说，却没有回头。

静秋站在窗户边，看着父亲远去的背影，泪水模糊了双眼。

"我一定要擦干眼泪，流着泪的眼睛是看不清路的方向的。"她自言自语着。

傍晚，天边的晚霞洒满了北方的天空，一架飞机在半空划出了唯美的弧线。静秋仿佛看到了长着翅膀的自己像天使一样，带着所有残疾人的梦想，在空中飞翔。

又可以走路了

爸爸回家已经有两天了,但是家里的电话一天至少要打来七八次,父母的担心好像丝毫也没有停止过。静秋呢,她却很开心,好像自己又获得了重生,她在宿舍努力地练习着走路。

静秋还是扶着墙慢慢地走,她努力地让自己站稳,她想尽量不扶东西,让自己迈开一点儿步子。静秋尝试着,心惊肉跳的,她试图把手移开墙,但是手还没有挪动,她就有一种往下倒的趋势。

"啊!"她手刚一松开,差点摔倒在地,猛地一股力量支撑她稳稳地再次站住了。

虽然有些后怕,但她还是决绝地松开了扶墙的手,然后开始一点点地移动着步子。

她的脸涨得通红通红的,但是内心却逐渐地欢喜了起来:我可以独立行走了,我可以走了! 我马上就能够正常上课了!

静秋这时候已经可以脱离扶东西,慢慢地迈开步子独立行走了,每走一步她的心里就会有非常强烈的幸福感,这是多年以来都没有的,她多么珍惜这来之不易的走路机会,以前的她走不快,羡慕正常的孩子跑步、跳绳儿。甚至走累的时候,还羡慕那些坐轮椅的人,因为那样自己可以不需要出任何的力气,也能出行了,还没有人看到自己走路的怪异姿势。这次以后,她真正地认识到,能够行走是一件多么幸运与自豪的事啊!

或许因为太久不能走路了,她太享受这种"自由"了,她的步子自然地慢慢地向宿舍门移去,她知道,她渴望出去,她渴望校园,她渴望走路!

　　"管它呢!摔跤了我也要出去走走!我明天就要步行去上课!"静秋鼓励着自己,打开了宿舍门。

　　门开的那一刻,一股许久未曾感受到的,非常清新的微风拂面而来,是啊,久违了。许久没有出门了,窗内和窗外虽只是一墙之隔,却隔断了两个世界,窗内的人多么渴望蓝天、白云、微风、自由,窗外的人身在其中却感受不到大自然赋予自己的财富。

　　静秋慢慢地扶着台阶旁的扶手,一步一步地下了台阶,来到了小区单元楼的门口,她总算出来了!

　　"孩子,好几天都没有看到你了!"刚出门,就有一位教师的家属和自己打着招呼。

　　"阿姨,我这几天病了,今天好了一些出来透透气!"静秋高兴地回答着。

　　"是吗?孩子你可要好好照顾自己啊!本来身体就虚弱,出来透透气对人是最好的!"阿姨一边说着,一边竖起了大拇指,就骑着自行车远去了。

　　在与阿姨说话的时候,静秋自己都没有意识到,她的腿已经迈出了好几个大步子,脚下的力气也足了起来。

　　静秋一脸幸福地往前走着,步伐越来越稳,越来越快,她好像已经恢复到了之前的状态。

　　她惊喜地发现:她之前觉得像捆着千斤重的沙袋已经卸掉了,"我是好了吗?我已经恢复了吗?"静秋高兴地想跳起来。

　　此时静秋已经走到了平时经常去买东西的学校超市,静秋想起了自己需要买一些必需品,于是就踏着超市门外的缓坡,慢慢地走了上去。

"孩子,你要买什么?阿姨来帮你!"熟悉的售货员阿姨微笑地对静秋说:"孩子,以前你一周都要来阿姨这儿买好几次东西,这两周阿姨都没有看到你,好像少了点什么一样,阿姨可喜欢你了!看到你就像看到太阳一样,特别有力量!"

售货员阿姨上前扶着静秋,夸起了静秋。把静秋说的有点不好意思,但是她的心里却暖暖的。

静秋买完东西,阿姨送她走出了门,她提着东西,慢慢地走着,一边走,一边想:"看来我不回家的选择没有错,就凭这么多鼓励我、支持我的人,我也不能轻言放弃,我一定要努力加油,不管大诺老师回没回信,我也要写一本书,鼓励自己求学的同时,也要帮助他人!"

"看来我的腿已经恢复得差不多了!明天我就上学去!"静秋笑着朝学校的湖边走去。

老师帮我寻找创作灵感

"十一"假期很快就过去了,静秋天天数着日子期盼着张老师来天津的短信。她在认真学习的时候总是会不自觉地翻看一下手机,害怕第一时间错过老师的短信。

十月九日那天,张老师终于发了一条短信:静秋,你好! 老师今天下午三点左右会去你们学校看你。

"老师,真的吗? 我太激动了,可是我身体不方便,不能亲自去车站接您怎么办?"静秋激动且带着十分歉疚的心情回复了短信。

"老师自己坐公交车过来,你在学校等着我就好,到了你的学校给你打电话。"

老师特别体谅静秋,可是静秋还是无比歉疚。真的好恨自己因为行动不便给他人带来一些不礼貌:老师会责怪自己因为行动不便而招待不周吗? 老师会不会理解我的心情? 老师是严厉的还是特别有亲和力的呢? 老师会不会喜欢我,接纳我呢?

静秋非常忐忑地在学校等待着老师,她无法用语言形容自己的心情,只是觉得自己是一个非常幸运且幸福的女孩。

宿舍里已经很整洁了,静秋还是用自己无力的身体,弯不下的腰将地面拖了一遍又一遍,她不希望因为自己身体不便给任何人留下邋遢的印象。静秋穿着从小到大妈妈为自己买的最贵的一件米色风衣。

"静秋,老师已经到你们学校了,你在哪里住,老师去找你。"两点四十分左右的时候老师来电话了,这是静秋第一次听见老师的声音,亲和而温暖。

"老师,我去接你,你告诉我你现在在哪个位置。"静秋高兴地回答道。

"不用了,你告诉老师你的具体位置,老师行动比较方便,很快就到了。"张老师非常细心体贴。

那天的天气因为有雾霾,显得灰蒙蒙的,但是静秋心里格外明朗,她站在小区门口不停地打量着过往的行人。

突然,一个高大儒雅、成熟稳重的中年男人向自己微笑地挥着手,径直朝自己走来。

"静秋,我们终于见面了!"老师亲切地叫着自己。

"老师,老师。"静秋激动地语无伦次,呆呆地,她被老师的儒雅、大方、亲切完全震撼了。

"静秋,你住哪里?"老师询问道。

"老师,我住二单元一楼 102,您辛苦了,我们赶紧进屋吧!"老师顺着静秋指的地方,快步进了房间。

静秋感到很纳闷:老师为什么不等自己一起走路,也不看看自己如何走路的,怎么一个人先走了呢?

静秋慢慢地移着步伐跟着老师,走到房间。

张老师随便找了个位置坐了下来,环顾了一下四周。

"老师,您累了一天了,想喝点什么?"静秋有些不好意思地说。

"随便,白开水、茶什么都可以。"老师非常大方。

老师对自己就像对待熟识了多年的老朋友一样,完全没有嫌弃自己的意思。

"静秋,你能和老师简单回忆一下在学校里遇到的困难,还有和母亲一起遇到的各种不理解怎么克服的吗?"张老师真诚地直视着静秋。

"老师,我……"静秋支支吾吾地,激动已经让静秋的大脑处于缺氧状态。

"老师,我,我可能太激动了。"静秋支支吾吾地,"老师,我平时很会表达自己的,今天我看见您太惊喜了,太激动了,想不起来痛苦回忆的事情了,老师我再想想。"为了不让老师觉得自己口才很差,她为自己解释着。

"静秋,你看这样行吗,现在你和老师一起围着校园走一走,最好去你有过痛苦回忆的地方。"老师打破了沉默,提议道。

"好的。"静秋挣扎着站了起来,和老师出了门。

静秋带着老师来到离自己宿舍很近的青年湖,看到青年湖,静秋突然不自觉地打开了话匣子。

"老师,这个湖是我们学校情侣和朋友经常来散步的湖。离我的宿舍很近,可是我从来不愿意去散步,也不愿意从这里经过。因为我感觉每次看到年轻的情侣和同学们在这里欢声笑语,觉得自己孤身一人,形单影只,而且我没有办法坐到湖边的板凳上,因为我坐下去就起不来了。"老师专注地听着静秋说话,并用手机将这些记录下来。

静秋和老师经过马路牙子的时候,旁边有一棵小树,"老师,您知道的,天津的风很大,通常刮风的时候,我没有办法走路,我就抓住马路旁边的柳树。"静秋轻松地回忆起来,"老师我很聪明吧!"

老师微笑地点了点头,用眼神肯定着静秋。

很快，又到了大食堂门口。

"老师，您知道吗？因为食堂前的几级台阶，我大一的时候经常没有饭吃，因为我上不去，那时候又不敢向路人求助。"静秋哽咽了，想起饿着肚子的日子，静秋还会伤心。

老师还是用手机记录着静秋讲述的每一个细节，他没有显得悲伤，反而和静秋一起走在校园里，他感觉很自豪，而且一到有很矮的台阶的时候，他都会很绅士地伸出手扶着静秋。

马路边有一个垃圾桶，静秋突然站在那里，凝视着半天不讲话。

老师也停下了步伐，"静秋，怎么了，有什么深刻的回忆吗？"老师小心翼翼地询问着。

"那是大一的时候，12月的一天早晨，我像平时一样早晨五点半起床，走着走着，突然瘫软在地，怎么挣扎也起不来。"静秋含着泪望着老师，"那时候，天太早，没有人经过。我在地上怎么挣扎还是没有一丝力气，离我摔倒的十米的距离有一个垃圾桶，虽然只有十米的距离，对于我来说那简直是银河，阻碍了牛郎和织女。"

静秋越说越激动，老师认真地听着，眼眶也不觉地湿润了。

"最后实在没有办法，我卸下书包，把书包先扔过去，自己挪动屁股，慢慢拖动着身体，移到垃圾桶旁边。"

静秋一边说着一边用无力的左手托举着右手，替自己擦着眼泪。

"最后，扶着本来也不稳的垃圾桶，慢慢地起来的，前后花了半个小时。"静秋笑了，很骄傲地笑了。

"所以，你很棒，不是吗？"张老师竖起了大拇指。

静秋心里感到了一股来自灵魂深处的强大力量。

很快就到了校门口，"静秋，老师现在就要赶回去了，你在学校要注意不要感冒了，这个病最害怕感冒。一会儿我们在校门口合个影，老师就走了，有时间老师再来天津的时候，还会来看你。"老师亲切地说道。

　　"老师，您现在就要走吗？"静秋显得有些不舍。

　　合完影后，老师就和静秋挥手告别了。静秋目送着老师上了公交车，公交车走了好久好久，静秋才慢慢地往回走。

　　"我终于知道老师开始走路为什么不等我了，老师把我当成正常人一样，不需要特殊对待，虽然走得慢，但是我一定会跟上他的步伐。"校园里依旧有人看着静秋一瘸一拐地走路，但是静秋却显得无比自豪。

　　回到宿舍，静秋就打开日记本：今天是 10 月 9 日，是我人生中非常重要的一个日子。我看到了梦寐以求的恩师，他儒雅、大方的举止让我看到了一个人的真正魅力所在。

　　晚上，静秋收到了一条来自张老师的短信："徐静秋，老师今天带你一起逛校园的目的就是为了帮助你回忆起曾经遇到的困难，为自己即将开始的写作寻找灵感！我们就要开始一项伟大的工程了，老师今天把你叙述的内容概括了一下：1. 寒冬早晨被大风刮倒在地；2. 躲在宿舍不敢出门；3. 鼓起勇气自己学会买饭。咱们先从这三个内容写起，再根据自己的灵感慢慢往下写，我们写作大致是这样一个流程：先回忆，寻找关键性的事件，这些事件就像珍珠一样，然后再根据回忆的线索，慢慢连成线把珍珠穿起来。接下来写作是一个艰难的过程，老师相信你可以做到！

　　静秋收到老师的短信无比兴奋，她恨不得现在就动笔完成老师布置的任务，对于未来写书的艰难，她是可以预见的，但是有了这样一位老师,他这样无私地帮助自己实现自己的梦想,那我又有什么理由懈怠呢?

此时,静秋的眼神无比笃定,她抱着收到老师短信的手机久久不肯放开。

第九章

创建志愿者团队

帮助病友惠惠

3月的一个晚上十点多,静秋正在用花椒水泡脚,这时一个来自老家的陌生电话打了过来。

"喂,您好! 请问您是哪位?"

"喂,请问您是徐静秋同学吗?"一位中年女子略显激动地说道。

"是的,请问您是哪位?"静秋有些好奇。

"我家的孩子最近半年出现了和你身体情况差不多的症状,虽然没有确诊,但是严重地影响了我们的生活,孩子学习下滑的很厉害,而且越来越内向,你说我该怎么办? 孩子的班主任给我你的电话,她让我求助你帮助孩子树立信心! 我……我真的没有办法了。"阿姨说着说着,抽泣了起来。

静秋听着阿姨的声音,好像看到了当年走投无路的自己和妈妈,她立马安慰道:"阿姨,阿姨不着急,慢慢来,我一定会尽我最大的力量帮助孩子的!"

"那太好了,我和孩子还有她爸5月来北京检查一次,到时候我们去天津让你和孩子见一面好吗?"阿姨有些激动。

"嗯嗯! 没问题! 我很期待与妹妹见面!"静秋回答得很肯定。

挂完电话后,静秋的心就像打翻了五味瓶一样,真的不是个滋味儿,她自己太明白得这种病的痛苦了,真的不希望这个陌生

274

的妹妹也摊上,"愿老天保佑,孩子不是这个病!"静秋心里默默祈祷着。

很快5月中旬到来了,病友小惠惠一家人自己驱车从安徽来到了北京,从北京回来后,他们一家人为了安排与静秋见面,给自己的孩子一些鼓励,将原有路线改为经过天津,静秋兴奋极了,她是多么想见见这个过早被病痛折磨的小女孩,她太能理解孩子的感受了。

在孩子来之前,静秋穿上了一条宽松的淡绿色拼接连衣裙,她用双手扶着墙为自己束起了高高的马尾,也画上了淡妆。她要漂漂亮亮的见这个妹妹和这一家人,因为她知道自己不论是穿着还是行为都是给这个孩子潜移默化的影响,她要告诉孩子,即使得上了无药可医的疾病,也可以活得阳光漂亮。

静秋在他们来之前,自己一步一步地挪着去了超市,为妹妹精心挑选了一些零食,希望妹妹能够喜欢这个姐姐,愿意和这个姐姐敞开心扉。

临近傍晚的时候,他们终于到达学校了,此时属于初夏季节,天还是大亮。

静秋早已在学校门口守候,只见一辆皖N车牌标示的白色小汽车停在了静秋面前。

"嗯,一定就是他们了!这是我们安徽的车!"静秋激动着,不停地向车挥着手。

车上那个已经在电话里通过许多次话的阿姨看到静秋,匆忙地下了车,只见里面一个瘦弱的小女孩,躲在副驾驶她爸爸的身后,像一只刚出生不久,不敢见阳光、睁不开眼睛的小猫。

"阿姨,你们一路辛苦了吧!那车上的是惠惠吗?"静秋一边和阿姨打着招呼,一边走到副驾驶。

"是啊,那孩子不敢见人,说什么她也不肯下来!"阿姨有些无可奈何。

"小惠惠,快下车,姐姐给你买了很多好吃的,你看!"静秋试图将自己手上买的一大袋零食举起来给惠惠看,可是不论她如何努力都举不起来。

"惠惠,你不要难为姐姐了嘛! 姐姐手实在没有力气将零食举给你哟! 我想咱们惠惠最懂事了,一定会理解姐姐,自己下来拿的!"静秋亲切地哄着惠惠。

"宝宝,快下来,你最棒了! 爸爸最爱你了,你一定很懂事!"

这时候,惠惠的头怯生生地探了出来,偷偷地看了一下静秋,突然自己要求下车了。

静秋带着一家人先到学校里的餐厅吃饭,问了关于惠惠的情况,但是惠惠一直都是低头吃饭,走路的时候也会牵着静秋的手,这让静秋很欣慰,她能够感觉到惠惠对自己慢慢消除了戒备心理。

"惠惠,姐姐带着你和爸爸妈妈一起逛一逛大学校园好吗? 咱们惠惠以后也要考上大学的对不对?"

惠惠拉着静秋的手,点了点头。

"你看,姐姐平时都要走这么多路的,宿舍到教学楼远吧?"

"姐姐,这么远啊! 累不累啊你?"惠惠终于开口了。

"你看你是不是应该向姐姐学习啊,咱们惠惠也能做得像静秋姐姐这样的,对不对?"阿姨看到女儿愿意开口了,很开心。

惠惠对着她妈妈点了点头。

"姐姐,你什么事情都是自己做吗? 这些台阶你都怎么上啊?"惠惠看到一路走来教学楼、食堂到处都是台阶。

"是的啊! 姐姐什么都会的哦! 这些台阶可以一步一步慢

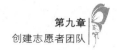

慢爬啊，只是慢了一些而已。"静秋慢慢回答道。

惠惠张大了嘴巴，看着静秋。

走着，走着，来到了湖边，有很多大学生在散步，为了锻炼惠惠的胆量，静秋提议道："叔叔，你给我和惠惠在这里来张合影怎么样？"

惠惠吓得躲到了她妈妈的身后。

在静秋的极力说服下，惠惠终于答应，和她妈妈一起与静秋拍了一张合影。

为了赶回老家，静秋和惠惠一家人不得不分别了。

临走前，静秋把自己养了好久的白色小仓鼠送给了惠惠。这让惠惠激动不已。

"惠惠，姐姐把它送给你，你要答应姐姐，你回去一定要和小伙伴们一起玩！要接姐姐电话，要好好上学，听爸爸妈妈的话，好吗？咱们拉钩！"静秋借此机会提出了这些要求。

"嗯，姐姐，我会的。还有，姐姐，我喜欢你，你是漂亮温柔的姐姐。"惠惠的脸都羞红了。

"哈哈哈"，三个大人被惠惠逗得哈哈大笑。

临走时，惠惠居然主动要求抱着小仓鼠和静秋留一张合影。

静秋在校门口看着他们的车渐行渐远，泪水模糊了双眼，希望老天不要把灾难再降临到这个孩子身上。

带着家人走访惠惠家

自天津一别，静秋再也放不下这个孩子，暑假很快就到了，静秋也回到了家。

"妈妈，我想去看看经常向你提起的惠惠，你和爸爸把我和徐航带去看看妹妹好吗？"刚回来没几天，静秋就和母亲提出了这个想法。

"也好，带你和弟弟出去透透气，我们也互相鼓励鼓励！"妈妈爽快地答应了。

第二天一家人放下了所有的事情，搭车前往惠惠家。

那是一个低矮的卤菜手工作坊，阿姨的身影在电风扇下忙碌着，叔叔也在招呼着过来买卤菜的客人。虽然时值酷暑，但是生活的压力让他们没有办法停歇一会儿。

"阿姨！买卤菜了！"静秋逗乐地在店门口叫了一声。

"请问你想买……"阿姨抬起头看到了静秋，惊喜地张大了嘴巴，"快啊，惠惠，你的静秋姐姐来了！"阿姨激动地朝着作坊里面的走廊喊去。

"阿姨，我带着爸爸妈妈，还有弟弟来看惠惠来了！"静秋调皮地吐了吐舌头。

"快，快让他们进来啊，他们在哪儿呢？你这孩子，怎么也不提前打个电话，阿姨一点准备都没有！"阿姨脱下围裙慌忙出来招呼着。

"阿姨！我是徐航,惠惠呢?"弟弟主动走上前和阿姨打招呼,爸爸妈妈也拎着礼品走上前。

"这就是徐航啊！这么高的帅小伙子,现在真的像一个男子汉了！惠惠在里屋,一会儿我去叫她！大哥大姐,你们来我们就已经很高兴了,带什么礼物啊!"阿姨一边招呼着静秋的父母,一边沏茶。

趁着大人寒暄的时候,静秋领着弟弟上里屋去了,穿过一个走廊,顺着叔叔指的地方,他们来到了惠惠的卧室。

此时已经接近十一点多了,惠惠还蜷在被窝里,玩着手机。

"惠惠!"静秋喊着。

"啊！姐姐,你怎么来了?"她从被窝里探出了头,既惊讶又害羞,但从眼神里散发出了一丝兴奋。

"惠惠,我是徐航哥哥噢！你知道我吗? 愿意和哥哥一起玩吗?"弟弟变得特别有哥哥的样子。

惠惠把头又藏在了被窝里,不敢出来。

"好的,那让哥哥先出去,姐姐陪着你穿衣服好吗?"静秋向徐航使了个眼色。

徐航轻轻地出去了。

惠惠听到关门的声音,将头又伸了出来,她傻傻地笑着,从床边的小椅子上拿起了自己的衣服准备穿。

"惠惠,现在都已经快中午了,你怎么还不起床啊?"静秋试探性地问道。

"我每天都是这样啊！今天要不是姐姐来了,我可能会睡到下午两三点。"惠惠显得习以为常。

"啊！为什么会这样呢? 这样作息是不对的!"静秋特别惊讶。

"爸爸妈妈都忙着生意,没有人管我!我喜欢这样,这样我想干吗就干吗!"惠惠吐了吐舌头。

"那不吃饭吗?"

"我起床再吃,或者在被窝躺着他们送给我!"惠惠很有优越感地说着,她继续闲散地穿着衣服。

"你喜欢爸爸妈妈吗?你有朋友吗?"

"姐姐,告诉你一个秘密,我特别讨厌他们。我没有小伙伴,因为爸爸妈妈忙,怕我丢了,总是把我锁在卧室里,他们做自己的事情。"惠惠还做了嘘的动作,示意我保密。

静秋听了这话,陷入了沉思,她感觉很危险,也很痛心。惠惠的问题不仅仅是病情这一方面了,在这种成长环境下,造成了她胆小、自我、孤独的性格特征,这是在农村地区,年轻父母在巨大的生存压力下面,对孩子疏于管教的结果。

静秋带着穿好衣服的惠惠出来了,弟弟主动上前拉着惠惠的另外一只手,惠惠也没有逃脱。她显得很高兴。

"等我一下,姐姐!"惠惠又跑回卧室。

不一会儿的工夫,她拿出了两大袋零食,给静秋和弟弟一人一袋,她羞红了脸。

一天很快就过去了,双方家长在饭桌上聊得特别投机,静秋的父母,以一个患者家长过来人的身份,告诫惠惠父母多陪陪孩子,多鼓励孩子做自己有兴趣的事情,也鼓励他们对生活和疾病要乐观起来,此次交流让双方家长都受益匪浅。

三个孩子在一起也像亲兄弟姐妹一样。

临走的时候,惠惠依依不舍,她拉着静秋的衣角,小声地说:"姐姐,你可不可以在我家住几天?我有很多话想对你说!"

静秋看到惠惠敢于主动与她沟通,高兴不已,为了惠惠她告

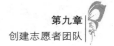

别了父母,就留宿在惠惠家了。

晚上睡觉的时候,惠惠突然在被窝里哭了起来:"姐姐,我们班好多同学都学我走路,我们老师也不喜欢我! 我想离开这里,我不想回家,不想上学!"

"好孩子,不会的,姐姐不是上学上得好好的,已经在念大学了吗? 相信姐姐一切都会好的,不要乱想好吗?"静秋拍着惠惠的胸口,哄着她慢慢入睡。

静秋脑海里浮现了一幕幕自己曾被同学不理解,欺负的画面,那时候的她也多么渴望有朋友啊! 是时候和惠惠的班主任沟通她上学的问题了。

几天过去了,静秋就要离开惠惠家了,为了让惠惠得到更好的支持和理解,走之前,她决定和惠惠的爸爸去学校和她的班主任沟通一下。

与惠惠班主任沟通

"咚、咚、咚",静秋和惠惠的爸爸站在教师办公室门口。

"请进!"只见一位很年轻,约莫二十几岁的年轻教师抬起头。

"您好,您是任晏汇的家长吗,请问您有什么事吗?"惠惠的班主任站起身来,温和地问道。

"姜老师,您好! 今天我过来主要是为了我们家惠惠的事情。今天也特地带来一个女孩,和您一起沟通惠惠的问题!"任叔叔很真诚地说明了来意。

"欢迎,欢迎! 你们请坐,请问这个女孩是?"姜老师表情有些疑惑。

"老师,我就是徐静秋,就是惠惠的语文老师介绍惠惠一家人认识我的!"静秋柔声回答道。

"徐静秋? 就是那个咱们廖老师经常在我们办公室提起的那个,学习很好、身残志坚的女孩吗?"姜老师很惊讶。

"老师,不敢当,我就是那个身患肌无力的女孩。"静秋微笑着说。

"我今天终于见到你本人了! 你的故事一直鼓舞着我,在我念大学期间就一直听说你的故事,一直想见见你,没有想到你来找我了! 你真的太棒了!"姜老师紧紧握住静秋的双手。

"老师,谢谢你们一直对我的支持和鼓励! 今天我来的主要目的就是和您说说惠惠的情况,并希望咱们能够一起鼓励支持她的求学之路!"静秋说明了来意。

老师突然皱起了眉头,她摇了摇头,深深地叹了一口气,办公室的氛围突然凝重了起来。

顿了一会儿,她说:"这孩子啊,以前学习成绩很好的! 在班级总是前三名,现在她不仅不听课,上课还总是开小差、看电子书。而且现在性格很孤僻,很少和同学在一起玩,现在的学习也一落千丈。已经是班里的倒数十名了。他爸爸妈妈也告诉我,孩子好像生了一种病,到现在都不能确诊,我也不敢太管着她,害怕伤害她自尊心。"

老师的神情里透着焦急和无奈。惠惠的爸爸听了老师的话,抱着头,非常痛苦自责。

"老师,惠惠现在才十岁,因为平时生意比较忙,她的爸爸妈妈也很少能够顾及她,她可能就非常缺少安全感,现在突然自己身体力气慢慢不足了,心理压力也是很大的。"静秋说道。

爸爸在一旁听着越来越愧疚,老师点了点头。

"认识惠惠一家已经好几个月了,从她妈妈那里也了解到了惠惠学习和身体的一些情况。前几天把她接到我家和我住了几天,她告诉我她不想上学,因为同学都叫她'唐老鸭',都说她走得慢,这也无形中给她增添了厌学的情绪。惠惠现在还在属于确诊阶段,不管结果怎样,我觉得老师都应该给她营造一个快乐的环境,也利于她的病情。"

"我意识到了这一点,但是我不知道怎么做? 你能通过这么多年你求学的经验,和我分享分享吗?"老师皱着眉头说。

"老师,我曾经有一段时间也有过失落。但是有一次,老师让我领读了,还表扬我读得非常好,当时我明显感觉全班同学羡慕我的眼神,而且有一次我的作文被当成范文。这都给了我极大的信心,从那以后,只要一有朗读的机会,我就会第一个举手,我也越来越喜欢写作。我觉得惠惠现在可能做不到主动,所以我希望老师多主动提问小惠惠,不管她回答得怎样,都给予表扬。还有一个很重要的问题,我希望老师开一个班会,告诉孩子们惠惠现在生病了,大家应该多保护她、鼓励她,而且有什么户外活动,老师可以带着惠惠参加,这样都会慢慢帮助惠惠树立信心的!"

老师认真地听着静秋的话,她紧蹙的眉头开始慢慢舒展开来,"对啊!我怎么没有想到啊!我会按照你的话,好好反思我的教学方式的!静秋,我希望你能留一下联系方式,一旦我有什么不懂的,及时与你沟通,也及时告知惠惠的进步!"

静秋和老师交换了联系方式之后,就扶着桌子艰难地站了起来,和老师告别。

老师一直目送着静秋和惠惠的爸爸到学校门口,她看着静秋一步一步缓慢地下着台阶。

"静秋,惠惠这次演讲比赛得了第一名!"

"静秋,惠惠这次考试考了全班第二!"

在学校的日子,姜老师经常发这样的信息给静秋,这都给了静秋极大的安慰。

"静秋,惠惠的病情终于确诊了,她不属于肌无力,她是肌炎,是可以进行激素治疗的,现在小丫头不仅能够坐下去站起来了,还能够蹦蹦跳跳了呢!你是我们一家人的恩人!"前不久静秋收到惠惠父母发来的短信,她高兴地流泪了,愿所有的孩子健康快乐,所有的苦难都让我一个人担着吧!

"巨人"瑞红带我走近"瓷娃娃"群体

北风"呼呼"地吹着,窗外枯黄的落叶卷成一圈又一圈飘向远方。周末这样的天气,不论是上班族还是学生党,窝在被窝里睡觉无疑是不错的选择。

"好冷啊!"静秋搓着双手,她早上六点就爬起来了,自从从当当网买到瑞红师姐写的那本《玻璃女孩水晶心》后,她就期盼着周末早点到来,因为这样自己就可以认真拜读师姐的大作了。

静秋扶着书桌在电脑桌旁缓慢地坐了下来,小心翼翼地捧起那本用绿色点缀,手捧鲜花的卡通女孩的图书,好奇心已经让她按捺不住了。

打开书,一个大眼睛、高鼻梁、身材矮小的女孩映入眼帘,她绽放出阳光甜美的笑容,书里有父亲抱她考试、给大学生演讲、开通"瑞红姐姐"心灵热线与全国各地听众的书信,还有瑞红姐姐学习小屋等等。

这个瘦小的女孩一下子吸引住了静秋的眼球,那么小小的、坐在轮椅上的小人儿怎么能做出这么多正常人都做不了的事情呢?此时静秋的内心是火热的、是激动的,她已经顾不得身体的寒冷,下定决心今天一定要把这本书读完!

陶瓷很美丽,但是易碎! 原来这个世界上还有一种易骨折的成骨不全症患者,他们是肌无力领域外的另外一种罕见病群体,他们还有一个美丽的名字"瓷娃娃",这是静秋第一次接触除肌无力领域外另外一个罕见病群体。

三十岁的生命里三十一次骨折，那得多疼啊！静秋的身体好像也随着瑞红一次又一次地骨折，开始感觉到主人公钻心的疼痛感。不，那不是普通的疼痛感，那是生命拔节的声音！那是破茧成蝶必须经历的痛苦蜕变！此时瑞红小小的身体已经无法容纳她巨人般高大的灵魂，她是巨人！

从书中，静秋得知瑞红师姐从小就是一个不向命运低头，不屈不挠的精神领袖，出生时就被诊断为脆骨病的她，在几个月大的时候，身体被骨折折磨，但却全然不顾疼痛，求生欲望让她扑闪着对生命渴望的大眼睛贪婪地吮吸着奶头，这让父母决定托举这个脆弱的玻璃生命，一滴露水养一棵草，再艰难的境地也阻止不了一棵有思想的苇草拼命生长！

"几点了？"室友把头从被窝里伸出来，懒洋洋地问了一句。

"十二点了，静秋咱们去吃饭吧！我起床！"

静秋继续读着，她已经沉浸在自己的世界里了。

室友什么时候起的床，什么时候将热乎乎的饭放在自己书桌旁的，自己都浑然不知。不知不觉上午过去了，静秋全然没有饥饿的感觉，此时精神食粮已经让她陶醉了，她从瑞红的书里仿佛看到了另外一个倔强的自己！她贪婪地不想错过书中任何一个细节。

瑞红姐，命运对她设立的一个又一个关卡，看似是那么的不公，一出生就诊断为无法治愈的脆骨症，幼年时看到同龄孩子一个个去学堂，强烈的求知欲在内心大声呼喊着，叫嚷着："我要上学！"爸爸每周日回来不敢面对瑞红内疚而紧锁的眉头，妈妈无可奈何自责地叹气，离家不远处学堂"当、当、当"的上下课铃声，孩子们放学归来欢呼雀跃的打闹声无不一一撞击在幼小的瑞红心里,身体的疼痛算得了什么,精神的空虚才是真正的夺人命!苦苦哀求着父母:"妈妈,我不怕骨折,我要上学! 我要上学! 我要上学!"好一个我要上学! 有董存瑞舍身炸碉堡的壮烈,有黄继光挺身堵枪眼的士气!

一个小女孩多么震撼的呐喊,引来了魏老师的到来,从此翻开了母亲怀抱瑞红求学九年半的篇章,新的征程就此开始,或许没有人认为瑞红上学将有什么出路,包括她自己的父母在内,只是为了圆一个命运不幸的女孩的心愿,如此而已。对知识的贪婪,让瑞红有了新的追求,课本将她带到色泽斑斓的缤纷世界,从经历口渴,尿裤子,同学的冷漠到作为优秀学生代表之一去乡里考试,和同学们结下了一个都不能少的友谊,可见玻璃女孩的温暖与坚韧得到了相应的回报。小升初优异的成绩带给所有父母的都是喜悦与激动,然而瑞红家里却愁眉不展,瑞红面临着又一次失学,摔掉的花生泄不了瑞红的愤恨,父亲沉默的坚持感动了韩乡长,并为瑞红就学提供了方便,瑞红又一次仿佛来到了天堂,然而自身的特殊性使瑞红像被流放在孤岛一样,绝望无助,英语成绩的不理想又浇了冷水,然而同学之间友谊的坚冰又一次被瑞红的才华打破,瑞红的努力再次赢得645分的可嘉成绩,她的坚强还为走向弯路的班长指明了方向! 如果说没有追求没有结果的放弃是理所当然的,那么考上重点高中的瑞红因为身体受限再也踏不进学堂门的她是痛彻心扉的,没有人会因为她的遭遇网开一面,不想得不愿得的"自私"冠在善良的瑞红头上,天堂给瑞红开了一条门缝,然后紧紧地关闭了,她绝望、悲哀,她决定与命运抗衡下去!

静秋的心被书中瑞红曲折的求学经历,和对知识渴望的呐喊声震撼到了。她母亲抱着她求学九年半的经历,让静秋也不由得想起了母亲为了全身心支持自己的学习，不顾亲人的反对，毅然辞去工作陪读十年，每天牵着摇摇晃晃的自己上下学被路人不解的经历。还有自己高考两次失误，关于放弃学业还是继续地痛苦抉择。

伤心绝望之后，天空开始放晴，文学的道路让瑞红重新拾起希望，自学大专让瑞红重新捧起了课本，张大诺老师的出现给瑞红姐姐新的曙光。瑞红姐姐学习小屋的开设，给大学生还有高考学子们减压，她用她的力量在慢慢感染世界打动人们，这里没有人敢说瑞红姐姐不是高大的，31次骨折疼痛的声音原来就是生命拔节的声音！疼痛有力却对所谓的命运嘲笑着！

静秋被这个骨折过31次坐在轮椅上的生命巨人深深折服了。

此时天已经黑了，静秋将这本书捧在胸前，对着漆黑的天空大喊：瑞红姐姐，我想见见您！

你要相信人世间所有的相遇都不是偶然的，循着书中瑞红姐姐的联系方式，静秋联系到了瑞红姐姐，令人惊喜的是瑞红姐姐工作的地方就在离自己几十公里以外的武清区，瑞红姐姐请求学校的志愿者帮助静秋上下公交车去见她，这让静秋高兴不已。

周五终于在一分一秒的漫长等待中到来了，此时已经属于早冬季节了，呼啸的北风伴随着砂砾敲打着门窗，往常在这种天气，静秋是不敢在户外长时间逗留的，因为身体的不稳定性伴随着大风，自己会摇摇欲坠，不时摔倒。

但是在今天这个特殊的日子，静秋已经穿戴整齐，并背上放有师姐自传的书包。

在之前约好的志愿者的帮助下，静秋顺利地来到了武清人

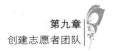

民医院的九楼。

一出电梯,静秋惊呆了,九楼哪里像一个医院,简直就是儿童乐园!如果我小时候住院的时候,医院也这样布置多好啊!

病房外有一个很大的活动室,活动室里有一排排整齐的摆满了书的低矮书架,将走廊围成一圈。书架上还有各种各样的布偶玩具。走廊墙上贴着各式各样的手工布画,到处都是温馨的布置。在活动室的走廊中间,有一个办公室,上面写着"太阳语罕见病心理关怀中心"。

不一会儿,志愿者们就开始忙开了,静秋还没有搞清楚具体的状况,她原以为这些志愿者是为了专门安排她和瑞红师姐见面呢!

戴着眼镜的短发女孩,摇着轮椅"走"了过来,她扑闪着渴望知识的大眼睛说:"姐姐,我好想你们啊!你们是不是又要给我们讲新的知识啊!"

"是啊!今天我们这些小姐姐给你们讲英语单词,和简单的日常用语!你快去找小伙伴们吧!"

紧接着小女孩就自己摇着轮椅,去病房一个一个地通知小伙伴们去活动室上课。

不大一会儿的工夫,摇着轮椅的小伙伴、拄着拐棍的小瓷娃娃,还有被家长把床也推出来的小朋友都兴高采烈地过来了,大家叽叽喳喳,期待着课堂的开始。

静秋终于明白了,原来这些志愿者主要是给孩子们上课的。

突然人群里有一个熟悉的蜷在轮椅上的身影出现了,对,是她,就是瑞红姐姐。

"姐姐,瑞红姐姐!我就是您的小师妹,徐静秋!"

瑞红姐姐一眼就认出了静秋,但是此时混乱的课前秩序让她来不及与静秋好好寒暄,就先忙开了,并对静秋说:"你看咱这儿什么需要你帮忙的,你自己就去搭把手吧!妹妹!姐先忙,一会儿单独找你!"

静秋被瑞红姐姐这种亲切与"随便"逗乐了:哈哈,姐真没有把我当外人。

很快志愿服务课堂开始了,静秋被瑞红姐姐单独叫到了自己的办公室。

"静秋,不好意思啊,姐刚才实在太忙,都没顾得上你!"瑞红姐姐疲劳的面庞依然笑靥如花。

"姐姐,我很愧疚自己帮不上任何忙,甚至都不能蹲下去抱抱您!还有我觉得今天过来找您,特别麻烦别人心里很不舒服。"静秋有些惭愧。

"静秋,你的心情我很理解。但是你想一想,是不是你伸出双手给大家一个释放爱的机会,咱们互相都会很快乐呢?"瑞红姐姐轻声细语地说。

静秋听了这话,负罪感一下子减轻了不少。

"你想想,给大家一个爱你、走近你的机会,别人会觉得自己的价值得到了体现,你也会慢慢融入大家。"她接着说道。

静秋睁大眼睛望着瑞红姐,点了点头。

办公室里传来活动室家长与孩子们的欢声笑语,还有孩子们学英语高涨的积极性,这无一不在触动着静秋的内心!她被这些孩子们的阳光开朗深深地震撼了,她也多想参与进去啊!

"姐姐,我也很想参与进去,为瓷娃娃上课什么的,可是我感觉我不行!"静秋眼皮无精打采地耷拉了下来。

"你可以做很多事情啊!关键是你现在这种积极的态度,独立求学的精神,会给许多患儿和家长带来希望的!而且,只要有

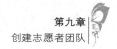

人帮助你上下公交,你什么都可以做的,包括志愿教学!"

"那姐姐,一会儿能不能给我一个机会和孩子们分享交流一下我的经历,我想尝试一下!"

"当然没有问题!"瑞红姐姐竖起了大拇指。

离志愿服务结束还差十五分钟的时候,瑞红姐姐摇着轮椅出去了。

"在座的家长、小朋友们! 今天咱们志愿者带来了一位神秘的嘉宾,她想与我们分享她的生命故事,让我们大家欢迎她!"

活动室响起了热烈的掌声,有的医生和护士也站在活动室门口。

只见静秋微笑着从办公室缓缓地走出来,慢慢坐在小凳子上,她既紧张又激动,声音颤抖说:"叔叔阿姨,在座的小朋友们! 你们好! 我叫徐静秋,是一名大二的学生。因为今天的偶然机会,我非常荣幸地能够与大家在这里见面,看到为孩子们治病含辛茹苦的家长,还有这些坚强活泼的小朋友们,我想我非常能理解大家面对病魔的心情。"静秋的眼泪不自觉地流了下来。

坐轮椅的小朋友们虽然年纪很小,但是都好像特别懂事似的看着静秋,认认真真地听这个大姐姐讲自己的故事,看着泪花闪闪的静秋,他们也表现出几分伤感。

"七岁之前,我和所有的孩子一样健康活泼,然而七岁之后我的脚后跟就开始不能着地,父母一边供我读书,一边领我看病。

我的童年基本都是在学校和医院里度过的。

然而高考的时候,我的病情出现了恶化的趋势,但是依然没有得到确诊。妈妈一直告诉我,只要我考上了离北京比较近的大学,我的病就会有希望了,我每次不想努力的时候,妈妈的这句话都会回响在我耳边。"

那些瓷娃娃小朋友都在认真地听着,困难也让他们过于早熟。家长们潸然泪下。

"终于在2012年我以安徽省文科575分考入了天津商业大学。考上大学后,妈妈不能陪在我的身边了,我只有靠自己一个人了,我第一周不敢去食堂买饭,不敢洗澡,一个人躲在宿舍里不敢出来,天津的风很大,我走不稳随时就会摔倒在地,有时候我会抱住路旁的小树。"说到这里静秋的情绪显得异常激动,她忘不了自己躲在宿舍挨饿的情形,更忘不了自己摔倒在地求助路人抱自己,还有自己抱着小树被大风刮得四处摇晃的画面。

此时在座的大人和小孩的情绪都忍不住激动了起来,有的大人放下本来在拍静秋视频的手机,抹着眼泪,对着静秋肯定地点了点头。

"在这种情况下,半年里我瘦了将近20斤,而且学会了自立,走路的姿势也比以前好了许多,为了减轻父母负担,我也开始打工做家教,并在'自强之星'的比赛中获得第一名,成为'天津商业大学自强之星',2014年我们一家人参加了《大王小王》节目的现场录制,弟弟和家人现在都能够直面现实,重新振作。

所以我希望在座的家长一定不要放弃希望,不要放弃孩子!现在的我虽然依然有很多不便之处,但是我已经创造了奇迹!"

静秋讲完后,活动室里的掌声响起了一波又一波。

这是一次特殊的分享会,是病友自己的声音,静秋刚放下话筒,就有一群瓷娃娃摇着轮椅上来抱住静秋,生病的人是不幸的,但是疾病也将一群互不相识的人变成了一家人,互相鼓励,抱团取暖!

下午很快就过去了,临走前,很多家长和瓷娃娃们要了静秋

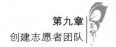

的联系方式,他们推着轮椅送着静秋他们,瑞红姐姐给她的书签了名并写上"我们一起向前走"这几个有力的大字。

走出医院,夜色已经拉开帷幕,一下午的奔波让静秋的身体疲惫不堪,但是她捆绑许久的心灵得到了空前的释放。

"瑞红姐,太阳语,孩子们,我一定会再来的!"静秋心里暗暗承诺着。

单独走上公益支教道路

"姐姐,你还会过来吗?"

"姐姐,我们会想你的,你是我们的天使。"

"姐姐,看到你,我们就感觉我们也是有希望的!"

"姐姐,大学生活是什么样的? 我想听你说。"

静秋又被梦里的呼唤声叫醒了,这已经是从太阳语回来,第三次梦到自己去太阳语和孩子们临别的情形了。

她知道,这种梦的反复出现,一定是自己内心深处对太阳语孩子们的牵挂。

"是的,我应该再去一次了,我也要成为志愿者老师!"她想着。

看了一下课表,周五全天没有课,而且自己做家教也是周六日。静秋已经把支教的时间定在周五了。

可是眼前一个巨大的问题横在她面前:我如何上下公交车?怎样才可以顺利出行? 难道又需要一个人陪同我一起去吗?

静秋心里忐忑着,她真的没有办法心安理得地去请求别人帮忙、接受别人帮忙。

"静秋,你要给别人一个释放爱的机会啊! 这样别人不仅会觉得体现了自己的价值,你也会感到很快乐的!"瑞红姐姐甜甜的声音萦绕在静秋耳边。

静秋拿出了手机,一遍又一遍地翻看了通讯录,心里想着:

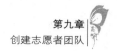

给别人一个释放爱的机会？给别人一个了解自己、和别人沟通的机会？

静秋的手指不自觉地拨通了一个男同学的电话。

"你好！我是静秋，我想拜托你一件事！"

"静秋啊，你说，只要我能帮的一定尽力！"

"我想去武清区做志愿者老师，但是上下公交不方便，需要别人抱，你能不能……能不能陪我一起呢？"

"没问题啊！太有意义的一件事情了！真的很高兴能有这样的机会，周五我一定会陪你一起去的！"同学爽快地答应了。

静秋忐忑的心情终于被同学的爽快安抚下来了，感觉从瑞红姐的角度看待问题，一切都变得那么不一样了。

静秋开始准备英语课件，她仔细观察了那里的孩子，所有的瓷娃娃小朋友的年纪基本在 5 岁到 16 岁不等，而且受教育程度不均，这样的话准备课件就有一定的难度。

"嗯，那里的孩子应该最喜欢的事情，就是有大姐姐大哥哥陪伴他们，并且带来能够愉悦心情的知识，这样既有利于孩子病情，也有利于树立阳光积极的心态！"静秋这样想着。

于是她准备教孩子们英文版的小星星，为了鼓励孩子学习的积极性，静秋也准备了一些糖果作为奖励。

沿着上次的路线，静秋和朋友打的刚到公交车站，611 路公交车就到了。

"师傅，师傅等一会儿！我的同学行动不方便，需要我来背！"朋友赶紧上前和师傅说明情况。

"静秋，别怕，上来！"男同学立马弓下身子。

同学的一句"别怕，静秋！"给了她极大的安慰，她自然地趴在了这个或许曾经稚嫩，但今天像大人一样承担起责任的结实脊背上。

同学轻松地迈上了台阶,把静秋安放在公交车的高座上。车上所有人都带着疑惑的目光聚集在这个年轻女孩的身上。

"你们去哪儿?"师傅好心地问了男孩。

"我们去武清区人民医院!"男孩答道。

"哦,带女朋友去看病啊!"师傅和车上的人仿佛恍然大悟。

"不,我们是志愿者,是这个女孩带我去给瓷娃娃上课!"男孩大声地回答道。

此时车上的人表情惊讶,望着这对年轻的男孩女孩。

经过一个多小时的车程,车上的人目送着男孩背着女孩下车,两个人终于到达了武清区人民医院九楼太阳语活动室。

此时的太阳语活动室静悄悄的,因为此时属于午休阶段。

"静秋,你怎么知道这么一个有爱的地方的?"男孩开始四处打量。

"嘿嘿,还有更让你感到激动的呢!"静秋指着太阳语办公室,男孩顺着她指的方向望去,只见熟悉的瑞红姐姐还在办公室里忙碌着。

"瑞红姐,我来了!"静秋走到办公室门口。

男孩第一次看到坐在轮椅上,如此小巧的人,这么健康阳光地在工作,他愣在了那里。

"啊!静秋,你是怎么来的?怎么不提前和我说一声!那位是?"

"姐姐,就是这位帅哥帮助我过来的啊!我回去想了一周,我想做志愿者老师,而且我也准备了课件!你支持吗?"静秋很兴奋。

"我当然支持了!那位帅哥真的辛苦了,谢谢你啊!"瑞红姐

特别随和,说的男孩显得很不好意思。

"既然这样,你们就是今天的志愿者老师了,我不客气地给你们分配任务了哦! 你们两点之前去每个病房走访登记病人情况,两点以后正式开始上课,好吗?"

"瑞红姐,没有问题!"男孩响亮地答道。

静秋带着朋友来到病房区,孩子和家长看到静秋又来了,还带来新的大哥哥,都特别激动,好几位家长都拉着静秋的手,说起了孩子,说起了自己对孩子未来的绝望,但是看到静秋身体那么差的情况下,还那么坚强独立,备受鼓舞。

很多孩子知道静秋来了,都摇着轮椅出来迎接这个姐姐。

"太好了! 我们又可以上课了! 小伙伴们快出来啊! 我们的静秋姐姐又来了,还带来了一个大哥哥!"一个小朋友大声叫喊着,大家争着抢着要和静秋去每个病房登记。

很快就到了下午两点上课的时间了。所有家长都推着自己的孩子过来听课,大家非常认真,都拿好了纸和笔。

静秋打开了笔记本电脑,她拿着粉笔用没有力气的手一笔一画地、吃力地写下英文小星星歌曲的歌词。

大家看到静秋这么吃力,掌声一波又一波地在鼓励着静秋,这让原本无力的静秋精神高涨。

"小朋友们! 大家还记得我吗?"

"记得! 徐静秋姐姐!"大家异口同声地回答。

"姐姐今天教大家唱英文版的小星星好吗? 有谁会唱吗?"

"姐姐,我们只会唱中文版的! 嘿嘿!"一位男孩调皮地说道。

"如果今天谁表现突出,姐姐还带了糖果作为奖励哦,所以大家一定要认真学!"

"太好了！姐姐！"孩子们盯着桌上的糖果，表情可爱极了。

大家跟我唱："twinkle,twinkle,little star,how I wonder what you are……"

整个楼道里都回荡着静秋与孩子们的歌声，大家都沉浸在幸福和满足当中。同行的男生也加入到唱歌的行列中。

很快，一下午的志愿活动结束了，又到了孩子和静秋依依不舍的告别时间。

"等着姐姐，下周我还来！"静秋和大家挥手告别。

"姐姐，你一定要小心，不要摔跤了！我们等着你！"

走在回去的路上，男孩特别开心："静秋，原来你这么棒！下次我还要和你一起来！"

静秋微笑着，此时疲惫的她无比快乐富足。

以后的每个周五的下午，开往武清人民医院的 611 公交车上，都会有一个需要人抱着上下公交车的女孩去太阳语给孩子们讲课。

成立萤火虫心能量团队

"她是一名大三的学生，亭亭玉立、面带微笑地站在太阳语活动室的门前，一见到我，便拉着我的手说：'我终于见到你了，真激动。'

她是我的一名微博粉丝，还是瓷娃娃志愿者，外语系学生，每周都坚持来给瓷娃娃们上课，她同时也是一名罕见病患者（肌营养不良），她和瑞红姐姐一样也是张大诺老师的学生，她也在写书。当我被瑞红姐姐告知她是肌营养不良患者时，我的心里瞬间酸楚。她坐下休息片刻，想要站起来，需要有人抱，这是我第一次零距离接触到瓷娃娃以外的罕见病患者。在我抱起她的那一刻，我的心里疼疼的，她的命运，她无力选择，唯有面对和接受，但是她在不断地改变自己心态和生活方式，这是一种人格的伟大。"

静秋临睡前在电脑旁浏览网页，突然看到国内著名医生任秀智的妻子陈梅发的这一条微博。看到微博下面，陈梅姐姐抱着自己站起来的照片，眼泪不自觉地一滴一滴往下掉：亭亭玉立？多少年了，都没有人这样形容过她，她走路有些许摇摆的身体，外表的美丽她真的没有办法再去追求，但是听到陈梅姐姐能够发现自己的美，如此地了解自己，她都不知道怎样才能表达此时感动的心情，于是手指不自觉地在键盘上飞舞了起来。

"陈梅姐姐，在见到您和您的先生任秀智医生之前，我心里一直敬佩你们行善医德之心。如果我不是大诺老师的学生,如果我不是瑞红姐姐的师妹,如果我不去拜访瑞红师姐,我根本不知道这个世界上瓷娃娃们还可以过得如此欢乐、开心。是瑞红姐姐和你们一起打造了这片天堂乐土。每周我很累,但是有一个声音一直把我引向武清区,那个呼唤着静秋姐姐的无数个声音,让我不再惧怕上下公交需要别人抱,不再惧怕别人的眼光,而是学会去适应社会,学会给孩子们做榜样。是的,我是一个姐姐,我不仅仅是我弟弟的姐姐,我已经成为大家的姐姐。那些孩子我割舍不下,虽然我讲课讲得不好,最难过的是不能弯弯腰抱抱孩子们,甚至手拿粉笔在黑板上写字都困难。但是在孩子们心中我是那样一个可爱漂亮的姐姐,他们上课都要看着我的眼睛。我心里的那种感觉让我没有办法不坚持。我没有办法选择我的命运,但是我拥有爱与被爱的权利。尽力过好自己,尽力帮助别人,尽力保持善良,尽力以最美的姿态留下足迹,哪怕一个小小的生命因我而改变,此生我无遗憾。"

刚一发完,就有一个女孩跟着转发了,并留言:"最美静秋姐姐,我关注你很久了,还有你独自去给瓷娃娃讲课的事情,这都给我生活增添了很多阳光,我很想和姐姐一起去走近瓷娃娃,做力所能及的事情,姐姐好吗?"

"我也要和姐姐一起去瓷娃娃那里!"静秋的微博里又增加了许多粉丝,纷纷为静秋的行为点赞,表示想去。

"我们选择去陪伴瓷娃娃,应该是发自内心的真诚,而不是一时的冲动,公益支教是一件长久的需要坚持的事情,如果大家刚开始抱有激情,最后又不了了之,反而会给这些小患者造成伤害。如果大家考虑好了,并且愿意做好长远的打算,那咱们就可以组建个志愿者支教服务团队!"

静秋用既严肃又恰当的话语在微博上回复了他们。

"没问题！静秋姐姐我们周五一起去瓷娃娃那里体验一次吧！"大家提议。

静秋想了想，觉得这个主意不错，就欣然应承了下来。

很快周五就到了，在网络上交流的十多个同学都在校门口如约聚集了，虽然第一次见面，但是彼此都不感到陌生与尴尬。倒是静秋这边呢？她有几分担心：第一次带领这么多人去做事，我会搞砸吗？如果他们也没有准备好，就去凑热闹，那我岂不是犯错了？

抱着这么多的疑问，静秋还是硬着头皮主持了起来。

"谢谢同学们的支持与爱心，今天我们的路线呢，是打车到北辰佳乐店，然后去对面的公交车站等直达医院的 611 公交车，大家都知道的，我行动不是很方便，还需要一个力气较大的男同学帮助我上车，大家准备好了吗？"静秋假装从容地说起了行程。

"准备好了！我们出发吧！"同学们异口同声地簇拥着静秋去拦车。

刚开始静秋的戒备心理，在大家共同坐公交车，互相聊天地轻松氛围内开始慢慢放了下来。

大约过了一个多小时，终于来到了太阳语。

"哇！"几个同学不自觉地尖叫了起来，大家都被像儿童乐园一样的太阳语病房吸引住了，到处还摆放着瓷娃娃们的作品。

"静秋姐姐，这里好温馨啊！我们今天来要做哪些活动，你吩咐一下。"

"你们去病房把需要学习的孩子们推出来，我给孩子们上课，你们在底下听着，也方便你们以后适应。"

"好！"大家回应完就随着静秋去病房了。不大一会儿，孩子们都被推出来了。

"姐姐,姐姐,好想你,你又来给我们讲课了!"一位坐着轮椅的孩子显得特别高兴。

"是呀,姐姐今天给你们带来了一个特别的英文课,认识小动物!"

"好呀,好呀!"孩子们欢呼起来。

"好的,大家看看这个是什么?"

"老虎!"

"好,跟我念, tiger ,tiger……"

孩子们学得很认真,一起来的同学们看得也很认真,他们在小课堂结束后给孩子们跳了一段民族舞,这让小课堂又增添了许多生机。

三个多小时过去了,孩子们依依不舍地和他们告别。

"哥哥姐姐,你们还要来啊!"几个灵活的小病友摇着轮椅送他们到电梯口。

"我们一定会来的,以后的每周都来!"一个女生微笑着说,电梯门随即就关上了。

"静秋姐姐,这个团队我们一定要成立起来,我觉得在这里我们学到的知识更多,让我们知道应该更加珍惜现在的生活!"

"姐姐,你做队长,把我们这个团队成立起来吧!"

同学们纷纷发表了自己的意见!

"那好,以后我们每周就轮流给瓷娃娃讲课,配合太阳语的需要组织我们的活动,我们的团队叫萤火虫团队怎么样,因为我们的力量虽然薄弱,但是我们却在用心做这件事!"

"太好了,太好了! 姐姐,就这么定了!"大家都拍手叫好。

一上午的志愿活动虽然让大家的身体很疲惫,但是大家的

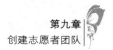

脸上却写满了知足、轻松、愉悦。

　　静秋坐在回学校的公交车上,累得睡着了,不过她做了一个梦,梦到这个团队越来越壮大,给无数个瓷娃娃带去了知识和希望。

组织康乃馨义卖

"感恩节康乃馨义卖,大型筹集瓷娃娃爱心餐,感恩有你!他们的童年在病房,他们的家乡在远方,他们的梦想是站立行走,他们的快乐是拥有朋友,他们的渴望是上学读书,他们有一个美丽的名字——瓷娃娃。"

太阳语罕见病公益中心的官方微博发起了感恩节义卖康乃馨的活动,静秋看到这是武清义工群联合各大高校团队共同举办的,她立马拨打了瑞红姐的电话:"喂,瑞红姐姐,您好!我想这次义卖活动,我们萤火虫是不是也可以参与进来呢?"

"唉!"瑞红姐叹了一口气:"静秋啊,姐姐之所以没有通知你,就是考虑到你学业重,还有重病缠身,害怕你吃不消!"

"姐姐,您难道不知道吗?我的性格和您很相似,一旦决定的事情,就一定会坚持下去的!我真的想为孩子们做一些事情,请您给我和我们团队一个机会!"静秋坚决要求。

"我们太像了!既然这样,我看来也是没有办法阻拦你了!但是你要记住,明天就是感恩节,你只剩下一天半的时间,要设计自己新团队的LOGO,海报宣传,拿下订单,你觉得你们可以吗?而且你们团队现在只有十个人左右!"瑞红姐有些担心。

"呃……那我试试吧!"之前底气十足的她,现在有些迟疑了,但是她还是硬着头皮答应了。

扔下电话后,时间的一分一秒对于此时的静秋来讲都是弥

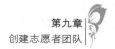

足珍贵的。

她赶紧打开了电脑,在萤火虫讨论小组里开始说话了:"大家在吗? 赶紧集合!"

"在!"

"在!"

……

团队十几个小伙伴都在喊到。

"感恩节到来了,太阳语联合各大高校举行义卖,给瓷娃娃筹集爱心午餐的费用。我们萤火虫团队也要义不容辞地参与其中,但是明天就是感恩节,我们只有一天半的时间设计自己新团队的 LOGO,海报宣传,拿下订单,大家觉得我们可以吗? 大家有信心吗?"

"啊! 现在已经下午一点了,那我们就赶紧行动起来吧!"一个同学急着提议。

"不着急,咱们一步步地来,咱们群里有谁会 PS 还有一些简单的设计软件操作的,举手! 我们需要你来做我们团队的LOGO!"实际上静秋这时候非常紧张,但是她还是故作镇定。

"我,我,静秋,我是学校新媒体的,负责校报排版之类的!"

"那太好了,我们的团队叫萤火虫,你根据这个,设计一个比较正能量的 LOGO!"静秋说道。

"没问题!"

"好的,咱们团队还有十二个人可以调动,我们这样安排,在今天下午六点之前,我努力与离我们学校最近的花店老板取得联系,把花批发出来,派两个同学去取回未包装的花,然后再买一些包装纸。"

"静秋姐随时调动我,下午我没有课!"一位学弟说。

"还有我,我也可以去拿花和采购包装纸!"另一个同学自告奋勇。

"好,那其他八名同学就去每一栋宿舍楼宣传此次义卖,在晚上五点之前确定去扫楼,确定线下订单,我负责网上宣传,晚上九点,大家集合到我的宿舍,一起包装买来的花,第二天大家一起去送花给下订单的客户!"静秋的思路一下子变得清晰了起来。

"好的,大家分头行动!"同学们干劲儿十足。

静秋给队员们分配完任务后,自己在网上搜索离学校最近的花店老板,她立马记下了花店的电话。她怀着有些忐忑的心情拨了那个花店老板的电话。

是一个中年女人温柔的声音:"喂,您好! 我是某某花店的店主,请问您是需要预订花吗?"

静秋听到这样温柔的声音后,顿时忐忑不安,紧张的情绪缓和了很多:"您好! 我是天津商业大学的一名学生,为了帮助病房儿童改善营养餐,我们明天感恩节想在您这里订购半成品的花。"静秋清晰地表达了自己的意图。

"那真是一件有意义的事情! 我们店如果买已经包装好的花,康乃馨5元一束,玫瑰8元一束,百合12元一束。如果像您这种批发半成品的话,我们也想为那些孩子们献出一些爱心,就把康乃馨算5毛一朵,玫瑰1元一朵,百合3元一朵给您,我们这里也有包装纸,我会教你们包装花!"女老板特别温和地说。

"那实在是太感谢您了! 我到时候会把您的这份心意转达给病房的孩子们的! 晚上我们会把预订的人数统计一下,告诉您我们的需求量!"此时虽然还不知道能拿到多少订单,但是静秋感觉已经胜利了一半。

挂完女老板的电话,静秋就在讨论组里告知队员们这个好消息:"花店批发价格已经搞定,大家开始积极行动起来,我也开始网上宣传了!"

"静秋,我的 LOGO 已经设计完了,现在发给你!"

"我们现在扫楼已经扫了两栋了,大家要求下单的有很多!"

大家特别热情地汇报着各自小组的执行情况,静秋拿到 LOGO 后,就把 LOGO 放在爱心午餐的海报上,进行了网络宣传:

"苦孩子,你们的生命不是沙! 萤火虫心能量团队,为大家送上对瓷娃娃的温暖,也亲手将鲜花送到您最想感恩的人手里。预定康乃馨:5 元一朵,10 元三束,玫瑰:8 元一朵,百合:12 元一朵。预定人:徐静秋。我们义卖所得的利润将公开透明,并悉数捐给瓷娃娃改善营养餐。"

是啊! 苦孩子,你们的生命不是沙,看到瑞红姐姐发起这个活动的初衷,起源于一次电梯偶遇,一对瓷娃娃父母三天没有吃饭,那刚刚手术完的孩子们呢? 这种情况曾经多少次发生在自己求医的路途中啊! 一年前母亲带着自己和弟弟,流落北京街头,吃了三天的馒头榨菜。静秋多么希望自己能够多卖些花,为孩子们改善生活啊!

广告一打出去,就有许多人联系到了静秋。

"徐静秋同学吗? 我看到你发起的活动,觉得很有意义,我是一个屡遭碰壁的创业小伙,正是因为创业艰难,我更能体会背井离乡求医的痛苦,我预订 450 元的花送给病房的妈妈们! 还有另外预订两束黄玫瑰,送给你!"

第一笔这么大的订单,让静秋感觉像做梦一般,她还没有反应过来,QQ 又响了:

"静秋,我是外院的一位老师,马上要生宝宝了,为了给我的宝宝祈福,我订十束百合和五十束康乃馨。"

静秋应接不暇地回复着,感恩着,激动着。

下午四点半,静秋就拿到了 1240 元的订单,跑线下订单的伙伴回来也拿到了 419 元的订单。

"好的,大家现在都完成得非常好,现在那两个去花店批发花采购包装纸的孩子要快去快回! 其他的孩子先去吃饭,晚上七点,大家在我宿舍集合,一起包装花!"

"姐姐,我们回来了!"晚上六点半,拿花的两个小伙伴推着小车,运回了满满一车的花。团队其他的小伙伴也早早地赶了过来。

大家说说笑笑地开始包装起花来,时间一分一秒地过去了,很快就到了凌晨十二点。

突然一个团队伙伴拿出一大束康乃馨递到静秋面前:"姐姐,今天是感恩节,有一个客户向我订了十朵康乃馨、一束玫瑰,请求过了凌晨十二点,送给最美的静秋姐姐。"

静秋看到疲惫的小伙伴们辛苦了一天,还站起来为自己鼓掌,她的眼泪止不住地往下流。

"接下来还有一个惊喜! 那就是今天是我们队友花花的生日!"花花听到这话后,睁大了眼睛,放下了手中正在摆弄的花朵。

"祝你生日快乐,祝你生日快乐,祝你生日快乐……"大家将她围在花海里,唱起了生日歌。

小伙伴们在这种非常有意义的氛围内,直到凌晨三点才完成了工作,然后翻墙回到自己的宿舍。

令人振奋的第二天很快到来了,中午放学静秋赶紧赶回了

宿舍。

"姐,这一束是送给谁的?"

"这个是桃李园 1 号楼宿舍订购的!"

静秋的宿舍进进出出很热闹,都是团队小伙伴在送花,静秋坐在凳子上一个一个核对,登记。

下午两点,所有的工作完毕,团队伙伴们都聚在一起,最后销售额为 1659 元,总利润为 1247 元。

"我们居然可以这么棒!"小伙伴们欢呼起来,静秋愣在那儿半天,她自己都没有反应过来,第一次带领团队伙伴组织活动,居然可以完成得这么顺利。

萤火虫小伙伴们亲自将总利润捐给瓷娃娃。

令所有人吃惊的是,这次义卖活动,静秋所在团队竟然是所有高校参加团队义卖第一名,而且是在最紧迫的时间内。

静秋对卖花的结果感到非常吃惊,团队里的任何一个小伙伴都没有想过这样的结果。

"原来做一件事情没有想象中的那么难,哪怕你毫无准备,哪怕你所剩时间不多,只要决定做这个事情,不要顾虑太多,在紧张的时间里做好规划,不求结果,竭尽全力,或许有意外的收获。"通过这件事情,静秋对以后将要发生的事情有了更多的信心。

"静秋,看来以后姐不能阻止你做什么事情了,你的性格简直是姐的翻版!"瑞红姐姐拿到义卖善款后,握着静秋的手激动地说。

感谢一路走来的苦难

四月十五日,在这个春光明媚的日子里,静秋抱着一本书,来到了以前一直不敢驻足的青年湖,把书放在湖边的桌面上,自己扶着桌子慢慢地坐在了长椅上。

她穿着一袭下摆是玫红色的长裙,外面套了一个牛仔的外套,走路的姿势依然有些摇摆,腹部过度用力还是有些凸出,过路的行人与她擦肩的时候,忍不住地还会多看她几眼。但是此时她的内心显得非常宁静,她尽情地享受着春天赐予她的阳光、微风,还有绿意、花红。

她的眼睛平视着湖面,一对灰色的小天鹅跟着自己的爸爸妈妈,在湖面上扑棱着翅膀,学习着游泳。看着看着,静秋的思绪已经飘向了那些曾经走过的苦难日子。

母亲带着自己奔波于学校与医院之间;高考失利,母亲不顾外人的不理解、家庭经济的困境,毅然决然地带着自己重新迈上了高考的路途;晚自习下雪天,自己滑倒在雪地,母亲抱着自己滑倒了一次又一次;在自己心灰意冷、振作不起来的时候,母亲用她无微不至的关爱以及轻声地呼唤,让我倔强叛逆的心慢慢地融化,步入了正轨;初入大学,父亲狠心地走了,自理能力为零的自己在大学里不知所措,为了减少父母的担心,自己鼓起勇气求助于学姐,慢慢地学会生活自理,甚至学会了锻炼自己的沟通能力,学会了一个人坐火车;在得知自己与弟弟同时确诊为世界不治之症的时候,有过自杀的念头,有过放弃的念头,但是家人爱的支撑却让我不忍放弃,不想因为自己的放弃伤害了家人,间接地会残害弟弟,最终走了出来,成为家里唯一的精神支柱;不忍放弃的求医,在被黑心医院骗了十几万,绝望无助的时候,老师、同学、家人的共同托举,让我重返了校园;弟弟生病的绝望状态,让我时刻意识到作为一个姐姐的责任,为了鼓励弟弟,自己每天只有一个信念:我要做榜样,我要让弟弟觉得自己是一个有希望的孩子! 在大学里的一次劫难,让我对人生有了新的审视,我想写一本书不放弃鼓励自己顺利完成大学学业,于是遇到了我的恩师张大诺先生,开始了我的写书历程;大诺老师的出现让我的人生有了质的改变,同为大诺老师的学生瑞红姐姐,给了我接触肌无力领域外的一个罕见病群体——瓷娃娃,让我有了接触公益的机会,有了和更多的大学生交流的机会,从此我的天地不仅仅是学校那么简单,我每周都往返于学校与社会之间,拥有了自己的萤火虫团队,现今已经顺利找到文案策划的工作,即将迎来自己的毕业季。

往事一幕幕浮现在眼前,静秋忍不住地感叹这些微小的变化:以前我的范围是大别山腹地的小山村——接下来母亲带我进了县城读书——再接着自己一个人孤身来到天津商业大学——大学里开始的天空是一方宿舍——而后是整个大学校园——再就是大学校园到太阳语——到现在在首都北京实习工作。

我还是医生眼中患有十八岁就坐轮椅的那个不治之症的女孩吗? 是什么让我能够有这么精彩的大学生活?

湖边的天鹅飞了起来,静秋也在惊叹着自己的变化,如果自己不是故事的主人公,她真的难以想象这么多年一个病重的女孩是如何度过的！她在试图寻找着让自己挺下来的原因。

是爱！对，是爱！是家人一直不离不弃的爱，让我对生活充满了希望，让我有了更好的发展自己肥沃的土壤，是父母的爱让我拥有了开朗、自信、敢于表达自己的性格！是老师和同学们包容的爱，给了我一个自然快乐的空间！

是苦难！对，是苦难！苦难教会了我要珍惜来之不易的学习机会，苦难教会了我，在逆境中迎面而上，才会走上成功的正轨！苦难把最真诚最真挚的人留在了我身边；苦难让我对幸福感有更强烈的感受！

这时，微风轻抚静秋的面庞，静秋脸上露出温暖阳光的笑容，她把书本抱起来，对自己说：如果命运在出生的时候可以选择，我还会选择现在的人生；大学生涯马上就要结束了，但是我人生的故事还有很长很长，我要正常工作，我要拥有属于自己的爱情，我的未来一定会不平凡……

因为我从来都不会放弃，我还会站立很久很久，我会谱写属于我自己的传奇！

后　记

我很富有

创作的那些日子

凌晨五点钟,收到了老师发来的语音:徐璐,你的最后一篇稿件通过了,咱们的书稿终于完成了,这是一部非常感人、震撼人心的稿件!

我听到这个消息,高兴地从床上恨不得跳起来,虽然最后一篇稿件昨天交给了老师,截稿是我预料当中这几天要发生的事,但是听到老师亲自宣布,我还是觉得很惊喜。我激动地将语音播放了一遍又一遍,听着老师激昂的声音,我溢满着笑容的眼角里竟然滚出了一颗又一颗的泪珠来,我再也抑制不住自己的情绪,放声大哭起来,以此来祭奠那些创作过程中的种种艰辛。

刚开始创作这本书的时候,我非常地积极、主动,因为我每天在创作中找到了属于自己的天地,这里没有喧嚣、没有疾病,有的尽是和自己对话的文字,我特别享受每天这样的时光,我想尽快地把这本书写出来,因为我希望更多的人看到这些经历,会更加珍惜生命、热爱生活;我更希望与我有同样经历的病友或残疾朋友会因为我的这本书,改变自己的命运,哪怕有一天一个想轻生的苦命人,看了这本书后,愿意放弃这个想法,那对于我来说也极具意义啊!可是写着写着,我开始变得不耐烦了,因为我每天都要揭开自己曾经愈合了的伤口,然后重现那些困难的情景,那真是一个痛苦的过程,需要强大的心理素质。我常常会因为回忆起一个故事、一个情景,独自在那里伤感好久好久,仿佛回到了过去，真的，写到三分之一的时候，我想放弃了，我不敢把这个念头告诉老师。因为老师曾经说过他的很多残疾学生因为写着写着觉得很痛苦，最终放弃了，问我有信心吗？当时的我信誓旦旦。那是一段很难熬的日子，每天想放弃却又要硬撑着，后来，我听到一位奶奶说起一段往事：十多年前，一对夫妇生了一对儿女，孩子们患了恶疾，生活不能自理，那对夫妻一直很好地照料孩子们。直到有一天夫妻终于承受不了，把那两个孩子扔到了池塘里淹死后，他们也自杀了。奶奶说那对夫妇是她的邻居。当时我真的很痛心，这件事始终让我不能释怀，我想如果那个时候，有我这样一个女孩，写了这样一本书，这个家庭现在是不是还会存在？如果那对父母知道世界上不只他们的命运坎坷，即使那样我们也可以活得很好，他们是不是会慢慢变得开心、积极起来？从那以后，我写书的信念更加坚定了，我不再跳入那个曾经痛苦的框框里走不出来了，因为假如我不揭开自己的伤疤，展现我们类似的遭遇，我怎么才能鼓励到别人呢？于是我这本书就慢慢地坚持下来了。

　　大三的寒假，我把书稿拿回家，想趁着放假的一个多月赶赶进度，但是南方的冬天格外的寒冷，我双手双脚基本是麻木的，家里只有一楼有火炉，但是农村每天都会有各种串门的人，不适合我写作，楼上有个电暖气，但是由于楼房没有装修，根本也不顶事儿，所以我忍着寒冷每天都在楼上写稿子。那个寒假，我冻得根本没有办法爬楼梯，爸爸出门工作去了，52岁的妈妈抱着我的腰，一步一步地往上挪，每天都这样支持我写作，每天我们从未间断，每当我写完一篇稿子的时候，我全身已经麻木了，稍稍一动就会感到全身泼满了冰水，上牙有时也不自觉地磕碰着下牙，其实很多时候，我也在问自己：我这么拼命是干吗呢？跟自己过不去吗？这种情况下和老师说清楚，老师也不会责怪自己的啊！但是我依然放弃休息，放弃安逸，因为我知道时间的宝贵，我不想把任何的时间浪费掉，我不想因为一切外在的原因，影响了我的创作进度，我很多事情都不能做了，不能做家务、不能运动，那我唯一还能做的事情再不做，与废人又有何异呢？

记得大四上学期，课业也很繁重，每天忙完了就到晚上9点多了，所以我把稿子安排到晚上回宿舍后写。害怕打扰室友睡觉，我总是等室友睡着了，自己坐在宿舍外的阳台上，用手机写稿子。

回想起那段艰难的写作岁月，虽然很辛苦，虽然有想过放弃，但是始终还是坚持下来了，因为我知道坚持到最后，总有一天会成功，我的人生或许因为这件事能够看到更加不一样的风景！感恩当初我对自己那么狠心，所以这本书才得以面世。

大诺老师

　　回首开始创作这本书直到现在，有一个人始终在陪伴着我，他和我没有任何的血缘关系，曾经彼此也不认识，但是自从我给他写信想拜他为师，创作自己的自传体小说的时候，他就从北京赶到天津的学校看我，从此就指导我写书、在生活中给我建议，他已然不仅仅是指导我写书的老师了，他更是我人生导师，他的名字叫张大诺，我的大诺老师。

　　算一算，2015 年 1 月到 2016 年 4 月，我每天都发稿件给老师，老师也从未停止过指导我，我们之间互通邮件就已经高达两百多封，后来微信指导我的语音我想也达到了几千条了吧。我们之间除了书稿的交流，还有有时候我迷茫了，找老师解忧的时候，他会给我提一些建议，基本没有其他任何多余的交流了。很神奇，一根网线，一部手机，没有见面，没有更多的话语的师生居然会配合得如此默契。我会因为老师发来的语音感到敬畏不已，我总是非常严厉地要求自己，老师布置的任务我一定不能拖到明天。看到这里，你一定在想：她的老师一定对她特别的严厉，要求她在一定时间内完成他布置的任务。如果你这样想，那就错了，他发给我的语音里，从来没有说过类似于"你今天一定要怎样怎样！""你如果在多长时间内没有写好稿子，我会怎样怎样"等等的要求，而我总是会高效率地按照他说的去做。因为老师虽然没有要求过我，但是我从老师的微信朋友圈里看到很多东西,它或多或少地体现了老师的性格,他认为一个人如果自己都约束不了自己,那谁可以救得了他呢? 当然这是我总结出来的,老师没有直接表达过这个意思,但是他的朋友圈会给我一股莫名的、积极的力量,真真切切地影响着我。

我有时候经常听到老师在发给我的语音里,声音很急促,里面夹杂着坐公交、坐地铁,还有赶路的时候的声音,甚至有路上刮大风,让他呼吸困难的时候发出的声音,虽然那个时候他的声音急促,但是表达的意思简洁明了,思路清晰,让人恍然大悟。每当听到老师声音里有别的杂音的时候,我都会不禁在想:我这样一个对他的人生不能够起到任何帮助的重病学生,他为什么要这样不分节假日,不管任何场合的情况下去指导我? 他都可以做到这个样子,我自己为什么不能坚持呢? 他对我都不放弃,我又有什么理由去放弃我自己呢? 他这种无言的举动,给我的人生上了很重要的一课,这笔财富是无法用金钱来评估的。

我的老师虽然在语言和交稿时间上从来不严厉,但是他对于我的稿件质量要求是极其严厉的。我记得在我修改书稿的第二稿的时候,我开始有些洋洋得意了,那时候我觉得我的写作水平已经达到一个很好的水准了,于是我开始急功近利,想尽快地写完书稿。对于老师指导要修改的地方,没有认真地去思考,随意一写就匆匆地发给老师了。不到十分钟,我们老师发来两个字:重写! 那样两个字,外加一个感叹号,我有些不服气,于是赶紧打开电脑,不到半个小时就改完了。在发给老师的那一刻,我心里还在洋洋得意,心想着:老师一定会夸我的,我这么努力,效率这么高。结果不到 5 分钟,得到的又是一句重写。我心里开始有些赌气了,那天放下了所有的事情,非想把那篇稿子写出来,可是我一天写了 8 次,依然得到的只有一个答复:重写!

当把第9遍重写内容发出去的时候,老师终于发来了语音,他说:"徐璐,不认真思考,质量不过关的稿子,哪怕你一天写一百遍,不过关就是不过关,我也是不会给你通过的! 今天你不要写了,明天思考一天,后天再发给我!"

从那以后,我再也不敢打马虎眼儿了,认真地对待每一篇稿件,老师让我明白了:做任何事不是为了求快,而是要求质量,求效率,否则你做得再多也是无用功。

这就是我的恩师,张大诺先生,在这里我想对他说:"老师,谢谢! 感谢上天在我最无助的时候遇到了您,您不仅仅指导了我的书稿,更挽救了我的生命,如果没有您一直陪伴着我写书,有了这么一件有意义的事情,让我对人生有了新的希望,恐怕我早已坚持不住了! 谢谢!"

感谢一路帮助过我的人

自从我和弟弟的病情被确诊以后,媒体每天都对我们姐弟俩进行报道,从此社会上许多素不相识的好心人、政府人员、学校里的老师同学从来都没有离开过我们,陪我们一路成长,帮我实现我的大学梦,并且以各种形式对我们姐弟进行帮助。

杨大哥,这个给我打了十万元治病的钱以后,再也联系不上的人,永远成为我心里的结,我知道他可能害怕我有心理负担,他只是单纯地希望我和弟弟能够早日康复,但是这份恩情我忘不了。我一直想通过一种方式来表达您对我的恩情,但是都没有机会,在这里,我想和您说:杨大哥,您还好吗?自从那一别再也无法遇到您,我希望某年某月某日,您能有缘看到我今天写的这本书,从书里您可以看到我和弟弟现在已经成长得很阳光健康了,虽然身体还是有些不便,但是病情基本控制了。我们会继续这样阳光快乐地活下去,并且把您给我们的爱心传递下去的!

外国语学院的同学和老师们,我感谢你们在我生病的时候自发地为我捐款,为我免去了大学四年的学费,并且帮我申请了四年的助学金。李卓妮,我感谢你一直帮一个陌生的哥哥每个月给我补助一百元的生活费,虽然你们一直隐瞒他的名字以及工作单位,但是这份恩情我没齿难忘。感谢外国语学院院长在我大学生病期间给我开设了"绿色通道",经常和老师讨论如何更好地帮助我学习,完成我的大学梦想。感谢在我摔倒在地,腿不能动的时候,骆媛老师、马静老师还有我的班主任老师第一时间赶到我的身边,把我及时送到医院抢救,还感谢你们在我走不出来想轻生的时候,你们三个轮流对我进行心理辅导。

我感谢来自家乡金寨县的县长潘东旭,在我们一家人处在水深火热中的时候,是您及时地派民政局的人员去我们家亲自走访,慰问我和弟弟,给我们送来了雪中送炭的五千元钱,并且给残疾的奶奶还有我和弟弟办了低保。

我感谢家乡的黄爸爸,十多年来您为了金寨的贫困学子不辞辛苦地四处奔波,只是为了让他们有口饭吃,只是为了让他们读上书,走出大别山,让知识改变命运!自从你知道了我们姐弟的故事后,从来没有停止过对我们的关注。

感谢家乡的徐新耀叔叔,当您得知我们姐弟的病情之后,当时在北京工作的您,毫不犹豫地给我们打了八千块钱。虽然每次给您发短信,您都没有回,您经常默默地关注我的空间不说一句话,但是我知道您也从来没有停止过对我的关心。

陪伴我们这个苦难的家庭一路走来的人还有很多很多,在这里我再次对你们说一声:谢谢!

你们的恩情我会永远记在心里,我会怀着感恩的心,积极阳光地继续生活,并且将自己身上的正能量和爱心传递给其他人!很多人或许认为我们一家是不幸的,但是我们却很感谢苦难这笔财富,如果没有生这场病,我们永远不知道生活是多么的美好,如果没有生这场病,我们或许会挥霍生命,如果没有这场病,也没有现在这样一个强大的自己!如果没有这场病,我也不知道原来社会是这样一个有爱的大家庭!

我和贾齐老师

我从来不敢想象,我的书会与一个教育集团结下不解之缘,然而,它就是那样真实地发生了。

我一直都想学习心理学,但是一来没有时间,二来呢,经济上也不允许。于是这个梦想就从大一开始就搁置了。大三下学期五月份,又是一年学习心理学的报名季节,看到几个朋友报完名之后,我的心里也在蠢蠢欲动,于是就打开电脑,在百度上搜了一下"哪里报考心理咨询师比较好"的词条,立马就弹出来中和教育集团。

于是我就按照上面的联系方式,给招生老师打了电话。

"喂,请问您这里是中和教育集团吗? 我想咨询一下,报名学三级心理咨询师的直播课程需要多少钱啊?"我怯怯地问。

"您好同学,这里就是中和教育集团,报考三级好一点的话,就两千多。"

"呃……呃……呃……"我听了学费有些失望,就急匆匆地挂了电话。

没有想到那个招生的老师通过我的手机号加了我的微信,他从我的朋友圈里,得知了我的病情和现在的处境。

"同学,你能告诉我,刚才你呃了那么长时间不出声地就挂了电话是什么意思吗?"招生老师特别细心地问。

"太贵了,我……我支付不起。"我吞吞吐吐地说。

"我刚才在朋友圈里看到你的一些情况了,觉得你是一个很阳光的女孩,我可以帮你申请到免费的课程的! 你放心吧!"那边发来了一个笑脸。

听到对方这么说,我觉得就像做梦一样,一个劲儿地说:"谢谢! 谢谢! 谢谢!"

果真第二天,招生老师就告诉我,给我申请到了免费的课程,并且说中和教育集团的董事长贾齐老师听到我的故事,很感动,很想帮助我。

从那以后,贾齐老师就经常安排老师们来关心我学习心理学的情况、进度。甚至问起了我生活中的一些事情,慢慢交流,他知道了我写书的这个事情。

虽然从未见到贾齐老师本人,但是他通过天津分校区关心我的情况,着实让我感动不已,他从未真正和我通过电话,没有联系过我,但是他总是派公司的人定期地和我沟通交流。我试图在网上搜索他的照片,照片上是一个文质彬彬、年轻有为的三十多岁的中年男人,我想我应该称呼他大哥,我真的很想当面叫他一声大哥。

有一天,他们公司的人问:"小璐,你写书,一定会写文章吧? 现在你的心理学也学到一定的水准了,我们董事长想开设一个小璐专栏,专门由你每周提供一篇心理学的文章如何? 一篇文章 200 元。"

听到这个消息,我真的激动不已,一周 200 元,一个月 800元! 这意味着我可以自己赚生活费了! 要知道这对于我们这个家庭来说实在是可以减轻不少负担!

从那天开始我就每周为小璐专栏供稿。2015 年 12 月,我收到了一条短信:你好! 小璐,我是中和教育集团的工作人员,你已经被我们中和教育集团评为优秀学员代表,邀请你前往北京总部某某大酒店参加年会,届时我们会派专车来接你!

收到这条短信后,我久久不能平静,既惊讶又高兴,我特别期待能够亲自见到贾齐老师,我真的很期待!

那一天很快就到来了,我被工作人员接到了北京,把我安顿得特别好。我第一次进入五星级的高档酒店,我看到了很多人,还准备了表演的节目,其中有一项是给优秀学员颁奖的,我作为代表发言。

我感到非常地紧张,贾齐老师在哪个桌子上坐着,我更不敢确定宴会结束后,贾齐老师会不会走到我的身边来。

终于宴会开始了,贾齐老师走上台,非常儒雅地鞠了个躬,他说话铿锵有力,面带笑容,我看到这样一个亲切的大哥哥,紧张感瞬间消失了,轮到我发言的时候,由于我行动不便,就在座位上坐着发言了,我表达了对中和教育集团的感恩之情。

很快四个多小时的宴会接近尾声,在这个时候,贾齐老师举着红酒杯,带着他的夫人,走到了我的身边,说:"这就是璐璐,写小璐心理专栏和写书的那个女孩,特别的优秀!"

贾齐老师,这么一个与我素昧平生的人,一个集团的董事长,居然这么没有架子,还一路帮助我、关心我,我真觉得我是世界上最幸运、最幸福的女孩!

贾齐老师,我的大哥哥,我相信一个企业的发展与他的领导人有着莫大的关系,您的人品一定会使您的事业更辉煌!我一定会好好地写这本书,不会辜负您的期望。谢谢您!

责任编辑：宰艳红

责任校对：白　玥

图书在版编目（CIP）数据

向最高处攀登／徐璐 著．— 北京：人民出版社，2017.2（2022.7重印）
（中华自强励志书系）

ISBN 978－7－01－017210－1

I.①向… II.①徐… III.①传记文学－中国－当代 IV.① I25

中国版本图书馆 CIP 数据核字（2017）第 005338 号

向最高处攀登
XIANG ZUIGAOCHU PANDENG

徐　璐　著

人民出版社 出版发行
（100706　北京市东城区隆福寺街 99 号）

北京汇林印务有限公司印刷　新华书店经销

2017 年 2 月第 1 版　2022 年 7 月北京第 3 次印刷
开本：880 毫米 ×1230 毫米 1/32　印张：10.5　插页：2
字数：235 千字

ISBN 978－7－01－017210－1　定价：38.00 元

邮购地址 100706　北京市东城区隆福寺街 99 号
人民东方图书销售中心　电话：（010）65250042　65289539